Die Geschwister Finn und Jess sind vom plötzlichen Tod ihres Vaters nicht sonderlich betroffen. Kontakt zum Vater hatten sie ohnehin nicht. Nun erben sie seine heruntergekommene Finca auf Mallorca. Der einzige Haken: Die neue Frau ihres Vaters lebt noch dort. Finn fliegt auf die Insel, um die Sache möglichst schnell zu klären. Seine Überraschung ist groß, als er ein luxuriöses Anwesen vorfindet – und neben seiner Stiefmutter auch Roze, deren atemberaubend schöne Tochter. Hals über Kopf verliebt Finn sich in sie. Er will alles dafür tun, dass sie gemeinsam auf der Finca bleiben können. Doch dann beginnt die Polizei, Fragen zum Unfalltod seines Vaters zu stellen, und auch Finn wird unsicher. Welche dunklen Geheimnisse verbergen die beiden Frauen? Was hat es mit dieser Finca auf sich?

JP DELANEY wurde mit seinem ersten Thriller *The Girl Before* weltweit zum Star: Der Roman erschien in 45 Ländern und stand an der Spitze der internationalen Bestsellerlisten. Seitdem setzt JP Delaney mit seinen genialen Ideen und rasanten Romanen neue Standards im Thriller-Genre.

Außerdem von JP Delaney lieferbar:
The Girl Before
Believe Me
Tot bist du perfekt
Du gehörst uns
Die Erbin

www.penguin-verlag.de

JP DELANEY

DIE

ERBIN

SIE WILL, WAS DIR GEHÖRT.
DER PREIS DAFÜR IST DEIN LEBEN.

Thriller

Aus dem Englischen
von Sibylle Schmidt

 PENGUIN VERLAG

Die Originalausgabe erschien 2023
unter dem Titel *The New Wife*
bei Quercus, London.

Penguin Random House Verlagsgruppe FSC® N001967

1. Auflage 2025
Copyright © 2023 der Originalausgabe by JP Delaney
Copyright © 2024 der deutschsprachigen Ausgabe by Penguin Verlag
in der Penguin Random House Verlagsgruppe GmbH,
Neumarkter Straße 28, 81673 München
produktsicherheit@penguinrandomhouse.de
(Vorstehende Angaben sind zugleich Pflichtinformationen nach GPSR)

Redaktion: Ulla Mothes
Umschlaggestaltung: bürosüd unter Verwendung eines Motivs
von mauritius images/Peter Winkler – Sichtachse Fotografie
Satz: satz-bau Leingärtner, Nabburg
Druck und Bindung: GGP Media GmbH, Pößneck
Printed in Germany 2025
ISBN 978-3-328-10984-6
www.penguin-verlag.de

IN ländlichen Teilen von Mallorca findet man immer noch Johannisbrotbäume, zwischen denen große Netze gespannt sind, zum Himmel hin offen. Das sind *trampes*, Singvogelfallen. Wilderer bestreichen auch Baumäste mit Leim; wenn Drosseln und andere kleine Zugvögel darauf landen, bleiben sie kleben. Nach stundenlangem Kampf sterben sie vor Erschöpfung und werden am nächsten Morgen von den Ästen gepflückt.

Roze hatte mir einmal erzählt, dass in Albanien etwas Ähnliches gemacht wird. Dort benutzt man allerdings »Nebelnetze« – sie werden so genannt, weil die Fäden so fein sind, dass die Vögel sie entweder nicht sehen oder für harmlose Spinnweben halten. Das Ziel ist jedoch das Gleiche: den Vogel zu fangen, bevor er merkt, was mit ihm geschieht. Und so ist es letztlich sein Kampf, sich zu befreien, der den Vogel das Leben kostet.

Der Leim und das Netz. Zwei Arten der Jagd. Aber in beiden Fällen merkt das Opfer erst, dass es gejagt wird, wenn es schon zu spät ist.

1

BEGINNEN wir mit dem Tod des Alten Dreckskerls, denn so fing alles an. Oder, genauer gesagt, mit dem Anruf von Jess, die mir davon berichtete.

»Sitzt du gerade?«, fragte sie, als ich abnahm.

»Ich liege im Bett. Passt das auch?«

»Das gibt's doch nicht. Ich bin schon seit Stunden auf.«

Ich hörte, wie sie nebenbei herumrumorte, offenbar irgendwas im Haushalt erledigte. »*Du* wolltest ja unbedingt Kinder«, sagte ich trocken.

»Sagt der selbstgefällige Single. Also jedenfalls: Ich weiß nicht genau, ob es ein Anlass für Beileid oder für Glückwünsche ist, aber ich habe Neuigkeiten. Halt dich fest. Dad ist gestorben.«

Ich brauchte einen Moment, bis ich das kapiert hatte. »Im Ernst?«, sagte ich schließlich. »Wie ist das passiert?«

»Ist offenbar zusammengebrochen. Beim Aufschichten eines Feuers.«

»Ohne betrunken zu sein?«

»Hmm.« Ein Schweigen entstand, als Jess überlegte. »Ja, vermutlich schon, während er betrunken Äste verbrennen wollte«, sagte sie dann.

»Von wem hast du es erfahren?«

»Die Ehefrau hat mich angerufen. Ruensa.« Jess sprach den Namen mit rollendem R aus.

Ich setzte mich auf. Trotz allem kam es mir unpassend vor, im Liegen über den Tod meines Vaters zu sprechen. »In welchem Zustand war sie?«

»Na ja, es ist schon vor fast einer Woche passiert. Meine Nummer war auf seinem Handy gespeichert, aber Ruensa kannte seinen PIN-Code nicht, deshalb hat es so lange gedauert, bis sie mich kontaktieren konnte. War wohl alles ziemlich schlimm – der Krankenwagen konnte den steilen Weg nicht rauffahren, deshalb mussten sie ihn mit der Trage den Hang runterschleppen. Als sie die Klinik in Palma erreichten, war er schon tot.«

»Klingt furchtbar.« Dann kam mir ein Gedanke. »Sollten wir an der Beerdigung teilnehmen? Hat sie gesagt, wann die ist?«

»Hat bereits stattgefunden. Du weißt ja, wie die da sind – das geht immer schnell. Ruensa hat sich sehr dafür entschuldigt. Ich habe ihr gesagt, wir seien natürlich traurig, die Bestattung versäumt zu haben, hätten aber Verständnis.« Jess' Tonfall war trocken.

»Empfindest du das so?«

»Ob ich traurig darüber bin? Nein, bin ich nicht. Abgesehen von allem anderen wäre das bestimmt auch etwas seltsam gewesen, oder? Die dritte Ehefrau des Vaters erst bei seiner Bestattung kennenzulernen.«

Jess und ich waren nicht zur Hochzeit eingeladen gewesen, einer standesamtlichen Trauung vor etwas über einem Jahr in Palma. Wir hatten beide nicht einmal gewusst, dass unser Vater wieder eine feste Beziehung eingegangen war. Und wahrscheinlich hätten wir so oder so nicht teilnehmen wollen, da wir beide ihn schon seit Langem gemieden hatten. Mit Jess hatte er noch alljährlich Weihnachten telefoniert, aber ich hatte auf seine Anrufe nicht reagiert.

»Aber wir sollten ihr zumindest schreiben«, sagte ich. »Also ich mache das auf jeden Fall.«

»Okay. Hey, das bedeutet, dass wir jetzt reich sind.« Jess hörte sich betont beiläufig an.

»Wohl schon, ja. Lieber Himmel, ich hätte nie gedacht, dass das jetzt so schnell geht.«

»Du willst wohl eher nicht dort leben?«

»Auf der Finca?« Ich schnaubte. »Da schneide ich mir eher die Hand mit einem rostigen Filetiermesser ab.«

»Geht mir auch so.«

Danach trat ein längeres Schweigen ein. Ich spürte aber auch ohne Worte, was Jess jetzt dachte. Unsere Gespräche verliefen oft so sprunghaft, als würden wir ständig den Faden verlieren, folgten aber dennoch einem tiefer liegenden Gedankengang. Kinder aus Scheidungsfamilien sind sich häufig sehr nah. Aber Kinder, die aus so extremen Verhältnissen stammen wie wir, fühlen sich meist noch enger verbunden.

»Also verkaufen wir – vermieten kommt nicht infrage«, sagte Jess schließlich. »Und was ist mit der Ehefrau? Meinst du, sie weiß, dass sie das Anwesen nicht kriegt?«

»Warum sollte sie so was haben wollen? Es ist doch völlig runtergekommen. Aber er wird ihr das bestimmt gesagt haben, denke ich.«

»Glaubst du? Ich meine, man sagt ja eher nicht so nebenbei: ›Ach, übrigens bin ich so ein versoffener irrer alter Geizkragen, dass ich nach meiner ersten Ehe keinen Unterhalt zahlen wollte und meine Kinder deshalb die Finca erben?‹ Und vergiss nicht, dass er auch noch ein totaler Feigling war.« Jess schwieg wieder einen Moment. »Ich vermute eigentlich, dass man sie erst darüber in Kenntnis setzen muss.«

Jetzt versank ich eine Weile in Schweigen. Weil ich meine Schwester zwar liebe, sie aber manchmal ziemlich hart und materialistisch finde. Ich weiß allerdings, dass das eine Folge unserer Kindheit ist. Der Lebensstil unserer Eltern war so chaotisch gewesen, dass manchmal außer einem Teller Haschkekse nichts zu essen im Haus war; dass wir nicht zur Schule gebracht wurden, weil im Künstlerdorf Deià eine spontane Strandparty stattfand; dass zum Frühstück wildfremde Leute aus den oberen Zimmern auftauchten. Da ist es dann kein Wunder, wenn man sich nach Stabilität und einem bürgerlichen Leben sehnt. Und Jess hatte diesen Weg hundertprozentig eingeschlagen – sie war mit einem Banker verheiratet und hatte ihre Kinder bereits für eine Privatschule angemeldet.

»Wir sollten aber schon einen angemessenen Zeitraum abwarten«, sagte ich entschieden, um das Thema abzuschließen. »Ich finde, es gehört sich nicht, sie zu drängen.«

»Aber was ist mit Hausbesetzern?«, sprach Jess weiter, als hätte ich nichts gesagt. »Hast du dir diesen Link mal angeschaut?«

»Habe ich, ja.« Vor etwa einem Monat hatte Jess mir einen Bericht darüber geschickt, wie auf Mallorca Hausbesetzer leer stehende Ferienhäuser übernahmen. Aufgrund der schwerfälligen spanischen Justiz hatten die rechtmäßigen Besitzer kaum Handhabe, um die Hausbesetzer schnell wieder zu vertreiben. Ich hatte mich damals etwas verwundert gefragt, warum Jess mir den Artikel geschickt hatte. Aber vielleicht hatte sie da bereits über die Zukunft der Finca unseres Vaters nachgedacht.

Oder *unserer* Finca, wie es jetzt aussah.

»Also sollte man auch nicht *zu* lange abwarten«, fuhr Jess fort, »sonst kann sie womöglich vorerst einfach bleiben. Ich denke, du solltest hinfliegen, unser Beileid aussprechen und gleichzeitig höflich klarstellen, dass das Anwesen uns gehört.«

»Nicht dein Ernst, Jess, oder?«

»Wieso? Du kannst ja die Emissionen von deinem Flug kompensieren, wenn du willst. Außerdem würde es dir guttun, mal rauszukommen.«

»Ach so? Wieso das denn?«, erwiderte ich spitz, aber darauf ging Jess nicht ein.

»Ist schön auf Mallorca um diese Jahreszeit. Die Orangen-bäume blühen«, sagte sie stattdessen.

»Na klar. Und auf der Finca stinkt es nach fauligen Orangen und wurmigen Oliven, und es wimmelt nur so von riesigen Ratten und Baummardern.« Ich erinnerte mich plötzlich, in welchem Zustand das Anwesen gewesen war, als ich es zum letzten Mal erlebt hatte: das Haus baufällig, mit einem riesigen Loch im Dach und verrotteten Fensterläden, die Orangen- und Olivenhaine eine einzige Wildnis aus Pampasgras, Oleandersträuchern und verfaulenden Früchten. Es war ein imposantes und wunderschönes Anwesen – ein *possessió*, wie die Mallorquiner so etwas nennen, eine Villa mit Ländereien, in etwa entsprechend einem englischen Herrenhaus –, hoch oben in den Bergen gelegen. Aber es war bereits mehrere Jahrzehnte unbewohnt gewesen, als unsere Eltern dort eingezogen waren, und viele notwendige Reparaturarbeiten hatte man nie ausgeführt. Anfänglich gab es nicht einmal Strom; unser Vater hatte sich jahrelang damit gebrüstet, dass wir »autark« leben würden, als sei es eine Entscheidung für diesen Lebensstil und nicht einfach dem Mangel an Finanzkraft und Organisation geschuldet. Dann kam der Tourismusboom auf Mallorca, und eine Zeit lang verdiente unser Vater nicht schlecht mit dem Verkauf seiner Gemälde. Aber zuerst verpulverte er viel Geld für Drogen, dann für Brandy. Die Drogen wirkten sich nicht sonderlich negativ auf sein Schaffen aus, der Alkohol dagegen massiv. Und als meine Mutter – eine sanfte, träumerische Person, die sich nie gegen meinen Vater durchsetzen konnte – endlich die Reißleine zog und mit uns nach England zurückkehrte, hatte er schon jahrelang kein Gemälde mehr verkauft.

»Du könntest auch den Anwalt beauftragen, der Ehefrau die Lage schon mal zu erklären«, schlug Jess jetzt vor. »Wenn du dann vor Ort bist, kannst du ganz ungeniert die Rolle des lange verschollenen Stiefsohns spielen und betroffen kondolieren.«

»Dir ist schon klar, dass du ganz schön kaltherzig bist, oder?«

»Ich werde keinesfalls heucheln, ich hätte ihn gerngehabt. Und geliebt schon gar nicht.« Sie blieb einen Moment stumm. »Ich habe ihm ein einziges Mal gesagt: ›Pa, ich hab dich lieb.‹ Da muss ich etwa elf gewesen sein. Weißt du, was die Reaktion war?«

»Nichts Nettes, vermute ich mal.«

»Er sagte: ›Ach, sei doch nicht so scheißbürgerlich.‹«

Mir fiel ein, dass ich eine ähnliche Erfahrung gemacht hatte, als ich meinen Vater ungeschickt zu umarmen versucht hatte. Er war zurückgewichen und hatte angewidert gesagt: *Sei nicht so ein Weichei.*

Wer glaubt, dass Hippies für Frieden, Liebe und Toleranz standen, kannte Jimmy Hensen nicht. Obwohl er streng genommen auch keiner war – eher ein chaotischer, zügelloser, selbst ernannter Bohemien. Aber viele Leute hatten ihn angesichts seines Lebensstils und des bunten Völkchens, mit dem er sich umgab, für einen Hippie gehalten, bis sie durch seine gehässigen, bösartigen Bemerkungen eines Besseren belehrt worden waren.

»Und das ist übrigens ein weiterer Grund, warum du die Reise machen solltest und nicht ich«, fügte Jess hinzu. »Du kommst besser mit dieser ganzen Gefühlsduselei klar als ich.«

Ich seufzte. Das war auf jeden Fall zutreffend. »Was wissen wir denn über die Frau?«, fragte ich. »Sie ist Tai-Chi-Lehrerin, oder?«

»Du bist nicht mehr auf dem aktuellen Stand – das war doch die davor. Ruensa ist Haushälterin. Die beiden haben sich kennengelernt, weil sie als Putzhilfe bei ihm anfing.«

»Dad hatte eine *Putzhilfe*?«

»Wunder über Wunder, oder? Wer weiß, vielleicht ist das Anwesen gar nicht mehr so verwahrlost wie früher.«

»Hm. Als ich das letzte Mal dort war, hätte Putzen dem Dach auch nicht mehr geholfen.«

»Übrigens«, fuhr Jess fort, »sah es mit der Liebe wohl nicht so rosig aus. Bei mir sind mal ein paar Textnachrichten gelandet, die wohl für sie bestimmt waren. Da hat er sie als Schlampe beschimpft. Und war eindeutig betrunken.«

»Na super.« Je länger ich darüber nachdachte, desto weniger wollte ich mit der ganzen Angelegenheit zu tun haben. Tatsächlich fand ich Jess' Vorschlag, die Abwicklung Tomàs zu überlassen, dem befreundeten Anwalt, der den Vertrag über die Finca mit unseren Eltern geregelt hatte, sehr vernünftig. Aber meine Schwester wollte sich eindeutig durchsetzen, und ich wusste aus Erfahrung, dass es nicht sinnvoll war, ihr in dieser Phase zu widersprechen.

»Es wird bestimmt gut«, sagte sie jetzt. »Und ist doch auch stimmig, dass wir sie mal treffen, zumindest einmal. Ich habe ihr gesagt, dass einer von uns diese Woche vorbeikommt, um zu kondolieren. Habe aber bereits angekündigt, dass vermutlich du das sein wirst, weil ich die Kinder habe.«

»Besten Dank auch, Schwester. Gut gemacht.« Meine Bemerkung über Jess' Kaltherzigkeit war noch halb im Scherz gewesen. Aber jetzt war ich wirklich wütend darüber, wie sie mich in diese Situation hineinmanipuliert hatte.

»Willst du das Haus haben oder nicht?«, versetzte sie. »Ich habe vorhin mal den Preis von unsanierten Fincas auf Mallorca gegoogelt. Man kriegt ein Vermögen dafür – sogar baufällige werden für eine halbe Million gehandelt. Überleg dir mal, was du mit deiner Hälfte von dem Geld anfangen könntest. Und es ist ja nicht gerade so, dass wir von Mum sonst irgendwas bekommen hätten.«

Ich antwortete nicht, sah mich aber unwillkürlich in meinem Zimmer in der kleinen Wohnung um, die ich mir mit zwei Mitbewohnern teilte. Natürlich sah es Jess ähnlich, dass sie sich darüber informierte, wie viel unser Erbe wert war. Die Wahrheit war aber auch, dass der Verkauf der Finca die einzige Chance für mich war, mir in London eine bessere Unterkunft leisten zu können. Unsere Mutter war weit vor der Zeit an Krebs gestorben; weil sie aber vorher wieder geheiratet hatte, war ihr kleines Erbe an ihren neuen Mann gefallen. Als der auch nicht lange danach verstarb, erbten seine leiblichen Kinder. Ich hatte versucht, mir etwas anzusparen, was aber angesichts meiner Studienschulden und ausgereizten Kreditkarten immer weniger machbar erschien.

Plötzlich kam mir in den Sinn, dass Jess und ich jetzt Waisen waren. Ganz allein auf der Welt, was anders gewesen war, als unser Vater noch existierte. Es war ein verwirrendes und beunruhigendes Gefühl.

»Gut, ich werde mich mal dort blicken lassen«, sagte ich schließlich. »Mal hören, was für Pläne die Frau hat. Aber Tomàs soll vorher die ganzen juristischen Sachen geklärt haben.«

»Feigling«, bemerkte Jess, hörbar zufrieden, dass sie ihren Willen bekommen hatte.

»Wie hat sie sich am Telefon angehört?«, fragte ich, um nicht zu sagen: *Worauf muss ich mich einstellen?*

»Keine Sorge – sie wirkte nicht völlig aufgelöst oder so. Ernst natürlich, aber … ruhig, würde ich sagen. Sie war sogar sympathisch, kam mir viel weniger abgedreht vor als seine ganzen früheren Frauen. Bodenständiger irgendwie.«

»Mir tut sie ja leid. Ist echt eine Scheißsituation für sie.«

»Ach, komm runter. Sie war mit dem Alten Dreckskerl verheiratet und hat bestimmt inzwischen gemerkt, dass es ihr ohne ihn besser geht. Genau wie wir.« Sie hielt inne. »Na ja, auf andere Art, aber du weißt schon, wie ich das meine.«

Wenn ich jemandem erzähle, dass ich die ersten fünfzehn Jahre meines Lebens auf Mallorca verbracht habe, bekomme ich meist zu hören, das müsse doch traumhaft gewesen sein. Manche haben vielleicht sogar von den Leuten aus der Musik- und Literaturszene gehört, mit denen meine Eltern verkehrten, oder von dem anrüchigen Aristokraten, der eine Affäre mit einem weniger bekanntem Mitglied des britischen Königshauses gehabt hatte. Aber da lagen die goldenen Jahre der Freigeister, die den simplen Lebensstil der spanischen Bauern leben wollten, schon Jahrzehnte zurück, und die älteren britischen Auswanderer, die damit prahlten, den Maler Joan Miró oder den Schriftsteller Robert Graves noch gekannt zu haben, verzapften – bei genauerer Überprüfung der zeitlichen Zusammenhänge – Unsinn. Das Zentrum der Gegenkultur war damals das alte Fischerdorf Deià, wo Graves gelebt hatte, und das war bereits unbezahlbar, als meine Eltern auf Mallorca eintrafen. Deshalb fuhren sie weiter die Küste entlang, bis sie Cauzacs entdeckten, ein kleines Dorf hoch oben an einem Berg nahe der Küste. Mein Vater wollte wegen des Lichts hoch oben wohnen, aber die Finca war damals auch extrem günstig zu haben. Das Land dort erwies sich dann als wesentlich steiniger und weniger fruchtbar als weiter unterhalb, und der Plan, Selbstversorger zu sein, schwand bald ebenso dahin wie die angelegten Terrassen, die von der Wildnis zurückerobert wurden. Und obwohl wir von der Finca aus direkt auf das Dorf blickten, das nur einen Katzensprung entfernt war, musste man eine Viertelstunde fahren, um es zu erreichen, oder eine halbe Stunde Fußmarsch auf einem steilen, gewundenen Pfad in Kauf nehmen.

Deshalb hielten Jess und ich uns früher hauptsächlich bei anderen Aussteigern auf – deren Kinder Namen wie Harmony, Zen, Felicity oder Sky abgekriegt hatten; auch in unseren Ausweisen steht nicht *Jess* und *Finn* – und zögerten immer den Moment hinaus, in dem wir den steilen Aufstieg antreten mussten. Wir waren natürlich Außenseiter in der mallorquinischen Dorfschule, aber es gab immerhin eine ganze Bande von uns, und wir bekamen von den Müttern immer etwas zu futtern, auch wenn es nur *Pa amb oli* war, älteres geröstetes Brot mit dem Fruchtfleisch einer Tomate, Olivenöl und vielleicht ein bisschen *Sobrasada*, mallorquinischer Streichwurst.

Mein Vater war aber auch ein sehr charmanter Mann. Das kam noch nicht zur Sprache, weil meine Erinnerungen an ihn vor allem von seinen Mängeln als Vater und Ehemann geprägt sind. (Womit nicht gemeint ist, dass er untreu war – meine Eltern führten, wie viele der sogenannten »Künstlertypen«, eine offene Ehe.) Frauen beteten ihn an, und er vergötterte sie, bis er ihrer überdrüssig wurde. Er hatte sich von irgendwoher etliche Dashikis beschafft, farbenfrohe afrikanische Hemden – heutzutage empfinde ich diese unreflektierte kulturelle Aneignung als Anlass zum Fremdschämen –, und sogar als seine lange Mähne weiß geworden war, gab er eine buchstäblich malerische Gestalt ab, wenn er an der Staffelei stand oder bei einer Vernissage in Palma eine Ansprache hielt. Da er sich einen kindlichen Geist bewahrt hatte, konnte man auch Spaß mit ihm haben – vorausgesetzt, er war nüchtern. Aber da er nicht bereit war, irgendwelche Grenzen zu akzeptieren, erkannte er auch nicht, dass Kinder welche brauchen. Wir lernten nicht einmal eine einzige Sprache richtig – zu Hause sprachen wir Englisch, in der Schule Katalanisch und im Dorf Mallorquinisch; Jess tat sich besonders schwer mit dieser Situation und konnte sich deshalb lange in keiner Sprache richtig verständigen.

Nachdem wir wieder in England lebten, war ich nur noch ein paarmal auf Mallorca gewesen. Die zweite Ehefrau wollte nichts mit uns zu tun haben, und mein Vater war zu egomanisch, um eine Beziehung mit uns aufrechtzuerhalten. Unsere Mutter redete anfänglich davon, das kulturelle Erbe unserer Herkunft pflegen zu wollen. Aber letztlich war der Lebensstil unserer Eltern gar nicht von der mallorquinischen Kultur geprägt gewesen, und als unsere Mutter erneut heiratete, wollte sie diesen Teil ihres Lebens ebenso vergessen wie wir. Deshalb bestand für mich das einzige Vermächtnis meiner ersten fünfzehn Lebensjahre aus einem EU-Pass, einer Neigung zum Stottern, wenn ich nach dem richtigen Wort suchte, und einem Dokument, das besagte, dass mein Vater nach der Trennung von meiner Mutter lebenslanges Wohnrecht auf der Finca hatte, die nach seinem Tode an uns übergehen werde. Diese auf Mallorca übliche Nießbrauchregelung, *usufructo*, war vertraglich festgelegt worden von Tomàs, dem Anwaltsfreund meiner Mutter, als ihm zu Ohren gekommen war, dass der Alte Bastard sich geweigert hatte, ihr auch nur einen Penny zu geben, wenn sie ihn – mitsamt uns – verlassen würde. Ich glaube, Tomàs musste damals sogar unsere Flüge bezahlen.

Und nun würde ich also zurückkehren. Meinen Äußerungen gegenüber Jess zum Trotz empfand ich eine Spur von Neugier. Nicht auf die dritte Gattin – ich wusste bereits, wie sie sein würde, da mein Vater sich immer wieder den gleichen Typ Frau gesucht hatte: Auch wenn sie als Haushaltshilfe arbeitete, würde sie sonnengebräunt sein und sich für Yoga und den ganzen anderen narzisstischen Wellness-Quatsch interessieren, zu dem die einstige Gegenkultur inzwischen mutiert war. Nein, ich war vielmehr gespannt auf das Anwesen. Dort nahm alles vor fünfzehn Jahren eine verheerende Wendung, und nun kehrte ich zurück, um die Finca zu übernehmen.

2

ABER ich hatte es nicht eilig, trat die Reise erst am Samstag nach dem Telefonat mit Jess an. Meine beruflichen Verpflichtungen hinderten mich an nichts, denn ich war als selbstständiger Webentwickler für ein IT-Unternehmen tätig, für das ich auch aus dem Ausland arbeiten konnte. Mir ging es vor allem darum, der Frau meines Vaters Zeit zu lassen.

Oder vielmehr der Witwe. Ich musste mir jetzt auch angewöhnen, sie beim Namen zu nennen und nicht einfach nur »die Frau« zu denken.

Außerdem wollte ich, dass Tomàs, der Anwalt, ausreichend Zeit hatte, um Ruensa zu informieren. Ich hatte nicht die geringste Absicht, unangekündigt vor der Haustür zu stehen und zu verkünden, dass es jetzt unsere Tür sei – was Jess auch sagen mochte. Das wäre nicht nur unsensibel gewesen, sondern hätte auch einen Konflikt erzeugen können. Und ich hoffte sehr, heftige Emotionen meiden zu können, sowohl Zorn als auch Trauer.

Tomàs schätzte die Lage als unproblematisch ein. »Es ist ja nicht ungewöhnlich, dass ein Mann, der ein weiteres Mal heiratet, per Testament seinen leiblichen Kindern das Haus vererbt«, erklärte er, als ich ihn anrief. »Und hier verhält sich das nicht wesentlich anders. Ich werde ihr kondolieren und dabei möglichst taktvoll versuchen herauszufinden, inwieweit sie Bescheid weiß.«

»Vielen Dank, Tomàs.«

»Ihr müsst allerdings damit rechnen, dass es bis zur Testamentseröffnung einige Zeit dauern wird. Das Testament muss zunächst von einem Gerichtsübersetzer übertragen und mit einer Apostille beglaubigt werden. Danach müssen die Dokumente angefertigt und unterzeichnet werden, und die Steuerbehörde muss in den Verkauf einwilligen ... ich vermute, der gesamte Vorgang wird mehrere Monate in Anspruch nehmen.«

»Kannst du das alles für uns regeln, damit wir nicht vor Ort sein müssen?«

»Natürlich – ich kann Dokumente vorbereiten, mit denen ihr mir eine Vollmacht ausstellt. Die müssen allerdings bei einem spanischen Notar unterschrieben werden. Aber ich kann bereits mit den Vorbereitungen beginnen.« Als er weitersprach, klang seine Stimme herzlich. »Ich freue mich darauf, dich wiederzusehen. Komm in mein Büro, dann essen wir zusammen zu Mittag und bringen uns auf den neuesten Stand.«

»Sehr gerne.«

Tomàs war für Jess und mich wie eine Art Onkel. In unserer Kindheit waren ständig Menschen bei uns aufgetaucht und schnell wieder verschwunden – Freunde, Affären, Schnorrer, Bewunderer. Manche blieben ein paar Wochen, andere ein paar Monate. Ein paar wenige lebten sogar länger auf der Finca, kochten Marmelade aus unserem Obst, die sie auf Bauernmärkten verkauften, boten Henna-Tattoos an oder Ähnliches, bis mein Vater die Leute satthatte und wegschickte. Dann verabschiedeten sich einige von uns Kindern, die wir uns an sie gewöhnt hatten, aber durchaus nicht alle. Tomàs war eine der wenigen Konstanten in unserem Leben gewesen – ein kultivierter, weltläufiger Anwalt, der die Künstlerszene von Mallorca anregend fand, aber auch ein enger Freund meiner Mutter wurde. Ich gehe davon aus, dass sie irgendwann auch mal etwas miteinander hatten, da ohnehin jeder mit jedem schlief. Aber er war auch ein einfühlsamer Zuhörer und einer der wenigen, die praktische Ratschläge geben konnten.

Deshalb war ich mir sicher, dass er sein Wort halten und sich im Gespräch mit Ruensa taktvoll benehmen würde. Dennoch war mir unbehaglich zumute, als ich kurz vor dem Abflug einen Anruf von einer mir unbekannten spanischen Nummer bekam.

»*Hola?*«, meldete ich mich zögernd.

Eine wohlklingende Frauenstimme sagte: »Spreche ich mit Finn?«

»Ja, ich bin Finn.«

»Hier ist Ruensa – Jimmys Frau. Passt es gerade?«

Ich warf einen Blick auf meine Uhr. Noch vierzig Minuten bis zum Boarding; das war ein weiteres Ergebnis unserer chaotischen Kindheit – Jess und ich erschienen überall lächerlich früh. »Ja, kein Problem.«

»Ich habe deine Nummer von deiner Schwester bekommen – ich hoffe, das ist okay für dich. Sie hat mir gesagt, du seist auf dem Weg nach Mallorca.«

»Genau.« Ruensa hatte einen Akzent, den ich nicht zuordnen konnte – skandinavisch vielleicht.

»Dann hoffe ich sehr, dass du vorhast, während deines Aufenthalts auf der Finca Síquia zu wohnen«, sagte sie.

»Ich habe mir eigentlich ein Zimmer gebucht …«, begann ich.

»Also nein, bitte wirklich nicht. Jimmy wäre entsetzt, wenn er das hören würde.« Die Vorstellung, dass mein Vater sich auch nur den geringsten Gedanken über meine Unterkunft machen würde, war beinahe komisch, aber ich äußerte mich nicht dazu. »Es ist ja euer Anwesen«, fügte Ruensa hinzu. »Und selbst wenn es nicht so wäre, würden wir dich auf keinen Fall im Hotel wohnen lassen.«

»Das ist sehr nett.« Das hörte sich ganz so an, als wisse sie Bescheid über die Nießbrauchregelung, was mich enorm erleichterte. Ich musste Ruensa also nicht selbst damit konfrontieren. Auch wenn Jess etwas anderes zu glauben schien, kam ich nämlich gar nicht gut mit Konflikten zurecht. Vielleicht ein klein bisschen besser als sie, weil ich mehr Gespür für die Gefühle anderer hatte.

Dann fügte ich hinzu: »Und, Ruensa … das hatte ich längst gesagt haben wollen: mein herzliches Beileid.«

Ein kurzes Schweigen entstand. »Er fehlt mir schrecklich«, sagte sie schließlich. »Ich weiß, dass er nicht so ein guter Vater war, und er hatte deshalb auch furchtbare Schuldgefühle. Ich habe immer wieder versucht, ihn zu ermutigen, dass er euch hierher einlädt. Und ich glaube, es war nur seine Scham, die ihn davon abgehalten hat. Diese Versäumnisse bereue er am meisten, hat er oft gesagt. Und dass er früher so viel getrunken hat. Deshalb weiß ich auch, wie viel es ihm bedeuten würde, dass du bei uns wohnst.«

Ich zog erstaunt die Augenbrauen hoch. Wenn mein Vater sich nicht auf wundersame Weise in einen vollkommen anderen Menschen verwandelt hatte, waren diese Verhaltensweisen höchst unwahrscheinlich für ihn. »Wenn das so ist, komme ich natürlich sehr gerne. Aber nur für ein paar Tage. Ich muss in Palma einige Dokumente unterzeichnen und fliege dann gleich wieder nach London zurück.«

»Dann sollten wir so viel Zeit wie möglich zusammen verbringen«, sagte Ruensa entschieden. »Und wir können die Asche deines Vaters gemeinsam verstreuen … ich dachte mir, vielleicht am Torre del Verger, den Ort hat dein Vater sehr geliebt. Es wäre schön, wenn jemand aus der Verwandtschaft dabei ist.« Sie hielt inne. »Ehrlich gesagt … ich versuche mich so gut es geht abzulenken. Du wirst es also aushalten müssen, dass ich dich umsorge.«

Wir machten noch ein bisschen Small Talk, verabschiedeten uns dann. Ich dachte über das Wort »Verwandtschaft« nach. Erwartete Ruensa womöglich weiteren Kontakt, nachdem mit dem Anwesen alles geregelt war? Darauf legte ich keinerlei Wert. Abgesehen von Rachel, einer entfernten Cousine, die zurückgezogen in Cornwall lebte, und Jess' eigener Familie hatten wir keine Verwandtschaft, und das war uns beiden auch sehr recht so.

Aber Hauptsache, mit der Finca war bereits alles geklärt. Jetzt musste nur noch eine Absprache getroffen werden, wie lange Ruensa noch bleiben konnte. Da ich großzügig sein wollte, dachte ich mir, bis alle rechtlichen Schritte geregelt waren und das Haus zum Verkauf stand – aber vielleicht konnte sich Tomàs auch darum kümmern.

Eine Bemerkung ging mir noch durch den Kopf. Ruensa hatte gesagt: *würden wir dich auf keinen Fall im Hotel wohnen lassen*. Mit »wir« hatte sie bestimmt sich und meinen Vater gemeint, wie das nach Partnerverlust oft passierte; man hatte sich noch nicht daran gewöhnt, allein zu sein.

Ich holte mir einen Kaffee, der scheußlich schmeckte. Zwanzig Minuten später wurde mein Flug aufgerufen, und ich stellte mich gerade in der Schlange an, als ich noch einen Anruf mit einer spanischen Vorwahl bekam.

»Spreche ich mit Mr Hensen?«, hörte ich eine Männerstimme, als ich mich meldete.

»Ja.«

»Mr Hensen, ich bin Subinspector Parera von der Policía Nacional in Palma. Mein Beileid zum Verlust Ihres Vaters.«

»Danke«, sagte ich, während ich beunruhigt überlegte, weshalb ich von der Polizei angerufen wurde.

»Mr Hensen, wir müssen abklären, ob im Falle des Ablebens Ihres Vaters eine offizielle Untersuchung notwendig ist. Deshalb muss ich Ihnen einige Fragen –«

»Was meinen Sie mit ›offizielle Untersuchung‹?«, fragte ich überrascht.

»Wenn jemand unter vermeidbaren Umständen zu Tode gekommen ist, wird immer die Polizei eingeschaltet«, erklärte Parera. »Gegenwärtig sammeln wir noch die notwendigen Informationen. Haben Sie zehn Minuten für mich?«

Ich schaute auf die Schlange vor mir, die sich langsam Richtung Boarding-Schalter bewegte. »Im Moment eher ungünstig, ich steige gleich in mein Flugzeug.«

Ein kurzes Schweigen entstand. »Darf ich fragen, wohin Sie fliegen?«

»Nach Mallorca.«

»Einen Moment bitte.« Ich hörte gedämpftes Murmeln, als er die Hand auf den Hörer legte, um mit jemandem zu sprechen. Dann sagte er: »Könnten Sie dann vielleicht persönlich vorbeikommen? Montag um elf Uhr, würde das passen? Das Revier befindet sich in Palma an der Carrer de Simó Ballester.«

»Das wäre möglich, ja.«

»Gut. Bis dahin.«

Vermeidbare Umstände. Ich hatte keine Ahnung, was das bedeuten sollte, würde mich aber bis Montag gedulden müssen, um es zu erfahren. Jess hatte einen Defibrillator erwähnt und dass der Alte Dreckskerl kollabiert sei, weshalb ich von einem Herzinfarkt ausgegangen war. Vielleicht meinte der Subinspector mit »vermeidbar« besoffen? Ruensa hatte sich angehört, als hätte mein Vater weniger getrunken – oder es zumindest versucht. Aber bei seinem Alkoholkonsum wäre er auf jeden Fall von einem hohen Niveau gestartet. In unserer Kindheit war der Haufen leerer Flaschen hinter dem Haus so hoch, dass wir ihn »Puig Veterano« nannten, Veterano-Berg, nach dem einheimischen Brandy.

Ich schrieb schnell an Jess:

> Mit Ruensa geredet. Ich wohne auf der Finca! Und die Polizei will mit mir über Todesumstände vom AD sprechen.

Zuerst kam keine Antwort. Dann, als wir auf die Startbahn rollten und ich gerade mein Handy ausschalten wollte, trafen in kur-
zer Folge zwei Nachrichten ein:

Finca: gut!

Polizei: Ha! Vielleicht hat die neue Frau ihn umgebracht?

3

REINE Luftlinie ist Cauzacs nur etwa vierzig Kilometer vom Flughafen in Palma entfernt, aber dazwischen befindet sich die Serra de Tramuntana, ein Gebirgszug, der sich entlang der Nordküste von Mallorca erstreckt wie ein tausend Meter hoher Wall. Man muss den Puig de Galatzó umrunden, den höchsten Punkt im Westen der Insel, und zwar auf einer extrem schmalen Küstenstraße, die jede Menge atemberaubende Ansichten für Instagram-Fotos bietet, aber mit ihren Haarnadelkurven und steilen Abgründen nichts für schwache Nerven ist.

Ich hatte mir einen kleinen Renault Captur gemietet, der zwar Allradantrieb hatte, sich aber wie ein Spielzeugauto anfühlte, als ich vorsichtig damit durch die Serpentinen fuhr. Beschleunigen … bremsen … schalten … wieder beschleunigen … Ab und zu sah ich Gänsegeier über den hoch aufragenden Kalksteinfelsen schweben; manchmal musste ich wegen entgegenkommender Busse oder Lastwagen an den Rand fahren oder hinter Radfahrern herschleichen, die mich mit ihren stromlinienförmigen Helmen an Ameisen erinnerten. Ansonsten gab es in diesem nördlichen Teil der Insel wenig Anzeichen von Leben, bis auf hie und da ein Fischerboot auf dem Meer. Vieles wies dagegen auf Tod und Sterben hin: Die Pinienwälder waren in den letzten Jahren durch Waldbrände verwüstet worden, am Straßenrand ragten kohlschwarze verstümmelte Bäume auf wie Grabsteine.

Cauzacs konnte ich bereits sehen, bevor ich dort eintraf – ein paar Häuser, die sich an einen Berghang zu klammern schienen. Ober- und unterhalb des Dorfes hatte man Terrassen für Gemüseanbau angelegt, sodass der untere Teil des Bergs geschichtet war wie eine Hochzeitstorte. Es gab hier eine Tradition, der zufolge jeder Sohn eine weitere Terrasse auf dem Land seines Vaters anlegen sollte. Was jedoch bei der Finca Síquia schon seit Generationen vernachlässigt worden war. Die Terrassen waren verwahrlost, und nicht nur bei unserem Anwesen – vielerorts waren die Schichten der Hochzeitstorte zu Geröllhalden geworden. Seit meinem letzten Besuch hier hatten sich solche wüsten Stellen ebenso vermehrt wie die verbrannten Waldgebiete, was die Berglandschaft trostlos und morbide wirken ließ.

Doch im Dorf schien sich wenig verändert zu haben. Noch immer die Handvoll kleiner Hotels, die dann außerhalb der Saison nur als Cafés und Bars genutzt wurden. Dieselbe Bäckerei, die gleichen rot-weiß getigerten Katzen, die durch die menschenleeren Straßen streiften, die gleiche gedrungene Mallorca-Dogge, die bellend mein Auto verfolgte, als ich die Carrer de sa Síquia hinauffuhr.

Ich sah eine staubige Hufeisennatter, etwa einen Meter lang, die sich am linken Straßenrad entlangschlängelte; eine ungiftige Schlangenart, im Gegensatz zu den Kapuzennattern, denen wir auf der Finca häufig begegnet waren. Wenn wir früher eine entdeckt hatten, bestand Jess darauf, dass ich das Tier erledigte, weil sie Schlangen verabscheute. Und unsere Eltern waren wohl auch dafür, obwohl sie immer predigten, man solle im Einklang mit der Natur leben. Jetzt bemerkte ich amüsiert, dass die Schlange tatsächlich schneller war als ich, weil der kleine Wagen sogar im zweiten Gang Mühe hatte, die extreme Steigung zu bewältigen.

Gäste hatten oft bezweifelt, dass sie das Anwesen überhaupt mit dem Auto erreichen konnten. Immer wieder hatte zimperliche

Hippies auf halber Strecke beinahe der Mut verlassen. Gleich außerhalb des Dorfes führte diese schmale unbefestigte Straße an einer Kreuzung in einen Pinienwald hinein. Auf den ersten Blick sah sie malerisch und gut befahrbar aus; erst nach einer Weile wurde man mit den absurd engen Kurven, der bedrohlichen Steigung und dem steinigen Boden konfrontiert. Doch da ich mich mit dem Terrain auskannte, geriet der Renault zwar gelegentlich ins Rutschen, rollte aber nie rückwärts.

Und dann kam das Haus in Sicht.

An den Ort zurückzukehren, an dem man aufgewachsen ist, fühlt sich immer wie eine Zeitschleife an, und ich spürte auf Anhieb jede Menge widersprüchliche Gefühle – Vertrautheit, Abscheu, Heimweh und Wehmut. Vor allem aber eine Art Trauer über all das unnötige Unheil, das hier angerichtet worden war.

Erstaunt stellte ich fest, dass das Dach repariert war, und erinnerte mich wieder an Jess' Worte: *Wer weiß, vielleicht ist das Anwesen gar nicht mehr so verwahrlost wie früher.* Bei meinem letzten Besuch hier hätte ich keinen Pfifferling mehr für die Finca gegeben. Aber vielleicht hatte die dritte Ehe meines Vaters tatsächlich bewirkt, dass er hier für Ordnung gesorgt hatte.

Ich hielt an der Gebäudeseite, stieg aus und steuerte über die Veranda auf die Tür zu, durch die wir immer das Haus betreten hatten. Und wenn mich schon das reparierte Dach überrascht hatte, kam ich jetzt aus dem Staunen gar nicht mehr heraus. Der Ausblick auf die hellgrauen in der Sonne glimmenden zerklüfteten Berggipfel, die sich nach Osten und Westen erstreckten, war immer schon fantastisch gewesen – aber mehr eben auch nicht. Die Plantage der Finca war damals in meiner Kindheit völlig verwildert gewesen, ein Dickicht, das fast bis zum Haus reichte. Als Kind stellte ich mir immer vor, dass die betagten Olivenbäume, knorrig und stämmig von jahrzehntelangem Beschneiden, alte Frauen seien, durch Magie für immer erstarrt.

Wenn die Olivenfruchtfliegen ihre Eier in die ungeernteten Oliven legten, kam es mir vor, als schwirrten sie um das zerzauste wirre Haar der Greisinnen herum.

Aber seit meinem letzten Aufenthalt hier hatte sich das Gelände vollkommen verändert. Das Gestrüpp aus Pampasgras und Oleander war verschwunden, die Oliven waren abgeerntet, die Bäume gut gepflegt. Wo früher Unkraut gewuchert hatte, sah ich jetzt frisch geharkte Erde. Auch die Orangen waren allesamt gepflückt worden, bis auf die spät reifenden Navelorangen, die dick und rund an den Ästen hingen. Die Avocadobäume waren schwer von Früchten, die Feigen säuberlich beschnitten, die Kakteen entfernt. Und neben dem Haus leuchteten gelb die Zitronen am Baum, glänzend und gesund und nicht faulig und überreif, wie ich sie in Erinnerung hatte.

In der Ferne sah ich einen kleinen Traktor, der rückwärts auf einen Mandelbaum zufuhr, am Steuer eine Gestalt in einem blauen Overall. Der Alte Dreckskerl hatte also wahrhaftig jemanden für die Plantage angestellt.

Und das waren noch lange nicht alle Überraschungen, die mich erwarteten. In der Zeit, als mein Vater noch malte, hatte er das kleine Steinhaus, in dem früher die Olivenpresse stand, als Atelier genutzt. Nicht weit entfernt davon befand sich direkt am Rande des steilen Abhangs eine *cisterna*, ein alter Bewässerungstank. An besonders heißen Tagen tauchten wir Kinder Arme und Beine in das dunkle kühle Wasser, obwohl es darin vor warzigen Kröten wimmelte. Inzwischen war aus der einstigen Zisterne ein Infinity-Swimmingpool geworden. Der Boden leuchtete azurblau, das glasklare Wasser glitzerte in der Sonne.

Nicht nur, dass es meinem Vater gar nicht ähnlich sah, einen Swimmingpool anzulegen – er hatte sich immer verächtlich darüber ereifert, dass so etwas ein Symbol für Mallorcas Abstieg vom authentischen Künstlerrefugium zum Massentourismusziel sei: *Schau dir diese Idioten an. Wozu braucht man einen Scheißpool, wenn man das Meer hat?* Sondern auch die Kosten … diese Neuerungen mussten Zehntausende Euro gekostet haben. Woher hatte er so viel Geld?

Oh, nein. Ich stöhnte innerlich, als mir der Gedanke kam, dass er womöglich Geld geheiratet, mit seinem Charme eine reiche Witwe bezirzt hatte, um wie die Made im Speck zu leben.

Doch dann fiel mir ein, dass Jess gesagt hatte, Ruensa sei seine Haushaltshilfe gewesen. Warum sollte sie putzen, wenn sie reich war?

Nun, das würde ich wohl in Kürze erfahren. »Hallo?«, rief ich durch die offene Tür. »*Hola?*«

Stille.

Ich trat ins Haus. Auch hier war alles verändert. Linker Hand in der hohen Küche waren die alten Hackblöcke gesäubert und aufgehellt worden, die Dielen ausgebessert und abgeschliffen. Die Wände – früher bedeckt mit den schrecklichen erotischen Fresken meines Vaters – leuchteten himmelblau, die Decke war ockergelb gestrichen worden – eigentlich eine schräge Farbkombination, die aber angenehm wirkte. Von dem Deckenbalken, der sich durch den ganzen Raum zog, hingen Schnüre mit getrockneten Ramallet-Tomaten, der wichtigsten Zutat von *Pa amb oli.* Der Gesamteindruck ließ mich an teure Wohnzeitschriften denken – ein mediterranes Traumhaus zum Verkriechen vor der Welt.

»Finn?«, hörte ich jemanden hinter mir sagen.

Ich drehte mich um. Sie war die Treppe heruntergekommen, stand jetzt im Flur und lächelte mich erwartungsvoll an – eine zierliche dunkelhaarige Frau Anfang fünfzig. Ich hatte mir bereits überlegt, wie ich sie begrüßen sollte, und mich für Händeschütteln entschieden, vielleicht mit angedeuteten Wangenküssen. Aber Ruensa umarmte mich herzlich. Erst als sie mich wieder losließ, konnte ich sie genauer ansehen.

»Du musst Ruensa sein …«, begann ich.

»Bitte nenn mich Ru«, unterbrach sie mich. »Du siehst deinem Vater so ähnlich!«

Das überraschte mich, mir waren noch nie Ähnlichkeiten aufgefallen. »Tut mir sehr leid, dass wir uns erst unter solchen Umständen kennenlernen.«

Sie winkte mit einer schnellen, fast schroffen Handbewegung ab, wollte darüber eindeutig nicht sprechen. »Du bist hier, das ist die Hauptsache. Willkommen zurück in der Finca Síquia!«

»Die kaum wiederzuerkennen ist …«

Sie lächelte stolz. »Gefällt es dir?«

»Alles sieht unglaublich toll aus.«

Sie sah sich um. »Die Farben hat natürlich Jimmy ausgesucht. Er hatte das absolute Auge dafür. Ich habe ihn dazu veranlasst zu entrümpeln. Als ich herkam, war das Anwesen eine Müllhalde! Aber wir haben es geschafft, das zu ändern.«

Ruensa strahlte Energie aus, sprach lebhaft, begleitet von temperamentvollem Nicken und Lächeln. Ihre Gesten waren kraftvoll; als sie auf die Wände zeigte, wirbelte sie herum wie eine Ballerina, und als sie sich mir wieder zuwandte, machte sie so große Augen, als wolle sie mich in ein wundervolles Geheimnis einweihen.

»Es ist sehr nett, dass du mich beherbergst«, sagte ich. »Ich hätte wirklich in ein Hotel gehen können.«

Sie rümpfte die Nase und winkte ab. »Ich habe dich in der *caseta* untergebracht, dem Gästehaus. Ist dir das recht?«

»In der *caseta*? Wo früher die Olivenpresse stand?«

Sie lächelte angesichts meines Erstaunens. »Ja, aber da sieht es jetzt ganz anders aus. Komm.«

Am einstigen Atelier meines Vaters angekommen schob Ruensa die Tür auf. Dank des Tors an der gegenüberliegenden Seite war der Raum immer hell gewesen, doch zuletzt hatten nur rostiges Gartengerät und halb fertige Leinwände dort herumgestanden.

Das einstige Tor war inzwischen durch ein bodentiefes Fenster ersetzt worden, die Steinwände leuchteten in hellem Beige, der Raum hatte sich in ein stilvolles anheimelndes Schlafzimmer verwandelt: ein Pfostenbett mit weißem Netzbaldachin, ein Ventilator an der Decke, bunte Läufer, ein Holzofen. Die halb verwitterte Zwischenwand hinter dem Bett war erhalten, aber abgeschliffen und gewachst worden, sodass die Holzmaserung zur Geltung kam. Dahinter sah ich einen Stapel flauschiger weißer Handtücher, es musste also weiter hinten auch noch ein Badezimmer geben.

»Das ist umwerfend«, sagte ich, was absolut aufrichtig war. »Ich bin enorm beeindruckt, was du hier geleistet hast, Ru.«

Sie lachte leise. »Wir wollten die *caseta* diesen Sommer auf Airbnb anbieten. Man kann hier ja fantastisch wandern.« Sie wies Richtung Berg. »Die Wege führen bis nach Esporles.«

Ich nickte. Das leuchtete mir vollkommen ein – der nächste brauchbare Strand war vierzig Minuten entfernt, aber man war hier direkt am Berg. In meiner Kindheit interessierten sich wenige Touristen für den Fernwanderweg GR 221, den einstigen Schmugglerpfad quer über die Insel. Aber ich hatte mitbekommen, dass er seit einigen Jahren sehr beliebt geworden war. Und da als Unterkünfte bei dieser Wanderung nur schlichte Herbergen und Klöster zur Verfügung standen, war es gewiss kein großer Mangel, dass es in der Finca keine Klimaanlage gab.

An einer Wand hing ein großes Gemälde. Ich erkannte den Stil meines Vaters, hatte aber seit Jahrzehnten kein so gelungenes Werk mehr von ihm gesehen. Es war ein Porträt von Ruensa, die in einem alten Ledersessel saß. Das Gesicht zum Licht gewandt, das Kinn in die Hand gestützt, schaute sie auf den Puig de Galatzó. Aber vor allem faszinierte mich die zweite Figur auf dem Bild. Sie stand neben Ruensa und blickte den Betrachter direkt an: eine junge Frau, groß und grazil. Ihr langes Haar fiel über ihre Schultern, ihre Augen waren so schwarz wie Oliven.

»Wer ist das?«, fragte ich.

Ruensa betrachtete das Bild wohlgefällig. »Roze. Meine Tochter.« Sie drehte sich um. »Ach, Roze, da bist du ja! Komm und begrüße unseren Gast.«

Eine große schlanke Gestalt in einem blauen Overall ging gerade an der offenen Tür vorbei – die Person, die ich auf dem Traktor gesehen hatte, fiel mir jetzt auf.

Die junge Frau von dem Gemälde.

Sie kam herein. »Hi. Du musst Finn sein. Ich gebe dir lieber nicht die Hand, bin schmutzig und muss erst mal duschen.« Roze hob eine Hand zum Gruß, strich sich mit der anderen das Haar aus der schweißnassen Stirn. »Ich begrüße dich dann nachher richtig.«

Und damit ging sie hinaus. Aber schon in diesem kurzen Moment war etwas Wundervolles geschehen.

4

WENN ich Roze beschreibe, möchte ich den Eindruck vermeiden, dass ich mich nur aufgrund ihres Aussehens zu ihr hingezogen fühlte – diese brutale Nach-links-oder-rechts-wischen-Objektifizierung, die Beziehungen für meine Generation so trivialisiert hat. Roze war nicht einmal wirklich fotogen mit ihren eher kindlichen Gesichtszügen, dem Schmollmund und den leichten Pausbacken. Dieser Eindruck wurde durch fehlendes Make-up, den weiten Overall und die zerzausten Haare noch verstärkt. Aber sogar bei dieser kurzen ersten Begegnung strahlte sie etwas Verletzliches, Scheues aus. Es mag albern klingen, aber sie erinnerte mich an einen Baummarder, den ich einmal so weit gezähmt hatte, dass er sich bei mir Futter holte. Und ja, vielleicht lag es auch an dem Ambiente, der verwandelten Finca, die zu einem Idyll, einem kleinen Paradies in den Bergen geworden war. Ein Teil von mir war sofort wieder vierzehn Jahre alt, bereit, mein Herz jedem Mädchen zu Füßen zu legen, das es begehrte.

Nicht dass so etwas bei Roze infrage gekommen wäre. Ich spürte zwar deutlich, dass ich sie hinreißend fand, und ihr Lächeln zur Begrüßung hatte mich bezaubert. Aber mir war bewusst, dass ich angesichts der Situation keinerlei Verhalten an den Tag legen durfte, das als unangemessen betrachtet werden konnte. Deshalb rief ich ihr mit unbewegter Miene und ausdrucksloser Stimme nach: »Klar. Bis später.«

»Und ich muss dich auch für eine Weile verlassen.« Ruensa ließ einen Autoschlüssel um den Zeigefinger wirbeln. »Es gibt *Arroz Brut* zum Essen, aber ich habe den Wein vergessen, und wir brauchen auch noch Brot. Ich muss rasch noch mal ins Dorf fahren.« Wieder überlegte ich, woher ihr Akzent stammen mochte. Angesichts ihres Aussehens hielt ich Schweden für unwahrscheinlich. Vielleicht eher Griechenland oder die Türkei.

»Das kann ich doch übernehmen«, bot ich an. »Ich wollte ohnehin bei Alejandro vorbeischauen.« Alejandro war einer meiner *quintos*, ein Mitschüler aus meinem Jahrgang an der Schule, und durch und durch Mallorquiner. Er hatte sein ganzes Leben in Cauzacs verbracht und das Dorfcafé übernommen, als sein Vater in den Ruhestand ging.

Ruensa zögerte kurz, aber ich bestand darauf, und zwanzig Minuten später hatte ich meinen Koffer ausgepackt und fuhr die holprige Piste wieder hinunter. Ich warf einen Blick auf die Zeitanzeige im Armaturenbrett. Das Café machte gerade nach der Mittagspause wieder auf. Es war sicher nett, meinen alten Schulfreund wiederzusehen, aber vor allem interessierte mich, was man im Dorf über das Geschehen in der Finca Síquia dachte. Die Einheimischen hatten ganz sicher eine Meinung dazu – *xafardejar*, Klatsch und Tratsch, war der mallorquinische Nationalsport, und hier im Dorf wurde jeder Neuankömmling begutachtet. Ich war gespannt auf die Ergebnisse.

»Das Beste, was ihm in seinem ganzen Leben passiert ist«, sagte Alejandro und schob seine Kaffeetasse zur Seite. »Dein Vater mag ein Tunichtgut gewesen sein, aber er konnte erkennen, wenn sich ihm etwas Gutes bot. Sie hat offenbar zu ihm gesagt, sie würde nur zu ihm ziehen, wenn er mit dem Trinken aufhört und sich besser pflegt. Drei Monate später waren sie verheiratet.«

Ich nickte. »Die Finca sieht jetzt fantastisch aus.«

Alejandro warf mir einen Seitenblick zu. »Du weißt sicher, woher das Geld kam.«

»Nicht so richtig«, erwiderte ich, in der Hoffnung, dass er es mir erklären würde.

»Die Leute sagen, vermutlich ein Kredit. Weil sie ja vorher schon Häuser geputzt hat und dein Vater nie Kohle hatte.« Er hielt inne. »Die Finca gehört jetzt dir und deiner Schwester, oder?«

Ich nickte. Es wunderte mich nicht, dass Alejandro im Bilde war über die Regelung bei der Scheidung meiner Eltern. Wir würden also nicht nur das Haus, sondern auch Schulden erben. Oder doch nicht? Ich kannte mich mit spanischem Recht nur dürftig aus, hatte aber vage in Erinnerung, dass ein Bankkredit im Todesfall abbezahlt werden musste. Ein weiteres Problem, mit dem sich Tomàs vielleicht befassen musste.

»Ich habe gehört, dass sie vorhatten, die Finca als Agroturismo anzubieten«, fügte Alejandro hinzu. »Dein Vater wollte Malunterricht geben, sie wollte kochen … Das ist ja heutzutage der Trend.«

»Und die Tochter? Was reden die Leute über sie?« Ich bemühte mich um einen neutralen Tonfall, aber Alejandro warf mir einen forschenden Blick zu.

»Ich glaube, die wenigsten haben sie je zu Gesicht bekommen. Soll aber toll aussehen, habe ich gehört.«

»Nicht für deine Ansprüche«, erwiderte ich leichthin. »Du bist ja mit Aina verheiratet. Und hast inzwischen ein zweites Kind bekommen, habe ich gehört – Glückwunsch.«

Er lächelte und fuhr fort: »Die beiden haben von Anfang an sehr zurückgezogen gelebt, vor allem die Tochter. Nur die Mutter kommt zum Einkaufen ins Dorf. Miquel kann dir vermutlich mehr erzählen.« Er wies mit dem Kopf auf jemanden hinter mir.

Ich drehte mich um. Ein kleiner untersetzter Mann mit einem löchrigen ärmellosen T-Shirt stand am Tresen, einen Cortado vor sich. Ich erkannte ihn wieder – der Mann, der die Terrassen unter uns bewirtschaftete.

Während Alejandro einen anderen Gast bediente, trat ich zu Miquel und nickte zum Gruß.

»Ganze Weile her«, sagte er knapp.

»Vier Jahre.«

Er grunzte. »Tut mir leid mit deinem Vater.«

Ich zuckte mit den Schultern. »Danke.«

»Finn hat nach den Frauen gefragt«, rief Alejandro zu uns herüber.

»Sie haben ja das Anwesen ordentlich rausgeputzt«, sagte ich. »War auch mal nötig, nicht?«

Miquel wandte den Kopf und tat so, als spucke er auf den Boden. »Sind die Ersten hier, aber sicher nicht die Letzten.«

»Die Ersten was?«, fragte ich verständnislos.

Er warf mir einen finsteren Blick zu. »Illegale Einwanderer.« Und damit kippte er den Rest seines Kaffees hinunter, klatschte Geld auf den Tresen und ging hinaus.

Alejandro grinste. »Einiges ändert sich nie, oder? Zum Beispiel das heitere Gemüt von Miquel.«

»Was meinte er damit?«, fragte ich.

Alejandro zuckte mit den Schultern. »Keine Ahnung. Vor einer Weile sind ein paar Marokkaner und Algerier hier angekommen. Die lassen normalerweise ihre Schlauchboote im Süden am Strand zurück und verschwinden dann – die Schlepper bringen sie zu Tomatenfarmen, wo Illegale beschäftigt werden. Aber das sind hauptsächlich junge Männer, die Arbeit brauchen, keine Frauen wie deine beiden hier.«

Ich nickte. Natürlich war ich im Bilde über die Migranten, die versuchten, in Europa einzuwandern. Ich hatte bereits für Organisationen gespendet, die sich bemühten, die Bedingungen in den Flüchtlingslagern auf den griechischen Inseln zu verbessern, wo Tausende Menschen in Schiffscontainern und Zelten lebten. Ich hatte im Internet Petitionen unterschrieben, damit die EU keine Flüchtlinge dazu veranlasste, nachts in gefährlich überfüllten Schlauchbooten die Schifffahrtswege zu überqueren, um der Frontex-Patrouille zu entgehen, oder sie zur Umkehr zwang, bevor sie die europäischen Küsten erreichten. Aber, wie Alejandro schon sagte: Auf Mallorca trafen eher wenige Geflüchtete ein.

»Welche Nationalität haben Roze und Ruensa?«, fragte ich Alejandro.

Er zuckte erneut mit den Schultern. »Du weißt doch – hier sind die Menschen so unterschiedlicher Abstammung, dass sich keiner Gedanken darüber macht. Es sei denn, man ist so einer wie Miquel.«

Alejandro bediente weitere Gäste. Er hatte natürlich recht – was für eine Rolle spielte es, woher die beiden kamen? Aber irgendetwas bewog mich dazu, im Handy nach der Herkunft der beiden Namen zu recherchieren. Es dauerte eine Weile, weil es unterschiedliche Schreibweisen gab. Und ich wusste auch nicht, was ich damit anfangen sollte, als ich feststellte, dass Ruensa und Roze ziemlich sicher nicht aus Schweden, Griechenland oder aus der Türkei stammten. Sondern aus Albanien.

5

ORGANISIERTES Verbrechen also, meinst du.«

»Großer Gott, Jess – schon mal was von Vorurteilen gehört?« Beinahe hätte ich hinzugefügt: *Du bist genauso schlimm wie Miquel* – wobei der vielleicht gar nicht so falschlag. Wenn Ruensa und Roze tatsächlich aus Albanien stammten, war es durchaus denkbar, dass sie illegal nach Spanien eingewandert waren oder zumindest mit einem mittlerweile abgelaufenen Kurzzeitvisum. Jess' Gedankengang dagegen war wirklich diskriminierend.

Etwas ruhiger fügte ich hinzu: »Schau, die Leute neigen dazu, bei Albanien sofort an Kriminalität zu denken, weil das durch schlechten Journalismus so dargestellt wird. Es gibt garantiert Millionen Menschen in Albanien, die absolut gesetzestreu sind.«

»Ganz bestimmt. Aber die verlassen dann auch nicht das Land, oder?«

Ich schüttelte entnervt den Kopf. »Im Ernst jetzt, Jess – so was würdest du nicht mehr sagen, wenn du die beiden kennen würdest. Sie sind liebenswürdig und kultiviert und unglaublich fleißig. Die Finca ist jetzt der reinste Traum. Und Alejandro sagt, Ruensa war das Beste, was dem Alten Dreckskerl in seinem Leben passieren konnte.«

»Kann ich mir schon denken. Aber umgekehrt auch, vergiss das nicht. Durch die Heirat hat sie unbefristetes Aufenthaltsrecht in Spanien.«

Seufzend lehnte ich mich ans Auto. Ich stand an der Stelle, wo der Zufahrtsweg zur Finca Síquia in die Straße mündete. Es war inzwischen nicht mehr wie vor fünfzehn Jahren die einzige Stelle, an der man mit dem Handy eine Verbindung hatte, aber ich war hier ungestört. »Vielleicht solltest du wirklich herkommen und die beiden kennenlernen«, sagte ich.

Und hoffte im selben Moment, dass Jess das nicht tun würde. Bei der Vorstellung, Ruensa und Roze dem feindseligen Zynismus meiner Schwester auszusetzen, grauste mir regelrecht.

»Ich hab's dir doch gesagt – ich kann wegen der Kinder nicht weg hier.« Sie schien einen Moment zu überlegen. »Aber toll ist natürlich, dass sie alles so schön gestaltet haben. Dann lässt sich das Anwesen bestimmt viel leichter verkaufen.«

»Wenn es so weit ist. Aber wenn tatsächlich ein Kredit aufgenommen wurde, müssen wir den abbezahlen, vergiss das nicht.«

»Ist das wirklich so? Hat Tomàs das bestätigt?«

»Ich habe noch nicht mit ihm darüber geredet. Aber wir können so oder so nicht von Ruensa erwarten, dass sie einen Kredit abbezahlt, den Dad aufgenommen hat, um *unser* Anwesen umzugestalten.«

»Hmm. Stimmt schon.« Ein kurzes Schweigen. »Was aber auch schon wieder interessant ist, findest du nicht? Sie bringt ihn dazu, eine Art Hypothek auf das Haus aufzunehmen – was im Übrigen vermutlich auch schon nicht rechtmäßig war, weil ihm das Haus ja gar nicht gehörte –, *vorgeblich* für die Renovierung. Und kurz darauf ist er tot. Gibt es Belege für diese Summen?«

»Jetzt bist du aber wirklich paranoid, Schwester. Sie wusste doch von der Nießbrauchregelung. Was soll Ruensa das nützen, dass der AD tot ist? Es wäre doch sinnlos, so viel Geld und Mühe in die Finca zu stecken und dann den einzigen Grund abzuservieren, der ihr das Leben dort ermöglicht.«

»Schon … aber können wir sicher sein, dass sie wirklich vom

Nießbrauch wusste, *bevor* Tomàs sie angerufen hat? Vielleicht war sie einfach davon ausgegangen, dass sie alles erben würde.«

»So hörte sich das für mich nicht an. Außerdem haben die beiden sich ja offenbar wirklich geliebt ...«

»Stimmt nicht«, fiel Jess mir ins Wort. »Ich hab dir doch von diesen Nachrichten erzählt, die bei mir gelandet sind. Wenn sie zum Beispiel vor der Hochzeit den AD nur nüchtern kannte und es dann ein totaler Schock für sie war, ihn betrunken zu erleben?«

Ich seufzte erneut. »Noch mal: So hat es sich für mich nicht angehört. Und es ist auch nicht okay, eine Beziehung nur aufgrund von ein paar Nachrichten einschätzen zu wollen.«

Wieder entstand ein kurzes Schweigen.

»Trotzdem solltest du unbedingt mit Tomàs abklären, was Ruensa wusste und *ab wann*«, sagte Jess dann fest. »Und zwar am besten vor dem Termin bei der Polizei, damit du dort schon berichten kannst, was Tomàs dir gesagt hat. Hast du Ruensa von dem Termin erzählt?«

»Nein«, gab ich zu.

»Dann lass es vielleicht auch dabei. Ich habe das nicht so ernst gemeint, was ich vorhin gesagt habe. Aber trotzdem kommt mir irgendetwas an der ganzen Situation komisch vor.«

6

ENTGEGEN ihrer Ankündigung war Roze nirgendwo zu sehen, als ich zurückkam; später erfuhr ich, dass sie an einem Schreibtisch in ihrem Schlafzimmer regelmäßig an einem Abschluss für ein Fernstudium arbeitete. Aber Ruensa fand ich in der Küche bei der Zubereitung von *Arroz Brut* vor.

Wie lässt sich dieses Gericht beschreiben? Eine Suppe, ein Eintopf, eine Paella – es ist all das und noch mehr, und es gibt so viele Rezepte dafür wie Köche und Köchinnen auf der Insel. »Schmutziger Reis« heißt das Gericht, weil es früher mit Schweineblut zubereitet wurde, was den Reis grau färbte. Wer heutzutage innovativ sein will, benutzt Safran, wer eher traditionell bleiben möchte, Tomaten. Die Mutter im Dorf, bei der wir als Kinder am häufigsten gegessen hatten, Julie Fincher, hatte *Arroz Brut* mit Gemüse aus ihrem Garten und Sonderangeboten vom Schlachter gemacht – Rippchen, Kaninchen, Ochsenschwanz. Wenn es geregnet hatte, wurden wir zum Schneckensammeln geschickt und verbrachten den Rest des Tages damit, die gekochten Weinbergschnecken aus ihrem Gehäuse zu stochern. Der Geruch in der Küche war aber immer gleich: eine aromatische Mischung aus Zimt, Piment, Nelken und Knoblauch – der Weihrauch meiner Kindheit.

Ruensa hatte ein Kaninchen vorbereitet und es selbst gehäutet. Fell und Innereien lagen noch neben der Spüle.

Als Ruensa meinen Blick bemerkte, sagte sie: »Um diese Jahreszeit koche ich besonders gern Kaninchen. Zum einen ist das Fleisch besonders zart, wenn sie noch jung sind. Und zum anderen frisst es dann einen Monat weniger unser Gemüse weg.«

»Schießt du sie selbst?«, fragte ich erstaunt.

Ruensa warf das blutige Fell und die Innereien in einen Müllsack. »Roze macht das. Sie hat bessere Augen als ich.«

Auch das wunderte mich, aber ich äußerte mich nicht dazu. Eine Erinnerung tauchte plötzlich auf: Weil mein Vater beschlossen hatte, dass ich viel zu sanftmütig war, musste ich mit ihm auf Rebhuhnjagd gehen. Er war natürlich wieder betrunken und schoss ständig daneben, während ich absichtlich das Ziel verfehlte.

Ich blinzelte, die Erinnerung verflog. Dennoch spürte ich einen Moment die Präsenz meines Vaters im Haus. Unser Leben hier war immer von seinen Stimmungen dominiert gewesen; sein Schweigen konnte ebenso furchterregend sein wie seine Wutanfälle, und selbst wenn er oben seinen Rausch ausschlief, schlichen wir unten auf Zehenspitzen herum, um ihn nicht zu wecken.

Während Ruensa das Gemüse vorbereitete – Artischocken, Saubohnen, Erbsen, alles aus eigenem Anbau, wie sie stolz berichtete –, öffnete ich den Wein, den ich im Dorf gekauft hatte. Da der Bohnenberg sehr groß war, holte ich mir eine Schüssel und half Ruensa schweigend beim Enthülsen.

Sie schien meine nachdenkliche Stimmung zu spüren und sagte: »Du hast hier bestimmt viele Erinnerungen, Finn.«

Ich nickte. »Ja, aber nicht von der Küche. Meine Mutter ... ich glaube, die hätte nicht mal Erbsen von Bohnen unterscheiden können.«

»Nun, man kann auf vielerlei Art eine gute Mutter sein«, erwiderte Ruensa taktvoll.

Ich ließ die Bemerkung unerwidert.

Nach einer Weile sagte sie leise: »Hat dich jemand über die Umstände seines Todes informiert?«

Ich warf ihr einen Blick zu, aber sie sah mich nicht an, konzentrierte sich darauf, ein Artischockenherz in Stücke zu schneiden.

»Nein, nicht genauer«, antwortete ich. »Jess hat etwas von einem Defibrillator gesagt, deshalb dachte ich, er hatte …«

»Nein, es war kein Herzinfarkt«, unterbrach sie mich. »Jedenfalls nicht ursächlich, obwohl die Ärzte glauben, dass dann auch sein Herz ausgesetzt hat. Er hat sich beim Anzünden eines Holzfeuers vergiftet.«

Ich ließ die Bohne sinken, die ich gerade enthülste, und starrte Ruensa an. »Er hat sich selbst *vergiftet*?«

Sie nickte. »Er hatte vor einer Weile Oleandersträucher gerodet, die zwischen den Obstbäumen gewuchert waren. Trug Handschuhe und ein langes Hemd, aber beim Verbrennen …« Sie zuckte zornig mit den Schultern und wischte sich mit dem Handgelenk über die Augen.

Das musste ich erst einmal verarbeiten. Oleander wuchs überall in Spanien, eine wunderschöne Pflanze, aber auch extrem giftig, was natürlich hier allgemein bekannt war. Ein einziges Blatt zu essen konnte tödlich sein, und es gab viele Geschichten über Leute, die sich versehentlich mit Oleander vergiftet hatten, zum Beispiel eine Gruppe Pfadfinder, die Zweige zum Grillen von Würstchen benutzt hatten. Allein den Rauch einzuatmen konnte das Ende bedeuten. War es möglich, dass mein Vater das nicht gewusst hatte?

Ruensa sah mich an, Tränen in den Augen. »Wo ich herkomme, gibt es diese Pflanze nicht. Ich wusste nichts darüber.«

»War er betrunken?«, fragte ich ruhig.

Sie schnaubte angewidert. »Offenbar. Das wusste ich anfänglich auch nicht. Er hat mir nie gesagt, wenn er trank.«

»Weil er dir versprochen hatte, damit aufzuhören«, mutmaßte ich.

Sie nickte. »Als wir ihn gefunden haben ... ich dachte, er sei betrunken. Er lag am Boden, und seine Augen ... er konnte nicht gerade gucken. Und ich dachte, er sei *besoffen* ...« Sie sprach das Wort so vehement aus, dass ich einen Moment die Stimme meines Vaters zu hören glaubte. »Deshalb ... ich bin schuld. Ich hätte das wissen müssen. Hätte schneller den Krankenwagen rufen müssen. Ich hätte Jimmy retten können.« Ruensa gab einen erstickten Laut von sich, und dann verlor sie die Fassung und schluchzte hemmungslos, wandte sich ab, um es vor mir zu verbergen.

»Mama?«

Roze war hereingekommen. Sie trug jetzt ein Kleid statt des Overalls. Ich dachte, dass sie das Kleid vielleicht für mich angezogen hatte, und fühlte mich geschmeichelt. Sie schaute zwischen ihrer weinenden Mutter und mir hin und her, mit einer gewissen Resignation, als käme das häufiger vor. Dann führte sie Ruensa behutsam hinaus.

Als Roze ein paar Minuten später wiederkam, hielt sie das Messer in der Hand, das ihre Mutter benutzt hatte, und setzte wortlos deren Arbeit fort.

»Kommt das oft vor?«, fragte ich leise.

Sie nickte. »Aber nicht mehr ganz so häufig wie zu Anfang. Es ist jetzt eine andere Form von Trauer. Anfänglich stand sie unter Schock, und wir mussten die Einäscherung organisieren ... Erst danach wurde ihr wirklich klar, dass er nicht mehr da ist. Und was das für sie bedeutet.«

»Aber sie sollte sich selbst keine Schuld geben.«

Roze sah mich an. »Kannst du ihr das bitte mal sagen? Ich glaube, wenn es von dir kommt, könnte das hilfreich sein.«

»Natürlich, gern«, antwortete ich, erfreut, dass mir eine kleine verantwortungsvolle Aufgabe übertragen wurde. »Aber du musst wissen … mein Vater und ich waren uns nicht sonderlich nah. Um ganz ehrlich zu sein: Ich mochte ihn nicht einmal.«

»Ich weiß«, erwiderte sie. »Dennoch bist du sein Sohn. Meine Mutter hat sich so gefreut, dass du hier sein kannst … es ist fast, als hätte sie damit etwas von ihm bei sich. Das ist tröstlich für sie.«

Ich bekam ein schlechtes Gewissen, als mir bewusst wurde, dass Jess und ich nur an den Verkauf des Anwesens gedacht und keinen Gedanken auf die Trauer der Witwe unseres Vaters verschwendet hatten. Wie materialistisch von uns.

In diesem Moment beschloss ich, dass ich nichts tun würde, dessen ich mich schämen müsste. Das musste Jess einfach wegstecken.

»Für dich ist das sicher auch alles sehr schwierig«, sagte ich.

Als Roze mich jetzt ansah, hatte ich den Eindruck, dass sie versuchte, mich einzuschätzen, sich ein Urteil über mich zu bilden.

»Ja«, sagte sie dann. »Auf andere Weise natürlich. Aber dein Vater hat Mama glücklich gemacht, und dafür war ich ihm dankbar. Und wie er uns hier willkommen geheißen hat … das war eine große Hilfe. In unserer Lage, meine ich.«

Ich fragte mich, was sie damit sagen wollte, und versuchte gerade, eine Frage zu formulieren, die nicht zu aufdringlich klang, als sie sich wieder dem Gemüse zuwandte. Der günstige Moment war verflogen.

»Wie gefällt dir denn das Leben auf der Finca Síquia?«, fragte ich stattdessen.

Roze griff nach den Erbsen und öffnete die Schoten kraftvoll mit dem Daumennagel. Mir fiel auf, dass ihre Nägel kurz und unlackiert waren, ihre Arme mit Kratzern von der Arbeit übersät. Ohne mich anzusehen, antwortete sie: »Ich finde, es ist der schönste Ort der Welt.«

»Das ging mir früher anders«, murmelte ich.

»Aber er gehörte dir auch nicht.« Als sie merkte, was sie gesagt hatte, fügte sie schnell hinzu: »Ich meine, weil du ein Kind warst und nichts selbst entscheiden konntest. Für mich ist das ja ganz anders. Als ich vorschlug, einen Traktor anzuschaffen und wieder mit Anbau zu beginnen, hat dein Vater mich voll unterstützt.«

»Das war deine Idee?«, sagte ich überrascht. »Ich dachte, dieser Impuls sei von deiner Mutter gekommen.«

Sie schüttelte den Kopf. »Mama hat sich um das Haus gekümmert, darin ist sie toll. Aber die Plantage habe fast nur ich bewirtschaftet. Mit deinem Vater natürlich. Er hat bei der Ernte geholfen. Wir hatten vor, ein Biosiegel zu bekommen. Oder sogar eine Zertifizierung für biodynamische Landwirtschaft. Das wäre eine große Attraktion für die Gäste, die wir hier gewinnen wollen.«

»Mir ist der Unterschied nicht ganz klar«, gestand ich.

»Für eine Biozertifizierung kann man noch Chemikalien benutzen, allerdings nur auf natürlichem Wege hergestellte«, erklärte sie. »Zur biodynamischen Landwirtschaft gehört die gesamte Philosophie, wie man das Ökosystem verbessern kann – Nährstoffe in den Boden zu geben, damit auf Chemikalien verzichtet werden kann, im Einklang mit der Natur zu wirtschaften, mit den eigenen Ressourcen Lösungen zu entwickeln.«

Und Kaninchen zu jagen, dachte ich, sagte es aber nicht. Hatte ich nicht unlängst irgendwo gelesen, dass Wildkaninchen auf Mallorca auf die Liste der bedrohten Arten gesetzt worden waren, weil es gar nicht mehr viele davon gab? Sie dann zu essen entsprach wohl eher nicht dem Einklang mit der Natur …

Aber natürlich war ich kein Experte auf dem Gebiet.

Roze redete weiter, es handelte sich eindeutig um ein Lieblingsthema von ihr. »Um das Siegel für biodynamische Landwirtschaft zu bekommen, müssen wir nachweislich die Biodiversität fördern und natürliche Feinde statt Pestizide nutzen, also auch keine Biopestizide. Es geht darum, das Land als lebenden atmenden Organismus zu behandeln. Hier ist so viel möglich. Ich möchte …« Sie verstummte abrupt und gab das Gemüse in den Kochtopf. Als sie weitersprach, klang ihre Stimme bedrückt. »Aber das liegt natürlich nicht bei mir. Ihr habt vielleicht ganz andere Pläne.«

»Meine Schwester und ich haben gar keine Pläne«, log ich. »Wir haben uns noch keine Gedanken darüber gemacht.«

Eine Viertelstunde später kam Ruensa zurück. Inzwischen köchelten Gemüse, Kaninchen und Reis im Topf. Ruensa war wieder wie vorher, lebhaft und munter, und entschuldigte sich wortreich für ihren Ausbruch. »Es ist mir furchtbar unangenehm, wenn ich vor anderen so die Beherrschung verliere«, sagte sie. »So was Albernes, wirklich.«

Ich sagte ihr natürlich, dass sie sich nicht entschuldigen müsse, weil Trauer natürlich sei und man sie nicht anstauen solle. Und fügte behutsam hinzu, dass es auch ganz normal sei, sich beim Tod eines nahestehenden Menschen schuldig zu fühlen, dass mein Vater ihr aber garantiert keine Schuld gegeben hätte. Das habe er bei niemandem getan, und schon gar nicht bei Menschen, die er liebte, und er selbst würde seinen Tod gewiss als tragischen Unfall betrachten, der sich nur ereignet habe, weil Jimmy sich für unangreifbar hielt. Und dass er außerdem an dem Ort gestorben sei, den er liebte, verheiratet mit einer Frau, die er offenbar vergötterte und der er von ganzem Herzen für alles danken würde, was sie für ihn getan habe.

Ruensa kamen erneut die Tränen, aber diesmal aus Dankbarkeit und Erleichterung, und meine Belohnung für das verlogene Geschwätz waren ein stummes Nicken und ein kleines Dankeslächeln von Roze.

7

Finn an Jess, 23.10:
Habe viel nachgedacht, Jess. Finde es nicht richtig, sie
aus ihrem Zuhause zu vertreiben Xx

Jess an Finn, 23.14:
Was? Wieso denn das? Was ist los mit dir? Gründe?

Finn an Jess, 23.16:
Sie haben so viel Arbeit reingesteckt. Wollten biodynamischen Agroturismo dort anbieten. Kann ich mir auch
vorstellen Xx

Jess an Finn, 23.17:
BIODYNAMISCH? Seit wann glaubst du denn an so
einen Scheiß?

Finn an Jess, 23.25:
Tu ich nicht, aber für viele Touristen ist das eine Attraktion.
Vielleicht verpachten wir an die beiden? Xx

Jess an Finn, 23.28:
Und womit wollen sie die Pacht bezahlen? Naiv von dir.
Brauche außerdem die Kohle. Schulgebühren!

Finn an Jess, 23.28:
Du wirst dich ohnehin gedulden müssen.

Jess an Finn, 23.28:
Wieso? Wie lange?

Finn an Jess, 23.30:
Ich glaube nicht, dass sie bald ausziehen werden.

Jess an Finn, 23.32:
DAS IST DER KNACKPUNKT! Man muss sie darauf vorbereiten. Fang jetzt schon vorsichtig damit an, dann
geht's schneller x

Finn an Jess, 23.40:
Fühlt sich für mich falsch an. Warum sollten wir alles
kriegen und sie nichts? Obwohl sie ihn geliebt hat und
wir nicht?

Jess an Finn, 23.44:
GENAU DESHALB. Entschädigung für: jahrelang kein
fließend Wasser und verbale Misshandlung bei Trunken-
heit. Muss jetzt ins Bett xx

Finn an Jess, 23.48:
Ruensa ist vorhin in Tränen ausgebrochen.

Jess an Finn, 23.51:
Sicher grässlich für dich (war bestimmt Show von ihr)

Finn an Jess, 23.51:
Sei nicht so zynisch. Die beiden haben sich geliebt.

Jess an Finn, 23.52:
Ach ja? Ich leite dir diese Nachrichten weiter. Gib auf
dich acht. Und bleib bitte standhaft, ja? Nacht xx

Jimmy an Jess, 21. Februar, 4.29:
Wenn du nicht wie eine EHEFRAU für mich sein willst,
was soll das dann alles?

Jimmy an Jess, 21. Februar, 4.30:
Du hast ALLES und ich kriege 0

Jimmy an Jess, 21. Februar, 4.30:
Schlampe

Jimmy an Jess, 21. Februar, 4.31:
tut mir leid zu viel

Jimmy an Jess, 21. Februar, 4.31:
Brandy

8

IM Morgengrauen wachte ich mit dem Krähen der Hähne auf. Während es heller wurde, kam das Gebell von Hunden dazu und dann nach und nach der opulente Soundtrack eines mallorquinischen Morgens: Ziegenglöckchen in der Ferne, Eselsgeschrei, sonores Quaken, das sich nach Enten anhörte, aber, wie ich wusste, von Fröschen stammte. In meiner Kindheit kam ab sechs Uhr das Brummen von Generatoren dazu, doch inzwischen schienen alle Haushalte im Dorf elektrifiziert zu sein. Um sieben legten die Kirchenglocken los.

Ich blieb noch eine Weile liegen und dachte angestrengt nach. Nicht über die Nachrichten vom AD, die Jess geschickt hatte – die fand ich nach ihrem ganzen ominösen Gerede eher uninteressant. Sie bewiesen lediglich, dass er wieder zu trinken begonnen hatte, und das hatte Ruensa bereits berichtet. Was mir dagegen richtig Sorgen machte, war Jess' Unflexibilität. Ich war wild entschlossen, Ruensa und Roze nicht das Gefühl zu geben, dass sie aus dem Haus gedrängt wurden, wusste aber nicht, wie das zu bewerkstelligen war. Dass die beiden das Anwesen nicht pachten konnten, sah Jess sicher richtig – inzwischen zahlte man zwar für eine gehobene Finca wie unsere Tausende Euro pro Woche, in der Hochsaison sogar Zehntausende. Auf der anderen Seite standen jedoch die von Tomàs erwähnte Erbschaftssteuer und der Kredit, mit dem die Instandsetzung bezahlt worden war …

Wie sollte man diese Schulden jemals abbezahlen, ohne die Finca zu verkaufen?

Aber am meisten lag mir am Herzen, eine Lösung zu finden, die ich Roze mit großer Geste präsentieren konnte, um ihre dunklen ernsten Augen vor Dankbarkeit und Freude leuchten zu sehen. Ich wollte ihr unbedingt vermitteln, dass ich ein anständiger ehrenwerter Mensch war – aber wie sollte mir das gelingen, wenn ich nicht eigenständig handeln, sondern mich in jeder Hinsicht mit Jess abstimmen musste? Wenn ich Roze unsere wirklichen Pläne offenbarte, würde sie am Boden zerstört sein. Ganz zu schweigen von obdachlos und womöglich obendrein staatenlos.

Ich hatte das Thema beim Abendessen nicht angeschnitten, weil ich unser erstes gemeinsames Mahl nicht durch aufdringliche Fragen beeinträchtigen wollte. Ruensa selbst hatte davon angefangen.

»Du weißt ja sicher, dass dein Vater uns vor der Abschiebung gerettet hat«, sagte sie in nüchternem Tonfall, während sie den Tisch abräumte.

»Ach ja?«, erwiderte ich mit geheucheltem Erstaunen.

»Wir sind aus Albanien, was nicht der EU angehört. Das Land gilt aber nicht als gefährlich genug, um offiziell als Geflüchteter anerkannt zu werden. Dabei gibt es inzwischen ganze Landesteile, die von Kriminellen beherrscht werden, und wenn man denen in die Quere kommt, wird man einfach umgebracht.« Sie warf Roze einen Blick zu. »Wir hatten keine andere Möglichkeit, als alles zurückzulassen und zu flüchten.«

Roze nickte leicht, wie um die Aussage ihrer Mutter zu bestätigen.

»Was war denn passiert?«, sagte ich. »Wenn ich fragen darf …«

»Wir hatten uns mit einem sehr mächtigen Mann angelegt«, antwortete Ruensa leise. »Der hat keinen Zweifel daran gelassen, dass unser Leben in Gefahr ist, wenn wir nicht tun, was er will.«

Wieder sah sie ihre Tochter an, und mir kam der Gedanke, ob der mächtige Mann vielleicht Roze begehrt hatte.

»An Schlepper konnten wir uns nicht wenden«, fuhr Ruensa fort, »die hätten uns zu dem Mann zurückgebracht, vor dem wir flüchten wollten. Deshalb beschlossen wir, nach Spanien zu fliegen und dort Asyl zu beantragen. Spanien hatte damals den Ruf, Geflüchtete gut zu behandeln. Wir nahmen den erstbesten Flug mit Air Iberia, und der ging nach Mallorca. Wo es auch wirklich besser zugeht als in anderen Ländern. Ein halbes Jahr nachdem man den Asylantrag gestellt hat, darf man hier arbeiten, was nicht überall so ist. Das Problem ist nur, dass Qualifikationen aus Nicht-EU-Ländern nicht anerkannt werden. Und selbst wenn es so wäre, gäbe es auch nicht gerade viele Stellen für eine Uniprofessorin, die nicht besonders gut Katalanisch spricht. Vor allem, wenn dann auch noch herauskommt, dass man aus Albanien stammt.« Sie zuckte mit den Schultern. »Ich habe inzwischen feststellen müssen, dass wir im restlichen Europa nicht sonderlich beliebt sind.«

»Du bist Professorin?«

Sie nickte. »Das war ich zumindest mal. Hier wurde ich Putzhilfe. Aber das ist okay … zumindest konnte ich arbeiten. Ich wäre durchgedreht, wenn ich hätte zu Hause herumsitzen und von Almosen leben müssen.«

Ich sah Roze an. »Und du, Roze? Was hast du früher gemacht?«

Sie zögerte. »Ich habe studiert. Business Administration.«

»Und jetzt?«

»Studiere ich weiter, um meinen Abschluss zu machen. Nur eben online. Und bevor ich hierher auf die Finca kam, habe ich in Magaluf in einer Bar gejobbt, auf dem Strip.«

»Das war sicher übel.« Magaluf ist der Hauptort für Partytourismus auf Mallorca, und der Strip – inoffizieller Name für die Punta Ballena – ist das neongrelle pulsierende Epizentrum. Dort wimmelt es von sonnenverbrannten Teenagern, Schlepperinnen im Bikini und Türstehern mit Stichschutzwesten.

Sie zuckte mit den Schultern. »Ging schon. Aber meine Arbeit hier gefällt mir natürlich viel besser.«

»Und dann wurden unsere Asylanträge abgelehnt«, sprach Ruensa weiter. »Uns war nicht klar, dass es nicht ausreicht, in Lebensgefahr zu sein, um Asyl zu beantragen. Die Gefahr muss für eine ganze Gruppe gelten, die aus religiösen oder ethnischen Gründen bedroht ist. Wir legten Berufung ein, aber hauptsächlich, um Zeit zu gewinnen.« Sie blieb einen Moment lang stumm. »Dann lernte ich bei einer Kunstausstellung in Palma deinen Vater kennen. Er sagte mir, er habe ein Haus in den Bergen, das er instand setzen wolle ... Ich warf einen Blick auf die Finca, war sofort verliebt in sie und wollte sie aus ihrem Dornröschenschlaf erwecken.« Ruensa lächelte versonnen. »Und so fing alles an.«

Der AD hatte sie also mit dem Haus gelockt, wurde mir jetzt klar. Früher hatte er nie das geringste Interesse an der Instandhaltung gezeigt. Ich spürte, wie mich Wut auf ihn packte angesichts des Schlamassels, das er hinterlassen hatte.

Doch dann war mir aufgefallen, was Ruensa gesagt hatte. *War sofort verliebt in sie.*

Nicht *in ihn.*

Das kam dann wohl später.

Schließlich stand ich auf und trat zu den großen Fenstern der *caseta*. Als ich begann, die Läden zu öffnen, hielt ich abrupt inne.

Auf der anderen Seite des Pools machten Ruensa und Roze Yoga. Roze hatte ihr langes dunkles Haar zurückgebunden, trug schwarze Leggings und ein weites Trägerhemd, aber man konnte dennoch sehen, wie durchtrainiert sie war. Die Bewegungen beider Frauen waren fließend und sicher – zweifellos ein oft geübtes Ritual, was hier gerade stattfand. Wie die Wände des Hauses

wurden beide Frauen vom goldgelben Licht der Morgensonne an-
gestrahlt. Dieses Bild hätte man als Werbung für Airbnb verwenden können: *Finca Síquia vor dem Frühstück.*

Ich sah ihnen ein paar Minuten lang zu und wandte mich
schließlich ab, beschämt über meinen Voyeurismus. Dann wartete ich noch fünf Minuten, bevor ich nach draußen ging. Mittlerweile waren die beiden verschwunden.

9

ICH fand Ruensa und Roze in der Küche vor, noch in ihrer Yoga-kleidung. Sie sprachen Albanisch und verstummten sofort, als ich hereinkam.

»Entschuldige, Finn«, sagte Ruensa mit einem Lächeln. »Was hättest du gerne zum Frühstück?«

Ich sagte, das könne ich mir doch selbst machen, aber sie bestand darauf, und weil mir wieder einfiel, dass sie sich durch Arbeit ablenken wollte, ließ ich mich verwöhnen. Roze war bereits damit beschäftigt, eine große Portion Omelett, Avocados und Salchichón zu verputzen. Weil sie gertenschlank war, wunderte ich mich, wie viel sie essen konnte. Aber sie leistete natürlich auch den ganzen Tag harte körperliche Arbeit, sagte ich mir. Außerdem waren die Speisen wirklich köstlich. Ruensa berichtete, dass sie die Eier bei einer Hippie-Frau weiter oben am Berg holte, deren Hahn ich heute früh gehört hatte. Und die interessant gewürzte Dauerwurst stammte von einem kleinen Schlachterbetrieb in Sóller.

Ruensa lehnte sich mit einem Becher Kaffee in der Hand an den Herd und sah uns beim Essen zu. »Hast du eine Freundin, Finn?«, fragte sie beiläufig.

»Mama«, stöhnte Roze und warf mir einen Blick zu, als wolle sie sich für das Benehmen ihrer Mutter entschuldigen. »So was kannst du doch nicht fragen.«

Ich schüttelte lächelnd den Kopf. »Schon okay. Nein, zurzeit nicht. Ich habe mich erst vor Kurzem getrennt.«

»Warum? Was lief schief?«, fragte Ruensa unbeirrt weiter.

»*Mama!*«

Ich antwortete gedehnt: »Es war wohl so, dass ich andere Erwartungen an die Beziehung hatte als die Frau.«

Ruensa nickte nachdenklich. »Weißt du, Jimmy hat manchmal über die Zeit erzählt, als du noch ein Kind warst. Es hörte sich irgendwie romantisch an, aber ich denke mir, dass es nicht einfach war für euch. Wenn Erwachsene sich wie Kinder benehmen, müssen die Kinder oft zu früh erwachsen werden.«

Roze seufzte und verdrehte die Augen. »Mama ist Psychologin«, sagte sie. »Ich fürchte, so was wirst du jetzt öfter zu hören bekommen.«

»Er hat auch erzählt, dass ihr Ratten gezähmt habt«, sprach Ruensa weiter.

Ich lächelte. »Keine gewöhnlichen Ratten, sondern Baumratten. Das sind Nagetiere, aber sie haben eher Ähnlichkeit mit Hamstern oder Rennmäusen. Wenn ich ein Nest gefunden habe, dann habe ich mir immer ein Junges mitgenommen und großgezogen. Ich hatte aber nie einen richtigen Käfig, deshalb sind sie dann irgendwann weggelaufen. Und einmal hatte ich auch einen Baummarder, ein Weibchen. Ich hatte es als verletztes Jungtier gefunden, mit gebrochenem Bein, und ihm beigebracht, sich bei uns Futter zu holen. Eine Zeit lang hat es bei uns im Haus gelebt.«

Bis mein Vater genug davon hatte und mein Haustier mit einem Besen verjagt hat, dachte ich, sagte es aber nicht.

Ruensa betrachtete mich mit dem gleichen forschenden Blick, den ich schon am Vorabend bei ihrer Tochter bemerkt hatte, während wir das Gemüse vorbereiteten. Dann nickte Ruensa lächelnd, als habe sie etwas verstanden.

»Du wirst bestimmt nicht lange Single sein«, sagte sie entschieden. »Du siehst genauso gut aus wie dein Vater. Er war natürlich ein Schlingel, aber enorm charmant.«

»Schlingel« war eher kein Wort, mit dem ich den AD bezeichnet hätte.

Nach dem Frühstück verkündete Roze, sie wolle wilden Spargel suchen gehen. Mein Vater hatte ihr gesagt, dass man ihn um diese Jahreszeit auf dem Grundstück finden könne. Ich bot ihr an, ihr die besten Stellen zu zeigen.

»Du weißt, wo er wächst?«, fragte sie überrascht.

Ich nickte. »Weißt du, wir haben fast wie in der Wildnis gelebt. Haben alles gesammelt, was hier essbar ist. Ich hole nur rasch meine Schuhe.«

Als ich aus dem Gästehaus kam, wartete Roze schon auf mich. Sie hatte ein paar Orangen gepflückt, die wir im Gehen aßen. Das Fruchtfleisch war noch kühl von der Morgenluft, süß und erfrischend.

»Die müssen bald geerntet werden«, sagte sie und schaute zu den mit Früchten überladenen Zweigen hoch. »Dann die Pfirsiche, danach die Aprikosen, die Feigen und so weiter. Zuletzt die Oliven, und dann geht alles wieder von vorne los.«

»Alteingesessene Mallorquiner pflücken die Oliven nicht«, erklärte ich. »Sie warten, bis sie von selbst herunterfallen, und sammeln sie dann auf. Deshalb ist das Olivenöl hier so intensiv aromatisch – weil die Oliven eigentlich überreif sind. In den meisten Ländern der EU dürfte man es nicht einmal verkaufen, soweit ich informiert bin.«

»Das wusste ich nicht.«

Ich zeigte auf einen Olivenbaum. »Und die unteren Äste sind deshalb so stark beschnitten, weil man früher Weizen darunter angepflanzt hat. Deshalb wird der grüne Wildspargel auch manchmal ›Weizenspargel‹ genannt – weil er häufig am Feldrand wächst. Ah, schau, hier ist welcher.«

Ich ging neben dornigen Zweigen in die Hocke und bog sie vorsichtig auseinander. In der Mitte ragten ein paar dünne grüne Spargel auf.

»Oh!«, sagte Roze begeistert, kniete sich neben mich und zog ein Messer heraus. Als sie die Spargel abschnitt, streifte ihr nackter Arm den meinen. Ich spürte ihre Nähe plötzlich sehr intensiv – sah den dunklen Haarflaum auf ihren Unterarmen, roch den Duft ihres Shampoos.

Sie hatte das wohl auch so empfunden, denn als sie sich aufrichtete, war ihr Tonfall etwas förmlich. »Woher kennst du dich so gut mit der Natur hier aus, Finn?«

Ich zuckte mit den Schultern. »Die meisten Eltern von Gleichaltrigen betrieben damals Landwirtschaft. Und ich war häufig bei denen zu Gast.«

»Finn?«, sagte Roze leise.

»Ja?«

Sie sah mich an. »Bist du hergekommen, um Mama und mich von der Finca zu vertreiben?«

»Nein!«, sagte ich entrüstet.

»*Warum* bist du dann hier?«

Ich zögerte. »Weil ich einige rechtliche Dinge klären muss. Wegen der Testamentseröffnung meines Vaters und so.«

»Bevor du uns rauswerfen kannst.«

Als ich wieder protestieren wollte, unterbrach sie mich.

»Nein … es wäre okay. Ich meine … die Finca gehört euch, ihr könnt natürlich damit machen, was ihr wollt. Nur … für uns wäre es gut zu wissen, wie eure Pläne sind – falls ihr schon welche habt. Aber bitte sprich dann zuerst mit mir, nicht mit Mama, wenn es so weit ist. Sie ist zurzeit sehr angegriffen, und wenn man ihr jetzt sagen würde, dass sie bald ausziehen muss, wäre das verheerend für sie.«

»Das verstehe ich«, erwiderte ich. Und weil ich ein schlechtes Gewissen hatte, fügte ich hinzu: »Meine Schwester, Jess, glaubt, dass sie das Geld vom Verkauf bräuchte. Für Schulgebühren.«

»Ich dachte, in England seien Schulen kostenlos.«

»Einige schon, ja. Aber nicht alle.«

Roze nickte. »Und du? Wofür würdest du das Geld benutzen?«

»Na ja … ich teile mir derzeit eine Wohnung mit anderen. In London.« Ich wies mit dem Kopf auf die Landschaft – das von Oliven- und Obstbäumen umgebene Haus, das Meer in der Ferne, die Berge im Sonnenlicht. »Das ist natürlich ganz anders als das hier … aber wenn wir die Finca verkaufen würden, könnte ich mir von meiner Hälfte des Geldes eine Wohnung zulegen.«

Sie sah mich stirnrunzelnd an. »Also würde das gar nicht viel verändern? Du würdest nur von einer Wohnung in die nächste ziehen?«

»Ja … aber die würde dann mir gehören.«

»Verstehe.«

Wir schwiegen einen Moment.

»Mama besaß auch mal eine Wohnung, wo wir zusammen gewohnt haben«, fügte Roze dann hinzu. »In Gjirokaster, nicht weit von der Uni entfernt.«

»Was ist aus der Wohnung geworden?«

»Nachdem wir geflüchtet sind, hat ein Freund sie für Mama verkauft. Wir mussten ihn aber finanziell beteiligen, deshalb haben wir nur vier Millionen Lek dafür bekommen – etwa vierzigtausend Euro. Aber damit konnten wir die Instandsetzung hier bezahlen.«

»Ach … dann gibt es gar keinen Kredit?«

»Kredit?« Sie runzelte die Stirn. »Nicht dass ich wüsste. Und ich habe die Kostenaufstellung gemacht, müsste es also wissen.«

»Stimmt … Und das Geld, das deine Mutter hier investiert

hat ...«, ich zögerte, suchte nach der richtigen Formulierung, »war das quasi ein Geschenk, oder gab es eine rechtliche Regelung?«

»Mama ist sehr traditionell«, antwortete Roze. »Als sie deinen Vater geheiratet hat, fand sie, dass alles, was sie besitzt, auch ihm gehört.«

Sie sagte nicht *und umgekehrt*, aber die Worte standen unausgesprochen im Raum.

»Natürlich. Wir müssen einen Weg finden ...« Ich verstummte, weil mir plötzlich klar wurde, dass ich keine Versprechen geben sollte, die ich nicht halten konnte. »Ich meine, das wird selbstverständlich alles mitberücksichtigt werden, ich weiß nur noch nicht so genau, wie ... Ich kann euch ja nicht einfach einen Scheck ausschreiben. Jedenfalls nicht vor der Testamentseröffnung.«

»Es ist sehr nett von dir, dass du überhaupt an uns denkst. Vor allem da wir uns ja bisher nicht gekannt haben.« War da eine Spur von Sarkasmus in ihrer Stimme? Ich beschloss, dass ich mir das eingebildet hatte.

»Hör mal, Roze ...« Ich holte tief Luft. »Das ist eine schwierige Situation ... für uns alle. Aber ich will wirklich alles richtig machen.«

Sie nickte. »Ich weiß. Und ich glaube auch, dass es dir gelingen wird, Finn. In welcher Form auch immer.«

10

WIR ernteten noch etwa zwanzig Minuten lang den wilden Spargel. Obwohl es erst März war, fand ich die Sonne sehr heiß – aber vielleicht war ich nach dem Winter in England einfach nicht mehr daran gewöhnt. Ich hatte auch vergessen, wie spitz die Schuppen des Wildspargels waren. Wir hatten beide nicht daran gedacht, Handschuhe mitzunehmen, und unsere Hände und Arme waren bald wüst zerkratzt. Mir fiel auf, dass Roze sich daran nicht zu stören schien. Sogar als eine verholzte Schuppe ihr den Unterarm aufriss, murmelte sie nur »Autsch«.

»Darf ich mir das mal anschauen?«, sagte ich.

Sie streckte mir den Arm hin. An der weichen Haut über dem Handgelenk bildeten sich eine Reihe von Blutstropfen, rot wie kleine Johannisbeeren. Ich sah auch noch weitere Kratzer, bei denen das Blut schon angetrocknet war. Die älteren waren mir schon am Vorabend aufgefallen.

»Wir sollten die Wunden säubern«, schlug ich vor. »Diese Schuppen können Entzündungen hervorrufen.«

»Ach, kein Problem.« Roze zog ihren Arm weg.

Ich blickte auf unsere Spargelausbeute. »Aber wir haben ja auch schon eine ganze Menge geerntet. Wollen wir zurückgehen?«

Sie nickte, und wir spazierten zum Haus zurück. Als wir am Pool vorbeikamen, fragte ich: »Wäre es okay für euch, wenn ich den auch nutzen würde?«

»Na klar. Er ist aber nicht beheizt. Bis in zwei Monaten etwa ist das Wasser noch ziemlich kalt.«

»Das macht mir nichts.«

Sie warf mir einen verschmitzten Blick zu, und einen Moment lang dachte ich, sie wolle eine anzügliche Bemerkung machen. Doch dann sagte sie: »Wir hatten deinem Vater Badeshorts gekauft, die er aber, glaube ich, nie getragen hat. Ich frage Mama mal, ob sie weiß, wo die sind.«

Als wir das Haus betraten, kam Ruensa gerade mit einem Kleiderstapel auf den Armen die Treppe herunter. Roze fragte nach den Shorts, und ihre Mutter sagte sofort: »Die sind hier mit dabei.«

Es handelte sich ausschließlich um Kleidungsstücke meines Vaters, fiel mir auf. Ich fand es recht früh, jetzt schon mit dem Aussortieren anzufangen, er war schließlich erst ein paar Wochen tot. Aber Ruensa wollte sich nicht nur ablenken, sondern strahlte auch diese drängende Energie aus, mit der sie das Haus umgestaltet hatte und die sie nicht ruhen lassen würde, bis alle anliegenden Aufgaben erledigt waren.

»Hier.« Sie reichte mir den Stapel. »Das sind die Sachen, die zum Weitergeben geeignet sind. Gewaschen und gebügelt natürlich.«

»Ah.« Ich wollte gerade sagen, dass ich keine Sachen von meinem Vater haben wollte – und erst recht keine Kleidung. Doch dann bemerkte ich Roze' Gesichtsausdruck und die Bitte in ihren Augen.

»Vielen Dank«, sagte ich.

Ruensa strahlte. »Jimmy hätte sich bestimmt gefreut, dass du sie bekommst.«

Als ich die Kleider entgegennahm, bemerkte ich, wie Roze ihrer Mutter kurz zunickte. Wollte sie Ruensa beipflichten? Aber die Geste erschien mir irgendwie bedeutungsvoller, und ich fragte mich unwillkürlich, ob sie etwas mit mir zu tun hatte. Wollte Roze mitteilen, dass sie mich für gut befunden hatte? Dass sie glaubte, wir würden die schwierige Situation auf zivilisierte Weise bewältigen können?

Oder verbarg sich noch mehr dahinter – ein stillschweigendes Einverständnis? Die Antwort auf eine Frage, von der ich nichts wusste?

Ich brachte die Kleider in mein Zimmer und ging dann schwimmen. Das Wasser war tatsächlich kalt, aber auch nicht kälter als das Meer in England, und nach der Hitze auf den Terrassen fand ich es enorm erfrischend. Ich schwamm ein paar Runden unter Wasser, und als ich hochkam, um Luft zu holen, sah ich zwei nackte Füße auf den Planken am Rand. Roze.

»Mama hat vergessen, dir das hier zu geben, Finn.« Sie legte ein Handtuch auf den Beckenrand, wandte sich dann ab und ging weg.

»Danke.« Ich strich mir das nasse Haar aus den Augen und sah ihr nach. Dabei fragte ich mich, ob sie mich beim Schwimmen genauso beobachtet hatte wie ich sie beim Yoga. Und wenn ja, wie lange.

Wir aßen auf der Veranda zu Mittag – den gekochten Spargel, angemacht mit etwas Zitronensaft, dazu Brot und Olivenöl. Dann ging ich ins Gästehaus zurück und rief etwas widerstrebend Jess an. Wir hatten nicht mehr gesprochen, seit Ruensa mir von den Todesumständen des AD berichtet hatte. Jess war – wie ich nicht anders erwartet hatte – zutiefst schockiert.

»Ich glaube nicht, dass es auf Mallorca auch nur einen einzigen Menschen gibt, der nicht weiß, wie gefährlich Oleander ist«, sagte sie. »Und ich finde es extrem unheimlich, wie sie dich mästet.«

»Sie *mästet* mich nicht, Jess. Sie kocht für mich. Das ist ja wohl ein Unterschied.«

»Und dabei tischt sie ganz zufällig die Gerichte aus deiner Kindheit auf? Die du bei den anderen Müttern bekommen hast? Echt, du kannst so naiv sein. Die versucht dich zu manipulieren, Bruder – in der Hoffnung auf fette Belohnung. Und dann auch noch das: Sie kann ein mallorquinisches Traditionsgericht wie *Arroz Brut* kochen, erkennt aber das giftigste Gewächs der Insel nicht? Das kann ich mir nicht vorstellen.«

»Vielleicht mochte der AD albanisches Essen nicht, und sie hat deshalb mallorquinisch kochen gelernt?«

Jess seufzte. »Hast du denn inzwischen mit ihnen übers Ausziehen gesprochen?«

Ich dachte an das Gespräch mit Roze beim Spargelernten. »Ich habe es der Tochter gegenüber erwähnt«, sagte ich in möglichst neutralem Tonfall, aber Jess kannte mich zu gut.

»Wie alt ist die Tochter?«, fragte sie scharf.

»Mitte zwanzig, schätze ich.«

Kurzes Schweigen. »Mach dir bitte klar, dass sie deine Stiefschwester ist, ja?«

»Was soll das heißen?«

»Das weißt du genau.«

Auf diese Bemerkung wollte ich nicht reagieren. Außerdem hatte ich auf der Veranda gerade einen Wiedehopf entdeckt, der dort herumspazierte, und fragte mich, ob er sein Gefieder spreizen würde.

Dann sah ich plötzlich am Ende des Orangenhains, an der Grenze zum Grundstück der Hippie-Frau, etwas in der Sonne aufblitzen. Ein Fernglas, auf die Finca gerichtet.

»Entschuldige«, sagte ich zu Jess, die weitergeredet hatte. »Ich glaube, da ist jemand Fremdes auf unserem Grundstück. Was hattest du gesagt?«

»Dass wir die ganze Situation nicht noch komplizierter machen sollten, als sie ohnehin schon ist.«

»Natürlich nicht«, erwiderte ich kühl. Ich konnte die Personen jetzt erkennen: ein Paar, schätzungsweise um die fünfzig. Die Frau hatte diese absurden Skistöcke in Händen, die demonstrieren sollen, dass man ernsthaft wandert, anstatt nur spazieren zu gehen. Der Mann, der eine Wanderkarte in einem Plastiketui umgehängt hatte, zog jetzt ein kleines Notizbuch aus der Tasche und machte sich eine Notiz. Hobbyornithologen.

Dann bemerkte ich eine Bewegung auf der Veranda. Roze, die geduckt vorbeihuschte, in einer Hand einen Rucksack, in der anderen ein kurzes Gewehr – die Schrotflinte meines Vaters.

»Ich muss aufhören«, sagte ich zu Jess und lief nach draußen. Roze war schon mitten im Orangenhain.

»Roze!«, rief ich. »Roze!«

Sie blieb stehen und drehte sich um.

»Das waren Vogelbeobachter. Da war gerade noch ein Wiedehopf.« Ich deutete auf die Veranda.

Sie schaute in die Richtung, wo das Paar gestanden hatte. »Bist du sicher?«

»Absolut.«

Sie sah sich noch kurz um, kam dann zurück.

»Was dachtest du denn, wer das sei?«, fragte ich.

»Letzte Woche sind einige Orangen gestohlen worden«, antwortete sie knapp und ging Richtung Haus.

Ich starrte ihr hinterher. Sie wollte mit einer Flinte bewaffnet gegen Leute vorgehen, die ein paar Orangen geklaut hatten? Das kam mir unwahrscheinlich vor. Ich hatte auch nicht den Eindruck, dass Roze vorgehabt hatte, jemanden zur Rede zu stellen. Die Flinte, der Rucksack – für mich hatte es eher den Anschein, als habe sie weglaufen wollen.

11

AM nächsten Tag nach dem Frühstück rief ich Tomàs, unseren Anwalt, an.

»Finn!«, sagte er herzlich. »Wie schön, von dir zu hören. Meldest du dich wegen unserem Lunch-Treffen?«

»Auch. Ich bin schon heute Vormittag in Palma, weil die Polizei mit mir reden will. Danach könnten wir uns treffen, wenn du Zeit hast.«

»Gerne. Um zwei bei mir in der Kanzlei? Aber was will die Polizei denn von dir?«

»Es hat mit dem Tod meines Vaters zu tun.« Ich berichtete von den Umständen und erwähnte, dass Ruensa nicht gewusst hatte, wie giftig Oleander ist. »Und ich rufe dich auch noch aus einem anderen Grund an«, sagte ich. »Jess glaubt nämlich, die Polizei würde mich vielleicht fragen, ob Ruensa und Roze wussten, dass mein Vater nur bis zu seinem Tod Anspruch auf die Finca hatte. Und da du mit ihnen gesprochen hast …«

»Ah, verstehe. Ja, ich habe mit Ruensa gesprochen, der Witwe deines Vaters. Und ja, sie wusste Bescheid über die Nießbrauchregelung.«

»Gut«, sagte ich erleichtert. Es war blödsinnig, aber ich hatte mich doch irgendwie von Jess' Verdacht anstecken lassen und war froh, dass der sich als Einbildung erwies. »Hat Ruensa dir gesagt, wann mein Vater sie darüber informiert hat? Ich hoffe, vor der Hochzeit, damit sie wusste, worauf sie sich einließ.«

»So ins Detail gegangen sind wir nicht. Ich habe ihr kondoliert und gesagt, sie wisse ja sicher Bescheid darüber, dass die Finca jetzt dir und deiner Schwester gehören würde. Ruensa hat das bejaht. Es war nur ein kurzes Gespräch.«

»Augenblick«, sagte ich beunruhigt. »Also hast *du* den *usufructo* als Erster erwähnt, nicht Ruensa?«

»Ja. Ich konnte schlecht darauf warten, dass sie darauf zu sprechen kam. Warum?«

Ich antwortete langsam: »Weil es theoretisch möglich wäre, dass sie es nicht wusste, das aber nicht zugeben wollte.«

»Sie klang aber kein bisschen überrascht«, versicherte mir Tomàs. »Sie hat sich nur erkundigt, ob sie irgendwelche Papiere unterschreiben müsste, und ich habe gesagt, ich würde mich bei ihr melden, wenn ich mit dir alles geklärt hätte. Das Gespräch war vollkommen unproblematisch. Was ich auch gerne der Polizei sage, wenn du möchtest.«

»Danke für das Angebot. Ich komme darauf zurück, wenn es nötig sein sollte.« Tomàs' Beobachtung war vollkommen einleuchtend. Natürlich hätte Ruensa überrascht reagiert, wenn sie von der Nießbrauchregelung nichts gewusst hätte. Sie musste also im Bilde gewesen sein.

Dennoch war die andere Möglichkeit nicht auszuschließen. Und falls sie scharfsinnig war und sofort erfasst hatte, dass man Roze und sie nicht des Mordes an meinem Vater verdächtigen würde, wenn sie von seinem Tod nicht profitierten, sondern im Gegenteil mittellos und obdachlos waren, konnte sie sich durchaus schnell verstellt haben.

Aber so flink konnte doch eigentlich niemand denken, sagte ich mir. Vor allem nicht eine Frau, die noch unter dem Schock des plötzlichen Ablebens ihres Ehemanns stand.

Dennoch veranlasste mich irgendetwas dazu hinzuzufügen: »Und, Tomàs … hast du bei dem Telefonat erwähnt, dass ich persönlich nach Mallorca kommen würde, um die rechtlichen Dinge zu regeln?«

»Ich glaube schon, ja. Wieso?«

»Ach, nur so.« Ich beschloss, die ganze Situation noch einmal gründlich zu durchdenken.

Um elf Uhr fand ich mich auf dem Polizeirevier in Palma ein und wurde in einen Verhörraum gebracht, wo mich zwei Männer erwarteten, beide in der blauen Uniform der Policía Nacional. Der ältere stellte sich selbst als Subinspector Parera vor, seinen Kollegen als Agente Castell.

Nachdem Parera erfahren hatte, dass Jess und ich seit etlichen Jahren kaum Kontakt mit unserem Vater gehabt hatten, erkundigte er sich, wie gut ich Ruensa und Roze kannte, die er »die Señora und die Señorita aus Albanien« nannte.

»Ich habe beide am Samstag zum ersten Mal getroffen«, sagte ich.

Parera beäugte mich prüfend. »Haben Sie irgendwelche Bedenken, die Sie uns mitteilen möchten?«

»Was meinen Sie damit?«

Er hielt die Hände hoch. »Soweit ich informiert bin, kannte Ihr Vater diese Frau erst wenige Monate, als die beiden heirateten. Manchmal kann so etwas zu Schwierigkeiten innerhalb einer Familie führen.«

»Das war bei uns nicht der Fall.«

»Sie haben also keinerlei Vermutungen, dass diese Hochzeit in irgendeiner Weise … irregulär war?«

»*Irregulär?*«, wiederholte ich fragend.

»Manchmal wollen Migranten aus anderen Gründen als aus Liebe heiraten.« Parera verzog das Gesicht, als bedaure er die

Schlechtigkeit der Welt. »Und manchmal haben auch die Einheimischen für die Heirat andere Motive. Sie haben jedenfalls keinerlei Bedenken?«

»Wenn Sie die beiden Frauen nur aufgrund ihrer Herkunft verdächtigen«, sagte ich aufgebracht, »wäre das ungeheuerlich.«

Die beiden Polizisten betrachteten mich forschend.

»Waren Sie zur Hochzeit eingeladen?«, fragte Castell.

Ich schüttelte den Kopf. »Ich habe Ihnen doch schon gesagt, dass wir unserem Vater nicht sehr nahestanden. Und es war auch nur eine simple Standesamttrauung, soweit ich weiß.«

»Wissen Sie zufällig, ob das Paar die Ehe auch vollzogen hat?« Parera hielt einen Moment inne. »Ob die beiden also zum Beispiel ein gemeinsames Schlafzimmer hatten?«

»Nach allem, was ich gehört habe, hatten sie eine sehr liebevolle Beziehung«, antwortete ich mühsam beherrscht. »Obwohl ich natürlich nicht die Bettlaken inspiziert habe.«

Ein kurzes Schweigen entstand.

»Wir haben festgestellt, dass kurz nach der Eheschließung eine beträchtliche Geldsumme auf dem Konto Ihres Vaters einging und dann auch wieder verschwand«, sagte Castell. »Kennen Sie zufällig die Herkunft dieses Geldes?«

Ich hätte beinahe laut gelacht. Darum ging es also – die beiden glaubten, mein Vater hätte sich für das Eingehen einer Scheinehe bezahlen lassen. »Ja, das weiß ich tatsächlich. Ruensa hatte ihre Wohnung in Albanien verkauft. Und das Geld wurde für die Instandsetzung der Finca ausgegeben.«

»Haben die beiden Frauen eine Lizenz für touristische Vermietung beantragt?«, fragte Parera, der jetzt fast verärgert wirkte, weil es für alles eine simple Erklärung zu geben schien.

»Das weiß ich nicht. Aber sie haben mit dem Geld das Hausdach reparieren und einen Swimmingpool bauen lassen, wollten also vermieten.«

Castell sagte: »Uns liegt eine Kopie des Testaments Ihres Vaters vor. Er hat alles seiner neuen Ehefrau vermacht.«

»Mag sein, aber da war kaum noch etwas, da die Finca bereits auf meine Schwester und mich überschrieben war. Mein Vater hatte nur *usufructo*, ein lebenslanges Nießbrauchrecht.«

Die beiden Polizisten warfen sich einen überraschten Blick zu, hatten davon also offenbar nichts gewusst.

»Mein Vater war ein übergriffiger, unausstehlicher Trinker«, fügte ich hinzu. »Er hat wohl versucht, sich zu bessern, als er Ruensa kennenlernte, aber es ist ihm nicht gelungen. Ich verstehe, dass Sie sich fragen, weshalb eine Frau, die so viel zu bieten hat wie sie, einen Mann wie ihn heiratet. Aber, ganz ehrlich: Ich glaube nicht, dass irgendetwas nicht mit rechten Dingen zuging. Auch nicht hinsichtlich seines Todes.«

Parera lächelte spärlich. »Freut mich, das zu hören.«

»Es sei denn, Sie verschweigen mir etwas«, ergänzte ich.

»Wir warten noch auf einen detaillierten toxikologischen Befund«, sagte Parera. »Die Blutproben wurden eingefroren und zu einem speziellen Labor nach Valencia geschickt. Wir informieren die Angehörigen über weitere Ergebnisse. Oder falls es noch Fragen gibt.« Er nickte, um das Ende des Gesprächs zu signalisieren.

»Und was wird danach passieren?«, fragte ich, als ich aufstand. »Werden die beiden Frauen in Spanien bleiben können?«

»Die Witwe hat auf jeden Fall Glück«, antwortete Parera. »Weil Señora Hensen genau zwölf Monate mit einem spanischen Staatsbürger verheiratet war, kann sie nun den Antrag auf Niederlassungserlaubnis stellen.«

»Aber mein Vater war kein spanischer Staatsbürger«, wandte ich ein.

Subinspector Parera schob seine Papiere zusammen und heftete sie mit einer Büroklammer zusammen. »Sie irren sich, Señor

Hensen. Ihr Vater hat kurz vor seiner Eheschließung die spanische Staatsbürgerschaft beantragt.« Er nickte wieder. »Danke fürs Herkommen.«

»Das sieht ihm doch überhaupt nicht ähnlich«, sagte ich fassungslos. »Mein Vater hätte doch nie einen so offiziellen Schritt getan, wie die Staatsbürgerschaft zu beantragen. Er hat jegliche Form von Bürokratie verabscheut.«

Tomàs steckte die Serviette in seinen Hemdkragen. »Menschen können sich ändern – und dein Vater hat sich offenbar besonders stark verändert. Er hat immerhin ein weiteres Mal geheiratet, da zieht man doch Bilanz. Und es war sicher sein Wunsch, dass seine neue Frau für den Fall seines Ablebens gut versorgt sein würde. Das Haus konnte er ihr nicht vermachen, aber er konnte ihr die unbefristete Aufenthaltserlaubnis verschaffen, durch die sie später Staatsbürgerin werden kann. Warum auch nicht? Das hätte ich ihm selbst geraten, wenn er mein Mandant gewesen wäre.« Tomàs lehnte sich zurück und sah mich über den Rand seines Weinglases an. »Hat die Polizei denn irgendwelche konkreten Verdachtsgründe?«

Ich schüttelte den Kopf. »Die haben nur im Trüben gefischt. Weil Roze und Ruensa aus Albanien stammen und Asyl beantragt hatten. Offenbar unterstellen da alle nur niedrige Beweggründe.« Ich merkte, wie ich wieder wütend wurde. Pareras Bemerkungen waren nahezu rassistisch gewesen. »Ich hätte gute Lust, deshalb Beschwerde einzureichen.«

»Vorurteile sind schlimm«, bestätigte Tomàs. »Dennoch könnte es vielleicht nicht schaden, ein paar Sicherheitsvorkehrungen zu treffen.«

Ich runzelte die Stirn. »Was meinst du damit?«

»Ich habe zwar keinen Anlass, wie deine Schwester oder Subinspector Parera misstrauisch zu sein, aber ich finde, dass Jess in

einer Sache recht hat: Ich halte es auch für ungünstig, dass die beiden Frauen ohne eine formelle Erklärung vorerst weiterhin auf
der Finca leben. Ich würde vorschlagen, dass ich eine Verzichtser-
klärung aufsetze, in der festgelegt wird, dass sie keinerlei Wohnrecht dort haben und nur auf Kulanz so lange dortbleiben können, bis die gerichtliche Testamentseröffnung stattgefunden hat.
Wenn dieses Dokument unterzeichnet ist und ich außerdem offiziell als dein Rechtsvertreter bevollmächtigt bin, kannst du ge-
trost nach England zurückfliegen und alles Weitere von dort aus
erledigen.«

»Hältst du es wirklich für nötig, ein offizielles Dokument zu
unterzeichnen?«, fragte ich unbehaglich.

»Ich hoffe, dass es keinen Anlass dafür gibt. Aber sieh es doch
mal so: Warum sollten die beiden etwas dagegen haben, wenn sie
die Sachlage bereits akzeptiert haben?«

»Es wirkt eben, als … hätten wir kein Vertrauen.«

Tomàs sah mich ruhig an. »Ich als Anwalt kann dir nur sagen,
dass Probleme in Familien selten entstehen, weil Menschen offen
und ehrlich miteinander umgehen. Sondern deshalb, weil man zu
sehr auf Vertrauen und Vermutungen gesetzt hat. Und wie deine
Schwester zu Recht zu bedenken gibt: Wir wissen wirklich wenig
über diese beiden Frauen.«

12

ALS ich zurückfuhr, war ich bedrückt. Zum vielleicht ersten Mal erlebte ich, wie Misstrauen gegenüber Fremden die Wahrnehmung beeinflusst. Und hatte immer intensiver das Gefühl, dafür sorgen zu müssen, dass Ruensa und Roze eine gerechte Behandlung zuteilwurde.

Wäre Jess bei dem Gespräch mit den Polizisten dabei gewesen, hätte sie ihnen bestimmt die Textnachrichten gezeigt und behauptet, es gäbe keinen hundertprozentigen Beweis dafür, dass Ruensa von der Nießbrauchregelung gewusst hatte. Dann hätte Parera wohl genügend Anlass gehabt, um eine Ermittlung einzuleiten. Grundlos, aber das hätte negative Auswirkungen auf Ruensas Antrag auf Niederlassungserlaubnis gehabt. Und alles nur wegen des Landes, in dem sie geboren war.

Die Sache mit dem Geld war auch noch ein Problem. Als ich Tomàs davon berichtete, erklärte er stirnrunzelnd, das sei eine Grauzone – er benutzte allerdings den ausdrucksstärkeren katalanischen Begriff dafür, *una zona d'ombres*, ein Schattenbereich.

»Wenn Ruensa sich selbst dafür entschieden hat, ihr Kapital in die Renovierung eines Anwesens zu stecken, von dem sie wusste, dass es ihr nie gehören würde, hat sie jetzt keinerlei Anspruch mehr auf dieses Geld«, erklärte er. »Bei dem Traktor verhält sich das anders, weil er nicht zur Finca gehört. Falls du dich entscheiden solltest, ihr eine Ex-Gratia-Zahlung als Geste der Anerkennung zukommen zu lassen, liegt das aber vollkommen in deinem Ermessen, du bist in keiner Weise dazu verpflichtet … Meinst du, es gibt noch Belege von den Instandsetzungsarbeiten?«

»Wie ich meinen Vater kenne, eher nicht. Und ich fände es auch kleinlich, wenn man so etwas jetzt verlangen würde.«

Tomàs nickte. »Nun, was du auch für richtig hältst – es wird sicher alles einfacher zu regeln sein, wenn ihr nicht mehr unter dem gleichen Dach lebt. Du könntest natürlich mir auch alles Weitere überlassen.«

»Sie hat mich gebeten, ihr alles zuerst mitzuteilen«, hörte ich mich sagen.

»Wer, Ruensa?«

»Nein, Roze. Und ich habe das zugesagt.«

Tomàs zog die Augenbrauen hoch. »Du bist jedenfalls auch dazu nicht verpflichtet. Und noch mal: Es wäre besser, mit allem Weiteren abzuwarten, bis die beiden ein Dokument unterschrieben haben, das die Situation rechtlich eindeutig regelt. Damit lassen sich Komplikationen vermeiden.«

Als ich mich der Finca Síquia näherte, empfand ich meine Gefühle als sehr verworren. Einerseits sollte ich Roze zweifellos so bald wie möglich mitteilen, dass die Finca verkauft werden musste – eine Handlung, um die ich mich lieber gedrückt hätte.

Andererseits freute ich mich darauf, Roze wiederzusehen und mit ihr zu sprechen.

Ich beschloss, es ihr am nächsten Tag zu sagen, um noch ein paar entspannte Stunden mit ihr verbringen zu können, bevor ich sie enttäuschen musste. Aber Tomàs hatte natürlich recht: Zuerst musste ich diese Verzichterklärung zur Sprache bringen, die unterschrieben werden sollte.

Ich fand die beiden in der Küche vor, wo sie hektisch in Schränken nach etwas suchten.

»Was ist los?«, fragte ich.

»Oh, Finn! Zum Glück bist du hier.« Ruensa richtete sich auf, eine Kehrschaufel an die Brust gedrückt. »Roze hat Skorpione im Zimmer.«

»Eine ganze Familie«, ergänzte Roze.

»Ich hätte sie ja mit dem Besen erschlagen«, erklärte Ruensa, »aber Roze will versuchen, sie umzusiedeln.«

»Kann ich sie mal sehen?«

»Natürlich.«

Ruensa folgte uns, als Roze und ich nach oben gingen. Sie hatte das ehemalige Zimmer von Jess an der Vorderseite des Hauses bezogen. Jess hatte damals auf einer alten Matratze am Boden schlafen müssen, aber jetzt stand an einer Wand ein Doppelbett aus Messing, neben dem offenen Fenster eine alte Frisierkommode und an der gegenüberliegenden Wand ein großer alter Bauernschrank. Wie die anderen Räume war auch dieses Zimmer schlicht, aber stilvoll eingerichtet. Und es hatte eine feminine Ausstrahlung. Das Kleid, das Roze an meinem ersten Abend auf der Finca getragen hatte, hing am Fenster, leicht vom Wind aufgebauscht, auf dem Bett lagen Kniestrümpfe und ein BH.

»Da«, sagte Roze und deutete auf eine Ecke.

Ich ging in die Hocke. Auf den cremeweißen Bodenbrettern kaum zu erkennen, sah ich einen fahlgelben männlichen Skorpion, der ein Weibchen und vier Junge bewachte.

»Das sind Feldskorpione«, erklärte ich. »Wenn man gestochen wird, brennt es ein bisschen, ist aber normalerweise nicht gefährlich. Soll ich sie woanders hinbringen?«

»Ja, bitte«, sagte Roze schaudernd.

Ich deutete auf einen leeren Schuhkarton. »Gibst du mir den mal bitte?«

Roze reichte ihn mir, ich drehte den Karton auf die Seite, und es gelang mir, das Weibchen vorsichtig hineinzuscheuchen.

»Wenn man mit der Mutter anfängt, folgen ihr zunächst die Jungen und dann das Männchen«, erklärte ich.

Wir beobachteten, wie sich genau das abspielte. Roze sah beeindruckt aus. »Das ist ja unglaublich!«

Ich richtete mich auf. »Ich setze sie bei einem Ameisenhaufen aus. Dann haben sie genug zu futtern und kommen nicht wieder.«

Als ich eine passende Stelle gefunden hatte und ins Haus zurückging, waren die beiden wieder in der Küche, und Ruensa öffnete gerade eine Flasche Wein.

»Das war so mutig von dir, Finn!«, rief sie.

Ich zuckte bescheiden mit den Schultern. »Kein Ding. Ich habe schon als Kind welche entfernt. Aber es ist ungewöhnlich, im ersten Stock Skorpione zu haben – normalerweise gehen sie nicht nach oben.«

»Und wie war dein Ausflug nach Palma?«, fragte sie.

»Alles prima, danke.« Sie wussten natürlich, dass ich Tomàs getroffen hatte, aber die Polizei hatte ich nicht erwähnt, und jetzt beschloss ich, es auch dabei zu belassen. »Ach, übrigens, der Anwalt bereitet einige Papiere vor, die wir unterschreiben sollen.«

»Natürlich«, sagte Ruensa, aber Roze fragte sofort: »Was für Papiere sind das?«

»Mit denen soll nur …« Ich hielt inne, suchte nach den passenden Worten. »Ihr bestätigt damit, dass die Finca nicht euch gehört.«

»Dass wir also Hausbesetzer sind, meinst du«, sagte Roze sofort zornig.

»Nein«, widersprach ich. »Der Anwalt will nur …«

»Dich schützen. Falls wir uns weigern auszuziehen. Wie diese Skorpione gerade.«

»Roze«, sagte ihre Mutter sanft. »Wenn es Finn hilft, unterschreiben wir diese Papiere natürlich.«

Roze sprang wutentbrannt auf. »Ich habe eine bessere Idee. Wir verschwinden einfach von hier. Dann sind wir ihm keine Last mehr.« Sie wandte sich zu mir. »Dann kannst *du* die Orangen pflücken und die Avocadobäume wässern. Oder alles wieder verwahrlosen lassen, so wie es war, als wir hier ankamen.«

Sie stürmte hinaus. Ich hörte ihre Schritte auf der Treppe, dann knallte ihre Zimmertür zu.

Ich sah Ruensa an, einigermaßen verstört über die Reaktion ihrer Tochter. »Tut mir leid«, sagte ich. »Ich habe das wahrscheinlich ungeschickt erklärt.«

Ruensa lächelte matt. »Sie macht sich große Sorgen, was aus uns werden soll. Vielleicht sollten wir wirklich am besten gleich ausziehen. Ich kann wieder eine Stelle als Putzhilfe annehmen ...«

»Nein!«, widersprach ich. »Das kommt gar nicht infrage. Bitte, Ruensa, die ganze Situation ist schon schwierig genug. Wir finden eine Lösung, das verspreche ich dir. Ich werde mit Roze reden.«

Doch als ich ein paar Minuten später an ihre Zimmertür klopfte, war von drinnen nichts zu hören.

13

CH fühle mich echt schlecht.«

»Wieso denn, Brüderchen?«

»Weil ich Ruensa gekränkt habe. Und ihre Tochter.«

»Inwiefern?«

»Wie du vorgeschlagen hast, bereitet Tomàs eine Verzichtser-klärung zum Unterzeichnen vor, in der schriftlich bestätigt wird, dass die beiden kein Anrecht auf das Haus haben. Das habe ich schon mal angekündigt, und … es kam gar nicht gut an.«

Ich spürte förmlich, wie Jess aufhorchte. »Aha!«, rief sie aus. »Also hatten sie doch vor zu bleiben.«

»Nein, nein, gar nicht. Ruensa sagte sofort, dass sie natürlich unterschreiben würde. Aber beide fanden dann auch, es sei ein-facher, wenn sie gleich ausziehen würden.«

»Im Ernst?« Jess klang überrascht. »Gute Arbeit, Bruder. Auf-gabe erledigt.«

Ich seufzte. »Ich habe ihnen natürlich gesagt, das sollten sie nicht tun.«

»Wie bitte? Wieso das denn?«

»Weil sie sehr erschüttert wirkten. Und weil es eine richtige und eine falsche Herangehensweise für diesen ganzen Prozess gibt.«

Jess schwieg einen Moment. »Was ist denn deiner Ansicht nach die richtige Herangehensweise?«

»Das habe ich mir leider noch nicht überlegt.«

Mit dem Handy am Ohr schlenderte ich zu dem Schrank hinüber, in dem die Kleidungsstücke meines Vaters hingen. Ich hatte festgestellt, dass Ruensa sogar seine Garderobe geändert hatte: Statt der peinlichen afrikanischen Oberteile hatte er zuletzt elegante Leinenhemden getragen, himbeerrot oder himmelblau, Polohemden, Shorts und Chinos. Ruensa hatte alles gewaschen und fein säuberlich gebügelt.

Ich betastete mit einer Hand den dicken weichen Leinenstoff und spürte, wie sich eine Idee zu entwickeln begann.

»Wann kommst du wieder?«, fragte Jess.

Langsam sagte ich: »Tomàs meint, ich solle noch bleiben.«

»Warum?«

»Ach, weißt du – Präsenz zeigen. Solange ich hier bin, kann ich ein Auge auf alles haben.«

»Ja, da hat er sicher recht – vor allem, wenn die schwierig sein sollten. Kommst du denn zurecht, wenn du noch bleibst?«

»Na ja, wird schon gehen. Es ist eben die beste Möglichkeit, denke ich mir.«

»Und was ist mit Kleidung? Du hast doch bestimmt nur für ein paar Tage gepackt.«

»Ich muss eben ein paar Sachen vom AD tragen.«

»Das schaffst du schon. Und danke, Bruder. Bin dir was schuldig. Küsschen.« Jess legte auf.

Ich fragte mich, warum ich sie angelogen hatte. Tomàs hatte mir nicht geraten, auf Mallorca zu bleiben, ganz im Gegenteil – er bereitete alles vor, damit ich möglichst schnell nach England zurückkehren konnte. Normalerweise waren Jess und ich immer aufrichtig zueinander, auch bei unangenehmen Wahrheiten. Aber ich wollte eben vermeiden, dass sie anfing zu spekulieren, aus welchen Gründen ich tatsächlich länger in der Finca Síquia bleiben wollte.

14

IN dieser Nacht träumte ich von Roze. Sie legte sich zu mir ins Bett, noch feucht vom Duschen, und schmiegte sich verlangend an mich. Ich wachte mitten in der Nacht keuchend auf, enttäuscht, dass es nur ein Traum gewesen war.

Als ich morgens aufstand, überlegte ich, ob ich wirklich geträumt oder mir diese Szene im Halbschlaf ausgedacht hatte. Ich ging duschen, um sämtliche Gedanken an Roze wegzuwaschen.

Dann band ich mir ein Handtuch um die Hüften, um die Fensterläden zu öffnen. Auf der anderen Seite des Swimmingpools machten die beiden wie jeden Morgen Yoga. Diesmal schaute ich unbemerkt bis zum Ende zu.

Schließlich rollten beide Frauen ihre Matte zusammen und klemmten sie unter den Arm. Roze blickte kurz zur *caseta* herüber, bevor sie weggingen.

Und so fängt es an, dachte ich.

Roze war allein in der Küche, aß Avocadostücke und Salchichón. Ich nahm mir auch eine Avocado aus der Schale und setzte mich.

Nach einem Moment sagte sie leise: »Ich sollte mich entschuldigen, Finn. Was ich gestern Abend gesagt habe … ich habe überreagiert. Das war sehr unhöflich von mir.«

Ich schüttelte den Kopf. »Du brauchst dich nicht zu entschuldigen. Ihr habt beide eine schwere Zeit. Und natürlich solltest du nichts unterschreiben, womit du nicht einverstanden bist.«

»Es ist nicht so, dass wir dir nicht vertrauen – das darfst du nicht glauben. Aber ...« Sie holte tief Luft. »Es wird wohl nicht nur für Mama schmerzhaft sein, von hier wegzugehen. Dieses letzte Jahr ... das war wie ein Märchen. Ich hätte wissen müssen, dass es zu schön war, um wahr zu sein.«

Ein kurzes Schweigen entstand.

»Als du vor diesen Vogelbeobachtern weggerannt bist«, fragte ich neugierig, »vor wem hattest du da tatsächlich Angst?«

Einen Moment lang dachte ich, sie würde antworten, das ginge mich nichts an. Doch dann sagte sie: »Albaner.«

»Und genauer?«

»Albaner von der bösen Sorte.« Roze seufzte. »Mallorca ist vom organisierten Verbrechen so weit entfernt wie nur möglich – deshalb glaubten wir, hier in Sicherheit zu sein. Aber sogar auf Mallorca gibt es Schmuggler und Drogendealer. Viele von denen würden dem Mann, vor dem wir geflüchtet sind, gerne einen Gefallen tun.«

»Verstehe.«

Sie wies mit dem Kopf Richtung Berg. »Deshalb ist mein Plan, mich in den Bergen zu verstecken, wenn die uns hier finden sollten. Dort kommt man mit keinem Fahrzeug hin, da gibt es nur die alten Maultierpfade, in mehrere Richtungen. Oder ich bleibe da einfach, bis die aufgeben.«

»Und deine Mutter? Würde sie auch mitkommen?«

Roze schüttelte den Kopf. »Wir haben darüber gesprochen. Aber sie will lieber hier im Dorf bleiben. Es ist abgelegen ... deshalb fühlen wir uns auf der Finca so wohl. Aber damit ist ja jetzt wohl Schluss.«

Ich wusste, dass ich es jetzt hinter mich bringen musste, und holte tief Luft. »Schau, Roze … ich sehe wirklich keine andere Möglichkeit, als die Finca zu verkaufen. Wenn ich das alleine entscheiden könnte … Aber meine Schwester braucht das Geld, und wir müssen auch Steuern bezahlen. Was ich allerdings tun kann, ist, den Prozess so lange wie möglich hinauszuzögern. Tomàs glaubt ohnehin, dass es noch Monate bis zur Testamentseröffnung dauern kann. Und solange die nicht stattgefunden hat und der Nießbrauch gelöscht ist, können wir ohnehin nicht verkaufen. Wenn wir das alles so langsam und menschlich akzeptabel wie möglich machen, seid ihr hier noch eine Weile in Sicherheit – vielleicht sogar bis Jahresende. In der Zwischenzeit werde ich versuchen, Jess zu überreden, dass wir deiner Mutter die Kosten für die Instandsetzung ersetzen. Dann habt ihr zumindest erst mal was zum Leben und seid vorerst abgesichert.«

»Danke«, sagte Roze. Sie überlegte einen Moment und fügte dann hinzu: »Was ist mit dem Traktor?«

»Tomàs meinte, der gehört nicht zum Haus, ist also damit euer Eigentum.«

Sie lächelte wehmütig. »Ein Traktor ohne Felder … aber trotzdem danke. Du bist bestimmt viel großzügiger, als du sein müsstest.«

»Das ist das Mindeste. Ich wünschte, ich könnte mehr tun.«

»Wir müssen eventuell noch jemanden einstellen für die Landwirtschaft. Sogar als dein Vater mitgeholfen hat, war es oft zu viel Arbeit für mich.«

»Vorerst bin ich ja noch hier«, sagte ich. »Da könnte ich doch aushelfen.«

Roze sah überrascht aus. »Aber was ist mit deinem Job in London?«

»Ich bin selbstständig und kann auch weniger arbeiten. Du musst mich dann aber wirklich so behandeln wie einen bezahlten

Helfer. Sag mir einfach, was getan werden muss, dann mache ich es.«

»Fände ich toll.« Sie lächelte. »Also nicht, dir Befehle zu geben, sondern gemeinsam zu schuften. Es ist nämlich echt harte Arbeit, und zu zweit fällt sie leichter.«

Ich holte tief Luft. »Da ist noch etwas, das du wissen solltest. Ich war gestern in Palma auch bei der Polizei, man hatte mich zu einem Gespräch gebeten. Die beiden Polizisten wollten wissen, ob die Ehe zwischen meinem Vater und deiner Mutter real oder eine Scheinehe gewesen ist. Ich habe ihnen natürlich versichert, dass es eine von Liebe geprägte Beziehung war. Aber die sind offenbar darauf aus, einen Anlass für eine Ermittlung zu finden. Sie waren zum Beispiel über das Geld informiert, wussten aber nichts über die Herkunft – die ich dann erklärt habe. Und sie haben erwähnt, dass sie auf das Ergebnis einer speziellen toxikologischen Untersuchung warten. Sie haben wohl den Verdacht, dass mein Vater womöglich nicht eines natürlichen Todes gestorben ist, und sehen einen Zusammenhang mit seiner neuen Ehe.«

Roze schwieg, sah aber plötzlich sehr nachdenklich aus.

»Und auch aus diesem Grund ist es besser, wenn ich noch eine Weile hierbleibe«, fuhr ich fort. »Zwei Asylsuchende sind schnell den Machenschaften der Polizei ausgesetzt, aber wenn der Sohn des angeblichen Mordopfers laut und deutlich klarmacht, dass sie sich irren, hat das Gewicht. Ich habe denen schon erklärt, wie erstaunlich es ist, dass mein Vater überhaupt so lange gelebt hat. Und angesichts der Trauer deiner Mutter ist mir auch klar geworden, wie glücklich die beiden zusammen waren.«

»Noch mal vielen Dank, Finn«, sagte Roze leise. »Jimmy wäre bestimmt sehr dankbar. Und stolz auf dich.«

Ich blieb einen Moment stumm. »Ich glaube, mein Vater war nie stolz auf mich.«

Roze betrachtete mich eingehend. »Ich merke schon – ihr hattet eine schwierige Beziehung. Aber Jimmy war immer gut zu mir, und zu Mama sowieso. Ich denke, es war eine glückliche Fügung, dass wir ihm zu einem Zeitpunkt begegnet sind, als er sehr einsam war und sich deshalb wirklich ändern wollte. Es tut mir sehr leid für dich, dass du nie den Mann kennenlernen konntest, den wir gekannt haben.«

Sie legte ihre Hand auf meine, und ich empfand einen jähen Anflug von Freude – nicht nur über die Berührung, sondern auch über das Mitgefühl, das ich spüren konnte.

Und da war auch eine intensive überraschende Traurigkeit bei dem Gedanken, dass ich durch den unerwarteten Tod meines Vaters nicht mehr die Chance gehabt hatte, ihm als verändertem Menschen zu begegnen.

Ihn vielleicht sogar in die Arme zu nehmen.

Im Flur waren Schritte zu hören. Ohne ihre Hand zurückzuziehen, rief Roze: »Mama?«

Ruensa kam herein. »Ja?«

»Finn wird den Hausverkauf hinauszögern, damit wir so lange wie möglich hierbleiben können.«

Dann sagte sie ein paar schnelle Sätze auf Albanisch.

Ruensa wandte sich zu mir. »Vielen Dank, Finn. Wir stehen in deiner Schuld.«

»Ich habe zu danken«, erwiderte ich. »Dass ihr meinen Vater in seinem letzten Lebensjahr so glücklich gemacht habt.«

Sie lächelte traurig. »Er hat mich auch glücklich gemacht. Wir sind uns spät im Leben begegnet, haben uns aber sehr geliebt.«

Inzwischen frage ich mich, ob bei diesem Gespräch überhaupt ein einziger aufrichtiger Satz geäußert wurde. Vielleicht enthielten diese kurzen Sätze auf Albanisch die Wahrheit – eine Anweisung an Ruensa, wie sie reagieren sollte. Aber der Rest der

Unterhaltung – wie viel davon waren Halbwahrheiten und Aus-flüchte, Fallen, in denen die Beute sich verstricken sollte? Alle drei warfen wir unsere feinen Spinnwebfäden aus, versuchten den anderen zu fangen und gingen dabei selbst ins Netz.

15

So begann eine neue Phase in meinem Leben auf der Finca Síquia. Jeden Morgen, nachdem Mutter und Tochter ihr Yoga absolviert und wir Avocados zum Frühstück gegessen hatten, fuhren Roze und ich mit dem kleinen offenen Traktor durch die Orangenhaine. Er hatte nur einen Sitz, hinter dem aber eine Person stehend mitfahren konnte, allerdings nur halsbrecherisch balancierend. Es war eine herrlich alberne und kindische Art der Fortbewegung; Sonne und Wind im Gesicht, und ich musste mich darauf konzentrieren, nicht bei jeder Unebenheit das Gleichgewicht zu verlieren.

Was schwierig war, weil ich mich nirgendwo festhalten konnte. Nachdem ich zum dritten Mal runtergefallen war, schlug Roze vor, dass ich mich an ihren Schultern festhalten sollte. Das führte aber dazu, dass ich sie nach hinten zog. Schließlich sagte sie: »Ach, das ist doch blöd. Fass mich einfach um die Taille.«

Und so war unsere erste Umarmung ganz unschuldig; meine Arme um Roze' schlanke Taille geschlungen, mein Kopf seitwärts an ihren Rücken gelegt, und jedes Ruckeln brachte uns noch dichter zusammen. Sogar jetzt gehört diese Erinnerung zu meinen liebsten – als wir noch so vieles voneinander nicht wussten, als unsere Intimität ein Spiel war, ein aufregendes unausgesprochenes Geheimnis.

Es gibt keine vereinfachte Methode, Orangen zu ernten.

Mandeln kann man vom Baum schütteln, aber Orangen werden beschädigt, wenn sie herunterfallen. Mit einem Jutesack auf dem Rücken stiegen wir auf eine Holzleiter, legten unsere Ernte danach in stapelbare Plastikkisten. Ich kam auf die alberne Idee, auch daraus ein Spiel zu machen – wer konnte schneller seinen Sack füllen, die Leiter hinunterkraxeln und die Früchte in die Kiste legen. Roze hatte natürlich ständig die Nase vorn. Sie stieg leichtfüßig die Leiter hinauf, griff mühelos durch die Zweige und löste die Frucht vom Ast. Und während ich nach jedem Sack erst einmal Atem holen musste, kletterte sie behände sofort wieder hinauf, als sei sie eine der wilden Ziegen, die manchmal aus den Bergen kamen und uns zusahen. Mir dagegen tat schon am frühen Vormittag alles weh.

»Du weißt, warum ich so fit bin, oder?«, rief Roze irgendwann.

Ich sah, wie sie im Baum eine Orange pflückte und mit dem Daumen ein Loch hineinbohrte, um sich dann den Saft in den Mund zu spritzen. Ich tat es ihr gleich.

»Warum?«, fragte ich, während wir beide die ausgedrückte Frucht zu Boden fallen ließen.

»Weil ich jeden Morgen Pilates mache. Damit kann man das Körperzentrum stärken. Du kannst dich gerne anschließen.«

»Ich glaube, ich verzichte dankend.«

»Wieso? Ist dir Pilates nicht männlich genug, oder wie?«

»Darum geht es nicht. Ich habe nur für mein ganzes Leben genug von Tai-Chi, Kristallkugeln und anderem Hippie-Quatsch, mit dem mich die Gäste meiner Eltern genervt haben.«

»Okay … aber Pilates ist anders. Das wurde für Tänzer entwickelt, um Muskelverletzungen vorzubeugen. Dein Vater hat gesagt, dass es ihm sehr geholfen hat.«

»Mein *Vater* hat Pilates gemacht?«

»Na klar. Hat sich fit gehalten. Sonst hätte ein Mann seines Alters doch nicht in der Landwirtschaft arbeiten können.«

Deshalb nahm ich nun jeden Morgen an den Übungen teil, von denen ich jetzt wusste, dass es sich nicht um Yoga, sondern um Pilates handelte. Ruensa erklärte mir die Übungen; sie hatte in Albanien eine Ausbildung dafür absolviert und vorgehabt, als Teil des Agroturismo-Plans hier auf der Finca Unterricht zu geben.

Als sie das berichtete, sah sie wehmütig aus, und ich merkte, wie schmerzhaft es für sie war, sich von diesen Plänen zu verabschieden. Aber was hätte ich tun sollen? Ich handelte ohnehin schon eigenmächtig, indem ich versprochen hatte, den Verkauf so lange wie möglich hinauszuzögern.

Tomàs hatte mir inzwischen die Verzichtserklärung geschickt, mitsamt einer Reihe von Aufgaben, die ich noch zu erledigen hatte: *Mach bitte eine Liste von Einbauten und Zubehör. Es wäre auch gut zu wissen, ob dein Vater noch Bargeld oder Vermögenswerte auf Bankkonten hatte. Ich muss ferner klarstellen, dass ich deiner Stiefmutter und ihrer Tochter keinerlei Ratschläge zu diesem Dokument geben kann. Falls sie rechtlichen Beistand wünschen, müssten sie sich selbst jemanden suchen.*

»Selbstverständlich brauchen wir keinen Anwalt«, sagte Ruensa, als ich ihr das erklärte. »Wir können uns gar keinen leisten. Außerdem habe ich zu Jimmys Sohn uneingeschränktes Vertrauen.«

Dennoch lagen die Dokumente bislang bei mir im Gästehaus, nicht unterschrieben – ich hatte mich nicht dazu aufraffen können, sie den beiden vorzulegen. Die Zeit stand still, und so sollte es auch bleiben. Ich wollte weiterhin in diesem strahlenden mallorquinischen Licht leben, die köstliche, nach Orangenblüten duftende Luft einatmen – zurzeit blühten die Valencia- und die Canoneta-Bäume –, während mein Körper immer besser mit den Anforderungen zurechtkam.

Mein Leben in London erschien mir jetzt so grau und weit entfernt, als sei ich aus einem langen Winterschlaf oder einem Koma erwacht. Eine wunderbare Ruhe erfasste mich. Ich arbeitete, aß, schlief. Im Mittelpunkt von alldem befand sich Roze, und wir wurden immer entspannter und unbefangener zusammen.

»Schau mal«, rief ich eines Tages, als sie von der Leiter herunterkam. »Ich zeige dir mein heimliches Talent.«

»Weiß nicht, ob ich das sehen möchte«, erwiderte sie zweifelnd, stellte aber den Sack ab und sah mir zu.

Ich hielt in jeder Hand zwei Orangen und begann zuerst, nur mit zwei zu jonglieren. »Das hat mir einer der Hippies beigebracht, der hier eine Zeit lang wohnte«, erklärte ich. Als der Rhythmus passte, nahm ich die dritte, dann die vierte hinzu. »Es heißt, wenn man das früh genug lernt, vergisst man es nie mehr.«

»Tänzer nennen das ›Muskelgedächtnis‹«, sagte Roze.

»Wirf mir noch eine zu. Unterm Arm durch, wie beim Ballspielen.«

Ich fing die Orange auf und jonglierte mit fünf. Aber weil ich Roze besonders beeindrucken wollte, übertrieb ich die Höhe, und binnen Sekunden landeten alle auf dem Boden.

»Jetzt musst du mir ein heimliches Talent von dir zeigen«, sagte ich.

Sie überlegte einen Moment. »Dreh dich um. Und mach die Augen zu.«

Ich gehorchte.

»Mein heimliches Talent«, sagte sie dann, »ist, dass ich richtig gut bin im Schneeballwerfen.« Eine Orange traf mich hart am Hinterkopf.

»Autsch!«, rief ich entrüstet und drehte mich um. »Das hat wehgetan!«

Roze johlte vor Lachen und warf die nächste, die ich aber auffing und zurückschleuderte. Roze versteckte sich hinter dem Traktor und setzte den Beschuss fort, und plötzlich waren wir wie zwei Kinder, grapschten uns rasch Früchte vom Baum und feuerten sie auf den anderen, bis es mir schließlich gelang, Roze in die Enge zu treiben, die Hand mit dem Fruchtgeschoss drohend erhoben …

»Okay, okay, du hast gewonnen.« Sie keuchte. »Nicht – weh-tun …«

»Du musst mich zum Sieger erklären«, forderte ich.

»Alles klar, du hast gewonnen. Heute jedenfalls.«

Wurden meine Gefühle für sie erwidert? Eine Zynikerin wie meine Schwester hätte zweifellos gemutmaßt, dass Roze mich vorsätzlich zu bezirzen versuchte; oder sogar, dass ihr Verhalten Teil eines größeren Plans war, der vielleicht von ihrer Mutter eingefädelt worden war, der Psychologieprofessorin, die sich so intensiv für meine Kindheit interessierte. Aber Jess konnte uns nicht sehen, und ich war kein Zyniker. Ich vermutete, dass Roze fast die gleichen Gefühle für mich hatte wie ich für sie; allerdings wahrscheinlich nicht ganz so intensiv, meine Sehnsucht nach ihr war manchmal regelrecht schmerzhaft. Jedenfalls war ich mir sicher, dass sie mich mochte, vielleicht sogar attraktiv genug fand, um unterschwellig mit mir zu flirten, und spürte, dass unter den richtigen Umständen auch mehr zwischen uns möglich sein könnte.

Doch die Umstände waren natürlich alles andere als richtig. Ich war die Person, die ihr die Finca wegnehmen würde. Vielleicht, wenn alle rechtlichen Schritte erledigt waren, in der kurzen Zeitspanne vor dem Aufbruch der beiden … Aber ich bemühte mich, mir auch diese kleine Fantasie zu untersagen.

Wenn man eine Orange pflückt, besteht der Trick darin, nicht an ihr zu ziehen, um sie nicht zu früh zu ernten. Man muss sie stattdessen behutsam drehen, und wenn der Zeitpunkt richtig ist, fällt sie einem in die Hand. Für uns war der Zeitpunkt noch nicht der richtige, aber wir reiften – reiften in dem strahlend hellen Sonnenlicht, so unaufhaltsam wie alles Lebendige rings um uns her.

16

RUENSA hatte beschlossen, dass wir gemeinsam die Asche meines Vaters verstreuen sollten. Zum Zeitpunkt hatte sie sich nicht geäußert, bis sie eines Tages spontan verkündete, wir sollten es an diesem Abend tun. Nach der Arbeit kleideten wir uns um – ich zog eines der Leinenhemden von meinem Vater und eine seiner Chinos mit scharfer Bügelfalte an, Roze und Ruensa trugen Kleider –, dann chauffierte ich uns drei die Küste entlang zum Torre del Verger. Oder uns vier vielmehr, denn Ruensa hatte die kleine Metall-Urne mit der Asche meines Vaters auf dem Schoß stehen und streichelte sie immer wieder, wie ich aus dem Augenwinkel sah.

Ich dachte an Jess' Misstrauen und die Verdächtigungen der Polizei und fand beides in dieser Situation vollkommen absurd. Es konnte keinerlei Zweifel daran geben, dass Ruensa von jemandem Abschied nahm, den sie sehr geliebt hatte. Unwillkürlich stellte ich mir vor, wie Roze die Urne mit meiner Asche auf dem Schoß hielt, nachdem wir vielleicht unser Leben gemeinsam verbracht hatten … Bei der Vorstellung von solcher Hingabe wurde mir warm ums Herz.

Ich schaute in den Rückspiegel. Roze saß hinten und sah hinaus aufs Meer, das weit unten schillerte und glitzerte. Ich konnte den Blick kaum von ihrem Profil lösen, bis Ruensa wegen eines entgegenkommenden Fahrzeugs scharf die Luft einsog.

Der Küstenstreifen zwischen Cauzacs und Banyalbufar ist der höchstgelegene der ganzen Insel, weshalb er vor Jahrhunderten auch als Standpunkt für einen Wachtturm ausgewählt wurde. Wenn die Posten Schiffe sichteten, die auf Eindringlinge oder Piraten schließen ließen, wurde eine Rauchsäule erzeugt, die vom nächsten Beobachtungsposten gesehen wurde, und so ging das weiter entlang der Küste bis zur Garnison in Sóller. Die Aussicht von den Klippen war atemberaubend, aber mein Vater hatte sich nicht aus diesem Grund häufig am Torre del Verger aufgehalten. Sondern weil Gemälde von der Turmruine sich gut an Touristen verkaufen ließen, vor allem, wenn das Format koffergerecht war. In einer guten Woche konnte er drei oder vier davon verhökern und von den Einnahmen Brandy für einen Monat kaufen.

Ruensa führte uns zu einer Stelle, die einige Schritte vom Turm entfernt war. »Hier hat er mir den Heiratsantrag gemacht«, sagte sie.

Und hier hat er auch immer seine Staffelei aufgestellt, dachte ich, behielt diese Erinnerung aber für mich.

»Weil er gern aus diesem Blickwinkel malte«, fügte Ruensa hinzu. »Den liebte er besonders.« Sie wandte sich zu mir. »Finn, würdest du ein paar Worte sagen?«

Damit hatte ich nicht gerechnet, und ich fühlte mich ziemlich überfordert; sogar mit Zeit zum Vorbereiten wäre mir das schwergefallen.

»Jimmy Hensen war eine vielfältige Persönlichkeit und ein Mensch mit vielen Begabungen«, begann ich zögernd. »Er beschritt immer furchtlos seinen eigenen Weg, genoss das Leben und würdigte jeden Tag, als könne es sein letzter sein.« Ich war erschüttert, wie mühelos mir diese hohlen Phrasen von der Zunge gingen. Aber da ich nun schon in Schwung war, fuhr ich fort: »Er war ein Vagabund, ein kreativer Wirbelwind, ein ruheloser und forschender Reisender, der dennoch in diesen Bergen seine spirituelle Heimat fand. Und nicht nur das, sondern auch die Liebe seines Lebens, inneren Frieden und das Ende seiner Reise«, endete ich gravitätisch, um zu signalisieren, dass meine Rede beendet war.

Ich hatte erwartet, dass Ruensa auch noch sprechen wollte. Aber sie nickte nur, schraubte den Deckel der Urne auf und entleerte den Inhalt mit dramatischer Geste Richtung Meer in den Wind.

Vermutlich hatte sie die Asche den Lüften übergeben wollen, weil ich vom »Wirbelwind« gesprochen hatte. Aber an diesem Tag wehte tatsächlich ein starker Wind, der die Asche meines Vaters zu uns zurücktrug. Ich öffnete den Mund, um die anderen zu warnen, schloss ihn aber schnell wieder, als ich Asche in den Mund bekam. Es gelang mir, nichts davon zu schlucken, aber sie haftete an meinen Lippen.

»Er hatte immer schon einen starken Willen«, sagte ich, nachdem ich mir den Mund abgewischt hatte.

Roze lachte, Ruensa lächelte. Dann sagte sie leise: »Entschuldigt mich bitte, ich wäre gern noch ein Weilchen mit ihm allein.«

»Selbstverständlich.« Als ich einen Blick auf Roze warf, sah ich zu meinem Erstaunen, dass Tränen auf ihren Wangen glitzerten. »Es gibt einen Pfad über die Klippen«, sagte ich. »Wollen wir …?«

Roze nickte und hakte sich bei mir unter, als wir losgingen. Sie war ungewöhnlich schweigsam, und auch ich schwieg, weil ich die Stimmung nicht stören wollte und die körperliche Nähe genoss.

»Du fragst dich wahrscheinlich, warum ich geweint habe«, sagte sie schließlich.

Ich zuckte mit den Schultern, soweit es in dieser Haltung möglich war. »Es ist ein trauriger Anlass.«

Sie schüttelte den Kopf. »Ich habe nicht nur wegen deinem Vater geweint, obwohl er mir natürlich fehlen wird. Aber vor allem wegen dem, was er für uns bedeutet hat – das Leben, was wir geglaubt hatten, hier für uns gefunden zu haben.« Sie zögerte. »Und ich musste auch an meinen eigenen Vater denken.«

Ich sah sie überrascht an. »Ihn hast du noch nie erwähnt.«

»Weil das keine schöne Geschichte ist.« Sie setzte sich auf einen Felsen und schaute übers Meer. Ich ließ mich neben ihr nieder. »Er hat im albanischen Bürgerkrieg gekämpft und stammte aus dem Kosovo, aus einer Region, in der die Serben ethnische Säuberungen durchführten. Es gab Grausamkeiten auf beiden Seiten … Mama sagt, dass mein Vater vollkommen verändert war, als er zurückkam. Man wusste nie, wann er explodierte – er konnte sich über die kleinsten Sachen furchtbar aufregen. Aber als er sich das Leben nahm …«, sie verstummte, sprach dann weiter, »hat er eine Nachricht hinterlassen. Er schrieb, er sei ein schrecklicher Ehemann und Vater gewesen, und wir seien ohne ihn besser dran. Aber ich wollte ihn nicht tot, sondern als besseren Vater.«

Roze wischte sich mit dem Ärmel Tränen vom Gesicht. »Deshalb, weißt du … ich verstehe schon, dass es für dich schwierig war mit Jimmy. Aber für mich … ich habe vielleicht auch nach jemandem gesucht, wie Mama. Einer anderen Vaterfigur, einem Mann, der sich seinen Problemen stellt.«

Sie warf mir einen Seitenblick zu. »Einige Eigenheiten von ihm sehe ich übrigens auch bei dir.«

»Eigenheiten?« Ich wunderte mich immer wieder über ihre Ausdrucksfähigkeit; aber sie hatte mir einmal erzählt, dass gebildete Menschen in Albanien mindestens drei Sprachen beherrschten. »Glaube ich eigentlich nicht.«

Sie nickte hartnäckig. »Doch, auf jeden Fall. Zum Beispiel deine Bemerkung, als der Wind uns die Asche ins Gesicht gepustet hat … das war so sehr wie Jimmy. Und jetzt, da deine Haare länger sind … wenn du sie mit beiden Händen zurückstreichst – genau die gleiche Geste wie bei deinem Vater.«

»Deshalb trage ich sie wahrscheinlich sonst kürzer. Ich sollte nach Sóller fahren und sie schneiden lassen.«

»Mir gefällt das so. Steht dir gut«, sagte sie und errötete.

Ein kurzes Schweigen entstand. »Gewöhn dich am besten gar nicht erst dran«, sagte ich dann lässig. »Bald komme ich geschoren wie ein Schaf zurück.«

Was natürlich nach ihrer Äußerung nun ganz bestimmt nicht stattfinden würde.

Roze stand auf. »Wir sollten zurückgehen.«

Auf dem Weg zum Auto sagte sie: »Weißt du, als wir Jimmy kennengelernt haben und er uns von seiner Familie erzählte … da hat er nicht von ›Finn‹ gesprochen, sondern einen anderen Namen benutzt.«

»Ja. Meine Eltern hatten mir einen anderen Namen gegeben.«

»Ich kann mich nicht mehr daran erinnern … wie war er gleich wieder?«

»Bevor ich ihn dir sage, müssen wir uns noch viel besser kennenlernen.«

Sie hatte sich wieder bei mir untergehakt und zog jetzt an meinem Arm. »Aber ich kenne dich doch schon gut, oder nicht?«

»Noch nicht gut genug.« Wir lächelten beide. »Davon abgesehen ist der Name auch grauenhaft, und ich kenne *dich* jedenfalls schon gut genug, um zu wissen, dass du mich damit aufziehen wirst.«

»Ich verspreche, dass ich das nicht mache.«

»Na, schauen wir mal. Aber ich bin ehrlich gesagt besser davongekommen als Jess.«

»Wieso, wie heißt sie denn in Wirklichkeit?«

»Honeyblossom Strawberry Rain.«

Roze dachte einen Moment nach. »Das ist doch ein sehr schöner Name.«

»Ja, wenn meine Mutter eine Flasche Shampoo mit Erdbeer-Honig-Duft zur Welt gebracht hätte.«

»Siehst du? So was hätte Jimmy auch sagen können.« Roze zog ihren Arm weg und stupste mich mit der Schulter an. »Wir müssen jetzt ernst sein. Für Mama.«

»Na klar.« Wir näherten uns dem Auto. Dahinter sahen wir Ruensa an dem Holzgeländer am Rand der Klippe stehen.

Ich bemühte mich, auf Roze zu hören, und ernst zu wirken. Aber weil ich so glücklich war, fiel es mir schwer, nicht zu lächeln.

17

ALS es allmählich heißer wurde, machten wir längere Mittags-
pausen, und ich begann, die To-do-Liste von Tomàs abzu-
arbeiten. Ich fragte Ruensa, wo mein Vater wohl seine Kontoauszüge aufbewahrt hatte.

»Akten waren nicht gerade seine Stärke, vieles hat er direkt in
den Mülleimer befördert. Aber einige Papiere sind noch oben in
seinem Malraum.«

»Malraum?«

Sie nickte. »Nachdem wir das Atelier in der *caseta* zum Gäste-
zimmer umgebaut hatten, hat Jimmy in einem Raum im obersten
Stockwerk gearbeitet. Ich zeige ihn dir.«

Sie ging mir voraus die Treppe hinauf. Die Finca hatte drei Etagen; ich hatte bislang nur das Erdgeschoss gesehen und war kurz
im ersten Stock gewesen, als ich die Skorpione aus Roze' Schlafzimmer entfernt hatte. Als ich jetzt weiter nach oben kam, stellte
ich fest, dass lediglich die beiden unteren Etagen renoviert worden waren. Es kam mir vor, als verlasse man eine elegante Bühne
und käme hinter den Kulissen in ein totales Tohuwabohu. Im
zweiten Stock, genau dort, wo man von unten nichts mehr erkennen konnte, endete die geschmackvolle neue Wandfarbe, und die
grauenhaften Fresken meines Vaters kamen zum Vorschein, zum
Glück mittlerweile ziemlich verblasst. Die Dielen waren nicht gestrichen und voller Löcher, an den Wänden bröckelte der Putz ab.

Und die Zimmer waren mit Gerümpel vollgestellt, das seit fünfzehn Jahren niemand mehr angerührt hatte. Durch eine Tür sah ich die Bienenkörbe, zu deren Anschaffung jemand meine Eltern überredet hatte, mit dem Hinweis, sie könnten doch den Honig verkaufen. Die Bienen hatten nach einem Tag das Weite gesucht, um sich eine komfortablere Unterkunft zu suchen, die Körbe jedoch waren geblieben. In einem anderen Zimmer standen rostige Fahrräder und ein eisernes Pfostenbettgestell, das von Kugelspinnen für zahlreiche Netze genutzt wurde. In einem weiteren Raum lagen die Überreste eines schimmligen Tipis.

»Für dieses Stockwerk hat das Geld nicht mehr gereicht«, erklärte Ruensa, als wir den Flur entlanggingen. »Wir wollten dann mit den ersten Einnahmen dafür sparen … Hier herein.«

In dem großen Eckzimmer stand der Ledersessel, der auf dem Porträt von Ruensa und Roze im Gästehaus abgebildet war. Rund um den Sessel war etwas Platz, eine Staffelei stand da, aber im Rest des Raums herrschte Chaos. Die Dielen waren mit Farbklecksen übersät, die an bunten Vogeldreck erinnerten, die Wände mit farbigen Streifen und Flecken bedeckt, weil mein Vater offenbar seine Pinsel daran gesäubert hatte. Neben diversen hintereinandergestapelten Gemälden sah ich Kartons voller Skizzen.

Aber was vor allem meinen Blick auf sich zog, war die Couch – eine an mehreren Stellen zerschlissene Chaiselongue, an deren Fußende eine dünne Daunendecke lag.

Ruensa bemerkte meinen Blick. »Er hat manchmal hier oben geschlafen, nachmittags oder wenn er getrunken hatte. Hat gesagt, er wolle mich nicht stören, wenn er gearbeitet hatte. Aber das habe ich nie so ganz geglaubt.«

Ich hörte wieder die Worte von Subinspector Parera: *Wissen Sie zufällig, ob das Paar die Ehe auch vollzogen hat? Ob die beiden also zum Beispiel ein gemeinsames Schlafzimmer hatten?*

Ärgerlich versuchte ich, den Gedanken zu verdrängen. Mein

Vater hatte also manchmal hier oben geschlafen. Das hatte rein gar nichts zu bedeuten.

»Hier drin hat er wichtige Sachen aufbewahrt«, erklärte Ruensa, während sie auf eine wuchtige Kommode zusteuerte. »Aber ich glaube nicht, dass er dabei irgendein Ordnungssystem hatte.«

»Danke, ich schau mir das mal an.«

»Ich lasse dich dann alleine.« Ruensa ging hinaus und zog die Tür hinter sich zu.

Ich sah mich um. In diesem Raum spürte ich die Anwesenheit meines Vaters viel stärker als im Rest des Hauses. Ich konnte mir sogar vorstellen, wie sich auf der Chaiselongue plötzlich eine Gestalt aufrichtete, die Decke aufschlug und schrie: »*Hau ab, du Missgeburt! Siehst du nicht, dass ich schlafen will?*«

Sogar jetzt hatte ich das Gefühl, dass ich mich in diesem Raum nicht aufhalten durfte.

Ich zog die oberste Kommodenschublade auf, die mit Papieren angefüllt war. Er hatte eindeutig einfach alles hineingestopft – eine Stromrechnung, einen Brief vom Tourismusministerium, in dem der Antrag auf eine Vermietungslizenz bestätigt wurde, eine Serviette aus einer Bar, bekritzelt mit unlesbaren Namen und Telefonnummern. Und eine Heiratsurkunde.

Als ich sie herausnahm, sah ich die Namen der Trauzeugen: Ferid Karemi und Saban Flutur. Diese Namen klangen eher albanisch als spanisch.

Ganz unten in der Schublade entdeckte ich einen Kontoauszug von der Santander-Bank, noch im Umschlag. Auf dem Konto befanden sich dreihundertzwölf Euro, davor waren nur Abbuchungen aufgeführt.

Ich durchforstete die Papierschichten. Briefverkehr bezüglich seines Antrags auf Staatsbürgerschaft; ein Zeitungsausschnitt, auf Russisch offenbar; weitere Kontoauszüge, hauptsächlich mit Abbuchungen, bis vor einem Jahr tatsächlich – wie die Polizei festgestellt hatte – vierzigtausend Euro eingegangen und kurz darauf wieder abgehoben worden waren.

Ich stand auf, trat zu den Bildern und zog eines heraus. Es war ein Seestück – ein Fischerboot im Meer vor Port de Valldemossa. Ich zog ein anderes heraus. Der Leuchtturm in Portocolom. Auf einem dritten war die Felsenbucht von Deià abgebildet. Ich zählte die Leinwände. Alles in allem acht.

Mir wurde klar, dass mein Vater die Bilder wohl zum Verkauf geplant hatte, als Beitrag zu den Haushaltskosten. Nur das hinterste Bild war ein Rätsel. Die Farbe war so grob auf der Leinwand verschmiert worden, als habe er damit etwas verdecken wollen. Was es auch gewesen sein mochte – er hatte sich jedenfalls nicht weiter damit beschäftigt. Entweder hatte ihn etwas angewidert, was er gemalt hatte, oder er war wütend oder betrunken gewesen.

Oder alles zusammen.

»Sie haben ihn also quasi ausgeplündert, meinst du.«

»Nein, ganz im Gegenteil. Ruensa hat mir erzählt, dass sie versucht haben, sehr bescheiden zu leben – nur zu essen, was sie angebaut oder selbst erlegt hatten, alles auf die nötigsten Ausgaben zu reduzieren, um für die Renovierung zu sparen. Aber den Brandy hatten sie als Kostenfaktor nicht eingerechnet. Weshalb sie den Zufahrtsweg nicht ausbauen konnten, das hätte fünftausend Euro gekostet. Ohne den konnten sie aber auch nicht an Gäste vermieten.«

Jess sagte langsam: »Weißt du, je länger ich darüber nachdenke, desto auffälliger kommt es mir vor, dass Ruensa keine Belege für diese Ausgaben hat. Warum hat sie nichts aufbewahrt, wenn sie doch bereits wusste, dass die Finca ihr später gar nicht gehören wird?«

»Sie ist ziemlich …« Ich suchte nach dem passenden Wort. »Nicht direkt impulsiv, aber vertrauensvoll. Und man erwartet doch auch nicht, dass der vierundsechzigjährige Mann, den man gerade geheiratet hat, plötzlich tot umfällt. Der AD wirkte immer unverwüstlich, oder?«

Jess seufzte. »Okay, und was sollen wir deiner Ansicht nach jetzt machen?«

»Tomàs meint, juristisch betrachtet müssten wir ihr das Geld zurückzahlen. Und den Kontoauszügen nach zu schließen, hat sie über fünfzigtausend Euro in das Anwesen gesteckt.«

»Dann wäre das eine Art Vorleistung?« Jess klang plötzlich misstrauisch. »Die Leo und ich abdrücken müssten?«

»Na ja, ich besitze solche Summen nicht …«

»Wie viel hast du denn? Du wolltest dir doch was ansparen, oder nicht?«

»Ich versuche es. Ich habe circa siebentausend auf meinem Konto. Zehn, wenn ich noch meinen Überziehungskredit nutze.«

»Also gut. Ich rede mit Leo, dann zahlen wir vierzigtausend, wenn du zehntausend aufbringst. Das nennt man Risiko teilen, Bruder. Aber im Gegensatz zu der lustigen Witwe will *ich* eine Quittung. Und ich überweise keinen Penny, bevor die nicht die Verzichterklärung unterschrieben haben, mitsamt festgelegtem Datum für ihren Auszug.«

Ich wollte widersprechen, aber Jess ließ mich nicht zu Wort kommen.

»Im Gegensatz zu dir bin ich vorsichtig und skeptisch, verstehst du? Ich begreife auch nicht, weshalb du die mit Samthandschuhen anfasst. Wenn ich dir gnädig gesinnt bin, kann ich mir dein Verhalten gerade noch mit deinem Retterkomplex erklären. Aber ich wittere bei der ganzen Sache trotzdem irgendwie Unrat.«

18

ALS kurzfristige Lösung lud ich die fertiggestellten Bilder und die Skizzen meines Vaters ins Auto und brachte sie zu Marc, seinem Galeristen in Palma. Er willigte ein, die besten auszustellen und den üblichen Anteil auf mein Konto zu überweisen, falls etwas verkauft wurde.

»Weißt du«, sagte er, während er ein Bild betrachtete, »dein Vater war ein sehr begabter Künstler – wenn er es gerade sein wollte. Leider hat er irgendwann angefangen, die Menschen zu verachten, die seine Werke kauften. Damit zerstört man seine Schaffenskraft.«

»Er hat ein Porträt von seiner neuen Frau und ihrer Tochter gemalt, das sehr eindrucksvoll ist. Aber das steht nicht zum Verkauf.« Ruensa hatte mir gesagt, dieses Bild sei das einzige Andenken, das sie behalten wolle, und ich hatte es ihr natürlich gerne überlassen.

Marc nickte. »Das ist sicher entstanden, bevor die Probleme anfingen, oder?«

Ich sah ihn an. »Welche Probleme?«

Er wirkte etwas betroffen. »Ach so, ich dachte, das hättest du gewusst … Vor einem Jahr hatte er mir erzählt, dass er das Trinken komplett aufgegeben hatte. Er war völlig verwandelt, voller Energie. Aber als ich ihn vor einigen Monaten bei einer Vernissage getroffen habe, war er so betrunken, dass er kaum noch sprechen konnte. Ich habe mich erkundigt, wie es ihm geht, und da murmelte er, die Ehe würde genauso verlaufen wie die anderen vorher. Ich dachte mir, dass er deshalb wieder zu trinken angefangen hatte – weil er unglücklich war.«

»Ach, Finn«, begrüßte mich Tomàs. »Das ist ja eine Überraschung. Bringst du mir die unterschriebenen Papiere?«

»Noch nicht … geht gerade etwas hektisch zu. Ich wollte nur rasch etwas mit dir besprechen. Hast du einen Moment Zeit?«

Tomàs lächelte. »Na klar. Lass uns doch nebenan ein Glas Wein trinken, da können wir in Ruhe reden.«

Als wir mit zwei Gläsern Rosé aus Binissalem in der Sonne saßen, berichtete ich, was ich gerade von dem Galeristen erfahren hatte.

»Was ich sehr seltsam daran finde«, sagte ich, »ist, dass Ruensa das ganz anders dargestellt hat. Sie hat erzählt, dass mein Vater wieder angefangen hatte zu trinken. Aber bei ihr hörte sich das so an, als habe er es als Krankheit betrachtet und dagegen angekämpft. Und dann diese Textnachrichten, die bei Jess gelandet waren – die bestätigen ja quasi Marcs Eindruck.«

Tomàs nickte. »Du machst dir also Sorgen, dass da irgendetwas im Argen ist?«

»Tja … der Gedanke kam mir, offen gestanden. Was natürlich absurd erscheint, weil die beiden sympathische Menschen sind. Aber wenn Ruensa irgendwann gemerkt hat, was für ein unausstehlicher brutaler Mistkerl mein Vater war, und jetzt nicht zugeben will, dass die Ehe gescheitert ist, um nicht unter Mordverdacht zu geraten?«

»Ich denke, dass beide Elemente sich nicht gegenseitig ausschließen«, wandte Tomàs ein. »Die beiden können sich doch aufrichtig geliebt, aber trotzdem Probleme gehabt haben. Dann stirbt er unter tragischen Umständen, die Polizei schöpft deshalb

Verdacht, und Ruensa tut so, als seien sie absolut glücklich gewesen, um sich selbst zu schützen.«

»Wäre denkbar … Auf jeden Fall wird jetzt klar, dass die Polizei auf dem Holzweg ist. Die gehen davon aus, dass es sich um eine Scheinehe gehandelt hat, die zu einem Mord führte. Aber wenn Marc recht hat, war das alles viel komplexer: Mein Vater war glücklich mit Ruensa – oder zumindest mit diesem Neuanfang –, bis sich die Beziehung aus irgendwelchen Gründen verschlechtert hat.«

»Vielleicht werden wir die vollständige Geschichte nie erfahren.« Tomàs trank einen Schluck Wein. »So oder so wäre es vielleicht ratsam, wenn du bald abreisen würdest. Oder zumindest in ein Hotel ziehen, falls du noch länger bleiben möchtest.«

Etwas verlegen sagte ich: »Ich habe eher vor, noch eine Weile auf der Finca zu bleiben. Um bei der Landwirtschaft zu helfen.«

Tomàs betrachtete mich erstaunt. »Darf ich fragen, wie lange?«

»Das habe ich noch nicht entschieden. Bis zum Herbst vielleicht.«

»Herbst?«, wiederholte Tomàs verblüfft und schüttelte den Kopf. »Ich habe da vielleicht etwas noch nicht so klargemacht, wie ich es hätte tun sollen, Finn. Nach spanischem Recht muss die Testamentseröffnung innerhalb von einem Jahr abgeschlossen und alle Steuern bezahlt sein. Danach werden erhebliche Strafgebühren fällig.«

Ich starrte ihn an. »In welcher Höhe?«

Er zuckte mit den Schultern. »Fünf Prozent auf den Gesamtwert des Anwesens, zahlbar alle drei Monate.«

Ich muss gestehen, dass Tomàs mir bei unserem Treffen das spanische Rechtssystem ausführlich erklärt hatte. Aber weil wir ursprünglich das Anwesen so schnell wie möglich verkaufen wollten, hatte ich nicht genau zugehört.

Tomàs lehnte sich zurück und sah mich etwas skeptisch an.

»Haben sie denn wenigstens die Verzichterklärung inzwischen unterzeichnet?«

»Noch nicht«, gab ich zu.

Tomàs sog scharf die Luft ein.

»Daran bin ich selbst schuld«, räumte ich ein. »Weil ich vorher mit Jess über eine Entschädigung für die beiden sprechen wollte.«

»Habt ihr euch auf eine Summe geeinigt?«

»Wir finden fünfzigtausend angemessen.«

»Fünfzigtausend?« Tomàs sah aus, als würde er gleich vom Stuhl fallen. »Das ist ausgesprochen großzügig von euch, muss ich sagen.«

Ich zuckte mit den Schultern. »Das hätte mein Vater so gewollt. Welche Probleme dann auch aufgetreten sind – er hat Ruensa eindeutig geliebt. Und es ist nicht gerecht, dass sie nun gar nichts erbt.«

Tomàs runzelte die Stirn. »Sieht Jess das auch so?«

»Ja. Also, sie versteht jedenfalls, warum wir das tun sollten«, log ich.

»Tja … ihr müsst natürlich beide machen, was ihr für richtig haltet. Aber ich würde an eurer Stelle kein Geld herausrücken, bevor die Verzichterklärung nicht unterschrieben ist. Und auch danach würde ich eine Ratenzahlung empfehlen – eine bestimmte Summe, wenn das Haus ausgeräumt ist, wenn das Anwesen verkauft ist und so weiter.«

»So was Ähnliches hat Jess auch gesagt«, gestand ich widerstrebend. »Also sollten wir es wohl am besten so machen.«

Tomàs nickte. »Abgesehen von anderen Faktoren, ist es eine Art Versicherung für euch, wenn die beiden wissen, dass noch mehr Geld eintreffen wird. Falls es wirklich beim Tod deines Vaters nicht mit rechten Dingen zugegangen sein sollte, kann es von Vorteil für dich sein, dass du wieder wohlbehalten in England gelandet bist, bis die nächsten Zahlungen eintreffen.«

19

AUF der Rückfahrt zur Finca dachte ich angestrengt nach. Mein kleines Paradies hatte also leider ein Verfallsdatum, was natürlich traurig war – ich hätte es gern noch eine Weile genossen. Die jetzige Lage warf auch eine praktische Frage auf.

Sollte ich meine Gefühle für Roze unerwähnt lassen oder sie ihr eingestehen?

Falls ich mich dazu bekannte, konnten wir vielleicht für ein paar Wochen oder Monate zusammen glücklich sein. Falls sie mich aber abwies, würde die Situation sehr unangenehm werden. Ich war mir ziemlich sicher, dass Roze etwas für mich empfand; aber wenn sie – wie ich selbst noch vor Kurzem – dachte, dass eine Beziehung unter diesen Umständen unangemessen war? Wenn sie – hoffentlich nicht! – der Meinung war, wir sollten lieber nur Freunde sein, und sich deshalb mir gegenüber ganz anders verhalten würde? Wenn sie mich dann nicht mehr scherzhaft mit der Schulter anstupste oder mir bestätigend die Hand auf den Arm legte? Wenn sie mich nicht mehr neckte oder mich übermütig mit Orangen bewarf? Oder womöglich überhaupt nicht mehr mit mir zusammenarbeiten wollte?

Ich lebte für diese kurzen Augenblicke, sog jede Berührung förmlich in mich auf wie ausgetrocknete Erde die Regentropfen und verwahrte diese Erinnerungen in meinem Gedächtnis.

Eine Strophe eines Gedichts, das ich in der Schule hatte auswendig lernen müssen, kam mir in den Sinn:

So viele liebten die Anmut deines Glücks
Und liebten deine Schönheit, fälschlich oder wahr
Doch einer liebte deine Pilgerseele immerdar
Und liebte auch die Wehmut deines Blicks.

William Butler Yeats, fiel mir wieder ein. Es war eines der Gedichte, die er für Maude Gonne geschrieben hatte, die Frau, die er fast sein ganzes Leben lang geliebt hatte, ohne dass diese Liebe jemals erwidert worden wäre.

Ich würde etwas zu Roze sagen, beschloss ich. Wie oder was, wusste ich noch nicht. Entweder formell – *Ich glaube, du solltest wissen, was ich für dich empfinde* –, salopp-lässig – *Klingt bisschen komisch, ich weiß, aber ich hab mich wohl in dich verguckt* –, oder ganz schlicht und etwas rätselhaft: *Empfindest du vielleicht das Gleiche wie ich?* Aber irgendetwas musste ich sagen.

Ein anderes Zitat kam mir in den Sinn, Worte der Lady Macbeth: *Bist du zu feige, derselbe Mann zu sein in Tat und Mut, der du in Wünschen bist?*

Es war erstaunlich, wie sich zurzeit Literaturzitate in meinem Kopf einfanden, um mir den Weg zu weisen.

Wenn man durch Cauzacs fährt, kommt man am Marktplatz und Alejandros Café vorbei. Er stellt immer ein paar Tische und Stühle raus, die aber außerhalb der Saison selten genutzt werden – die Einheimischen trinken ihren Kaffee im Stehen am Bartresen.

Als ich im Vorbeifahren ein junges Paar an einem der Tische draußen sitzen sah, hielt ich die beiden beim flüchtigen Hinschauen zunächst für Touristen. Erst als die junge Frau eine Geste machte, die mich an Roze erinnerte, fiel mir auf, dass sie es tatsächlich war. Sie trug eine Sonnenbrille und einen Strohhut, unter dem ihr dunkles Haar verborgen war, weshalb ich sie nicht gleich erkannt hatte.

Der dunkelhaarige junge Mann war modisch gekleidet, die Sonnenbrille steckte im Ausschnitt seines Polohemds. Ich hatte den Eindruck, dass er nicht aus Spanien stammte – wegen der ausgeprägten Wangenknochen vielleicht.

Mir schossen alle möglichen Gedanken durch den Kopf, und spontan fuhr ich an den Straßenrand und hielt an. Rund um den Platz war das Parken verboten, aber um diese Jahreszeit achtete niemand darauf.

Ich stieg aus und ging zu dem Café hinüber. Roze redete lebhaft, lachte – ihre Zähne blitzten hell in der Sonne – und legte dem Mann die Hand auf den Arm.

Ich fühlte mich, als habe jemand mir in die Magengrube geschlagen, ging aber weiter.

Weil sie so ins Gespräch vertieft war, bemerkte Roze mich nicht. Sie lachte wieder, und der junge Mann lächelte, sichtlich geschmeichelt über seine Wirkung.

Ich blieb neben dem Tisch stehen, als hätte ich die beiden gerade erst bemerkt, und sagte: »Ach, Roze. Hi. Hab dich gar nicht gesehen.«

Sie schaute hoch. »Finn! Du bist aber schnell wieder zurückgekommen.«

»Ja.« Ich deutete ins Café. »Ich wollte nur noch rasch einen Cortado trinken, dann fahre ich zur Finca.« Dann fügte ich hinzu – als sei mir die Idee gerade erst gekommen: »Ich kann dich ja mitnehmen, oder?«

»Ah …« Sie zuckte mit den Achseln. »Danke, nicht nötig. Ich komme später nach, ich gehe gern zu Fuß.«

Ich rührte mich nicht. »Ich kann auch ein Weilchen warten. Muss ohnehin hier noch einiges erledigen.«

»Es ist kein Problem«, sagte der junge Mann, in dessen Aussprache ich einen leichten Akzent hörte. »Ich bin mit dem Wagen hier und kann sie nach Hause fahren.«

»Danke.« Ich blieb weiterhin stehen wie angewurzelt. Ein kurzes Schweigen trat ein.

Dann sagte Roze zu dem Mann: »Das ist Finn.« Und zu mir: »Das ist Ferid.«

Ferid winkte mir lässig zu.

»Hi«, sagte ich gekünstelt munter und wartete darauf, zum Platznehmen aufgefordert zu werden.

»Lassen Sie sich Ihren Cortado schmecken«, sagte Ferid.

Ich scheuchte den kleinen Wagen so rabiat den Hang hinauf, dass Steine unter den Rädern hervorspritzten. *Das ist Finn.* Es sprach Bände, dass sie mich ihm vorgestellt hatte, nicht umgekehrt. Als sei *ich* der Fremde.

Oder steckte noch mehr dahinter? Hatte sie gesagt *DAS ist Finn*? Hatte also bereits mit Ferid über mich gesprochen und wollte jetzt deutlich machen, wen er vor sich hatte?

Und seine Ausstrahlung. Selbstsicher und eingebildet. Der wusste genau, wie gut er aussah, so viel stand fest.

Ich war immer davon ausgegangen, dass Roze keinen Freund hatte, und erst jetzt fiel mir auf, dass ich sie nie gefragt hatte. Sie war immerhin seit fast zwei Jahren auf Mallorca und hatte auf dem Strip gearbeitet. Selbst wenn sie hier zurückgezogen lebte, hatte sie bestimmt Bekannte, Freunde oder möglicherweise Sexbeziehungen. Theoretisch konnte sie sogar bei Tinder sein.

Dann fiel mir etwas anderes ein. Die Namen der Trauzeugen auf der Heiratsurkunde. Einer von ihnen hieß Ferid.

Roze' Freund, der als ihr Begleiter an der Hochzeit teilgenommen hatte? Ein Freund der Familie? Er war jedenfalls eindeutig jemand, den sie schon länger kannte.

Ich marschierte ins Haus, umklammerte die Autoschlüssel so fest, dass meine Hand schmerzte. Ruensa war in der Küche und rührte in einem Topf. Als ich hereinkam, schaute sie ruckartig auf.

»Ach – Finn. Wie war dein Ausflug nach Palma?«

»Gut«, antwortete ich knapp und dachte dabei: Ich habe erörtert, wie ich dir und deiner Tochter am besten fünfzigtausend Euro zukommen lassen kann. Ich war »außergewöhnlich großzügig«. War ich verrückt? Wieso wollte ich denen überhaupt etwas geben?

»Ich habe Roze und Ferid unten im Café getroffen«, fügte ich hinzu.

Ruensa nickte. »Ja, da hatten sie sich verabredet. Hat Ferid gesagt, dass alles geregelt ist?«

Ich starrte sie an. »Geregelt? In welcher Hinsicht?«

Ruensa sah plötzlich so unbehaglich aus, als habe sie zu viel gesagt. »Nichts … ich habe da wohl was durcheinandergebracht …«

»Ruensa«, sagte ich schroff, »wer ist dieser Ferid?«

»Ein guter Freund von uns«, antwortete sie. Als sie meine Miene bemerkte, fügte sie leise hinzu: »Und unser Anwalt. Er arbeitet für eine Flüchtlingsorganisation, die uns bei unseren Anträgen geholfen hat.«

Ich runzelte die Stirn. »Ihr habt gesagt, ihr könntet euch keinen Anwalt leisten.«

»Das können wir auch nicht. Die arbeiten umsonst – *pro bono* heißt das. Er ist natürlich nicht auf so etwas wie unsere jetzige Situation hier spezialisiert, hat aber netterweise angeboten, uns zu beraten.«

Ich spürte, dass mein Lächeln ziemlich bitter geriet. »Ihr hattet gesagt, dass ihr mir vertraut.«

Ruensa sah erstaunt aus. »Das tun wir auch. Aber du hattest doch erwähnt, dass dein Anwalt meinte, wir könnten uns auch jemanden nehmen, der einen Blick …«

»Das muss ein Anwalt sagen«, unterbrach ich sie. »Das ist nur eine typische Anwaltsfloskel.« Doch noch während ich redete, merkte ich, wie irrational ich mich benahm. Ich hatte schließlich selbst einen Anwalt. Wie konnte ich den beiden vorwerfen, dass sie sich – und auch noch auf Anregung meines eigenen Juristen – selbst beraten ließen?

Aber ich war nun mal wütend darüber. Weil es sich anfühlte, als werde die Beziehung, die wir aufgebaut hatten, von einem Außenseiter unterwandert.

Wobei in Wirklichkeit ich hier der Außenseiter war.

»Ferid war bei deiner Hochzeit, oder?«, fragte ich.

Ruensa nickte. »Da war er schon ein guter Freund von uns geworden. Als es schlimm für uns aussah – so, als würden wir jeden Moment nach Albanien zurückgeschickt werden –, war er immer für uns da. Ich weiß gar nicht, wie viele Wochen er darum gekämpft hat, dass wir bleiben konnten. Ohne ihn ...« Sie schüttelte den Kopf.

Und ich hatte geglaubt, sie seien *mir* dankbar dafür, dass sie so lange wie möglich in der Finca bleiben konnten. Hatte auch noch meine Schwester angelogen, um ihnen mehr Geld zu zahlen, als sie in das Haus reingesteckt hatten.

Aber im Vergleich mit dem, was Ferid für die beiden getan hatte, war das quasi nichts.

Mir war bewusst, dass ich mich merkwürdig benahm – und dass Ruensa aus Höflichkeit nicht darauf einging. Ich beschloss, mich zusammenzureißen, und ging zur Spüle, um mir ein Glas Wasser zu holen.

»Wie weit seid ihr denn mit euren Anträgen?«, fragte ich dabei.

»Ah ... nur Roze stellt den Asylantrag, ich habe jetzt unbefristete Aufenthaltserlaubnis, weil ich mit Jimmy verheiratet war. Ferid hat die Antragstellung als ihr Rechtsvertreter für sie übernommen, und wir warten jetzt darauf, ob er bewilligt wird. Ferid glaubt, wenn er bewilligt wird, hat sie eine gute Chance.«

»Gut für ihn«, murmelte ich.

Draußen näherte sich jetzt ein Auto, und ich sah durchs offene Fenster, wie ein ziemlich mitgenommener alter Škoda vor dem Haus hielt. Roze und Ferid stiegen aus und schlenderten entspannt auf die Haustür zu. Als mir klar wurde, dass er hereinkommen würde, packte mich erneut die Wut.

Ferid begrüßte Ruensa überschwänglich und küsste sie auf beide Wangen. Dann nickte er mir zu. »Hallo noch mal, Finn.«

Er ließ seine Sonnenbrille in der Hand wirbeln, während er sich in der Küche umsah. »Das sieht ja noch besser aus als bei meinem letzten Besuch. Hast du großartig gemacht, Ru.« Er warf einen Blick auf mich. »Mit Ihrem Vater zusammen natürlich, Finn. Und Entschuldigung – ich hätte Ihnen vorher im Café schon kondolieren sollen. Mein herzliches Beileid für Sie und Ihre Schwester.«

»Danke«, erwiderte ich steif.

»Ich habe Ferid von diesen Dokumenten deines Anwalts erzählt«, sagte Roze. »Er hat angeboten, sie sich mal anzusehen.«

»Wie nett«, erwiderte ich mürrisch.

Alle drei sahen mich jetzt abwartend an.

»Also hole ich sie mal, ja?«, sagte ich.

»Wenn das okay ist …«, antwortete Roze, sichtlich verwundert.

Ich ging ins Gästehaus hinüber. Mir war schon klar, dass ich mich nicht nur kindisch verhielt, sondern dass die anderen es auch merkten. Aber etwas in mir lehnte sich total dagegen auf, wie Ferid sich hier aufdrängte und die Kontrolle übernahm. Bestimmt würde er alles zerlegen, was Tomàs vorbereitet hatte, und ein riesiges juristisches Theater veranstalten, damit er am Ende als Retter von Roze und Ruensa dastehen konnte.

In der *caseta* klatschte ich mir kaltes Wasser ins Gesicht. Als ich in die Küche zurückkam, reichte ich Ferid die Papiere so lässig wie möglich. »Hier.«

Er überflog sie rasch und sagte dann: »Ja, das sieht alles sehr korrekt aus. Ihr erkennt mit der Unterschrift lediglich an, dass ihr hier nur Gäste von Finn seid, keine Pächter oder Erben. Und der Anwalt hat das Original des Nießbrauchvertrags beigelegt, der auch in Ordnung ist. Hier ist je eine Durchschrift der Verzichterklärung für euch. Das Datum steht noch nicht drauf, aber das ist kein Problem. Wenn ihr sie jetzt datieren und unterzeichnen wollt, kann ich den Vorgang offiziell bezeugen.«

Ruensa holte einen Stift, und beide Frauen unterschrieben.

»Für Sie gibt es auch eine Durchschrift, und Sie sollten die beiden anderen gegenzeichnen«, sagte Ferid zu mir. Roze reichte mir den Kugelschreiber.

»Ja, selbstverständlich«, sagte ich. Ich suchte auf den Dokumenten nach der richtigen Stelle und unterschrieb.

»Möchten Sie, dass ich die Dokumente an Ihren Anwalt schicke?«, fragte Ferid höflich, nachdem er selbst auch unterschrieben hatte. »Kein Problem für mich, die Adresse steht ja drauf.«

»Das mache ich selbst«, antwortete ich kurz angebunden.

»Wie Sie wünschen.« Er wandte sich an Roze und Ruensa. »Ich muss jetzt los.«

»Oh«, sagte Ruensa bestürzt. »Kannst du denn nicht mit uns essen?«

»Das würde ich gern, aber ich habe morgen einen Gerichtsprozess und muss die Unterlagen noch mal durchgehen. Ein anderes Mal vielleicht.« Er wandte sich zu mir. »Hat mich gefreut, Sie kennenzulernen, Finn.« Sein Händedruck war energisch, seine Hand warm und trocken.

»Ich bring dich zum Auto«, sagte Roze.

Ich trat wieder zur Spüle und füllte mein Glas auf, um die beiden zu beobachten. Ferid schien eindringlich auf Roze einzureden, sie nickte. Am Auto umarmte er sie – nicht auf die übliche spanische Art mit zwei schnellen Wangenküssen, sondern mit einer richtigen Umarmung. Die Hände noch auf ihren Schultern trat er zurück und sagte etwas. Roze nickte erneut, dann stieg er in den Škoda und fuhr los.

»Ist alles okay mit dir, Finn?«, fragte Roze sofort, als sie wieder hereinkam.

Als ich mich umdrehte, sah ich, dass Ruensa verschwunden war.

»Ja, klar«, antwortete ich. »Warum?«

»Du wirkst ein bisschen … seltsam.«

Jetzt ist der Moment, dachte ich. Ich muss es ihr jetzt sagen.

Aber wie konnte ich ihr meine Gefühle eingestehen, nachdem ich mich gerade so kindisch aufgeführt hatte? Das würde doch wirken, als sei Eifersucht der Grund für die Offenbarung. Und bestimmt würde Roze mir jetzt gerade nicht wohlgesinnt sein, weil ich mich so danebenbenommen hatte.

»Alles gut, wirklich«, sagte ich deshalb ausdruckslos.

Sie nickte, und die Chance war vorbei. »Okay. Ich geh jetzt duschen, wir sehen uns nachher beim Essen, ja?«

»Na klar.«

Ich ging ins Gästehaus zurück und legte mich aufs Bett. Vom Gemälde meines Vaters blickte Roze mich an, die dunklen Augen unergründlich. Ich sah vor mir, wie sie in die Dusche ging, und diese Vorstellung war so schmerzhaft, dass ich fast laut gestöhnt hätte.

SELBST wenn man glaubt, die Zeit stünde still, ändert das nichts an den Jahreszeiten. Als wir in dieser Woche auf der Plantage arbeiteten, erfasste die erste Hitzewelle des Jahres Mallorca wie der heiße Atem eines Drachen. Die Finca lag weit oben in den Bergen, aber ohne Lüftchen war es auch in dieser Höhe brütend heiß. Die Orangen, die wir pflückten, fühlten sich heiß an, und wenn wir unseren Durst damit löschten, war der Saft warm wie Blut.

Es war zu heiß zum Denken – und zu heiß für Vorwürfe. Die Sonne ließ diese Impulse so schnell verdorren wie einen Setzling, der nicht gewässert wurde – obwohl meine schwelende Eifersucht mich zu Fantasien veranlasste, in denen ich Ferids hübsche Wangenknochen traktierte, bis sie bluteten. Um die Mittagszeit waren Roze und ich jeweils so erledigt, dass wir auf dem Rückweg zum Haus einfach unsere Kleider auszogen und in der Unterwäsche in den Pool sprangen.

Und einer von uns beiden fing immer an – bespritzte den anderen mit Wasser oder versuchte ihn zu tunken. Ihre nasse Haut, wenn ich sie umfasste und nach unten zog. Wie sie zappelte und um sich trat, wie wir beide unter Wasser miteinander rangelten. Prustend und lachend wieder auftauchten, uns dann erneut bespritzten.

Es war richtig gewesen, nichts zu sagen, wurde mir klar. Denn ganz allmählich stellte sich nach meinem dummen Anfall von Eifersucht wieder unsere alte Lockerheit ein. Ich dachte an die Baummarder und Baumratten, die ich in meiner Kindheit zu zähmen versucht hatte – wie viele Monate ich ihnen Leckerbissen anbieten musste, bis die Tiere mir vertrauten. Man konnte nie geduldig und ausdauernd genug sein.

Nach dem Schwimmen aßen wir auf der Veranda Ruensas schlichte Mahlzeiten aus unseren eigenen Erträgen: *Tombet*, eine Art geschichtetes mallorquinisches Ratatouille mit Kartoffeln, Paprika, Zwiebeln, Auberginen; oder *Frito Mallorquin*, das dieselben Zutaten enthielt, aber in Olivenöl gebraten und durch Leber, Herz und Nieren eines Kaninchens ergänzt wurde. Es kam mir vor, als habe ich noch nie im Leben köstlichere Speisen gegessen.

Ich stand früh auf, um an die Arbeit zu gehen, solange es noch einigermaßen kühl war – aber Roze übertraf mich immer. Während ich noch im Bett lag, hörte ich außer den anderen Geräuschen der Morgendämmerung meist zwei kurze Schüsse. Und wenn ich später zum Frühstück in die Küche kam, lag in der Spüle ein Kaninchen, dem Blut von der Nase tropfte. Später am Abend, wenn es erneut kühler wurde, verzehrten wir das Tier. Plaudern, Schläfrigkeit, ab ins Bett. Und lebhafte Träume – auch köstlich und tröstlich.

Wie lange hielt die Hitze an? Ich weiß es, ehrlich gesagt, nicht mehr. Vielleicht nur wenige Tage, vielleicht auch eine Woche. Oder ich habe alles nur geträumt. Doch dann zogen eines Tages dunkle Gewitterwolken am Himmel auf, der Sturm setzte ein, die Berggipfel waren nicht mehr zu sehen.

Und die Polizei kam.

W IR haben den toxikologischen Expertenbericht erhalten«, erklärte Subinspector Parera. »Die ersten Ergebnisse aus Valencia waren nicht aussagekräftig, deshalb wurden die Proben nach Madrid geschickt, wo es bessere Geräte gibt.« Er zog ein Blatt aus einem Ordner. »Die Berichte bestätigen, dass sich im Blut Ihres Vaters eine beträchtliche Menge Oleandrin befand, die giftige Substanz aus dem Oleander. Die Folgen treten ein bis zwei Stunden nach der Einnahme auf: Erbrechen, starke Unterleibs-schmerzen, bläuliche Haut, Herzarrhythmien und Tod.«

»Also ist er tatsächlich an dem Rauch von diesem Holzfeuer ge-storben«, sagte ich.

Parera und ich saßen auf der Veranda, Agente Castell war mit einem weiteren jungen Polizisten im Haus, wo sie Ruensa und Roze befragten. Während ich mit dem Subinspector sprach, weh-ten Blütenblätter vom Zitronenbaum auf den Tisch wie Konfetti.

»Sein Blut wies auch hohe Mengen an Alkohol und Paraceta-mol auf«, fuhr Parera fort. »Paracetamol ist wie Oleander hepato-toxisch, greift also – hochdosiert – die Leber an.« Er sah mir in die Augen. »Bedauerlicherweise hatte der Gerichtsmediziner, der die Blutproben genommen hatte, die Symptome Ihres Vaters nicht als Anlass für eine Obduktion erkannt. Dafür kann ich mich nur entschuldigen. Aber wir können anhand Ihrer Aussagen wohl da-von ausgehen, dass seine Leber bereits durch seinen übermäßigen

Alkoholkonsum geschädigt war ... Wissen Sie, ob er regelmäßig Paracetamol einnahm?«

Ich nickte. »Bei einem besonders schlimmen Kater schluckte er durchaus ein bis zwei Tabletten. Mit Brandy, und kurz darauf trank er weiter.«

»Hier hat es sich um mehr als nur zwei gehandelt – eher sechs. Existiert die Flasche zufällig noch, aus der er am Tag seines Todes getrunken hat?«

»Das müssen Sie Ruensa fragen. Ich halte es aber für unwahrscheinlich. Sie hat viel aussortiert nach seinem Tod und wird so etwas wie die Flasche sicher nicht behalten haben.«

Ein kurzes Schweigen entstand, während Parera sich eine Notiz machte.

»Was mir noch immer sehr unklar ist«, sagte er schließlich und schaute auf, »ist der Zeitraum. Wie gesagt: Bei Lebervergiftung dauert es einige Stunden, bis sich die Symptome zeigen. Aber Ihr Vater wurde neben dem Feuer gefunden. Ich finde es unerklärlich, dass er den Rauch einatmete, dann aber mehrere Stunden lang dortblieb, bis er starb.«

»Es sei denn, er wollte viel Oleander verbrennen und hat kontinuierlich immer mehr Holz ins Feuer geworfen«, mutmaßte ich. »Oder er hat es angezündet, ging zwischendurch weg und kam wieder zurück.«

Parera nickte. »Das wäre möglich. Ebenso, dass jemand seinen Brandy mit Paracetamol und Oleanderbestandteilen versetzt hat und Ihren Vater dann zum Feuer geschleppt hat, nachdem er kollabiert war.«

»Also ...« Ich hielt inne, etwas verstört, weil er das so deutlich formuliert hatte. »Theoretisch wohl schon, ja.«

Parera sah mich prüfend an. »Am Anfang, als Sie hierherkamen ... sind Ihnen da bei den Frauen – oder bei einer von ihnen – Kratzer oder Blutergüsse an den Armen aufgefallen?«

»Na ja«, sagte ich zögernd, »Roze arbeitet auf der Plantage. Sie hat ständig Kratzer an den Armen.«

»Verstehe.« Er machte sich eine weitere Notiz.

»Ich habe zum Beispiel miterlebt«, fügte ich hinzu, »wie sie sich beim Ernten von Wildspargel Kratzer zugezogen hat. Das hat sie kaum beachtet, es scheint also häufiger vorzukommen. Und sie trägt nie Handschuhe.« Ich schaute auf meine eigenen Arme, die vom Orangenernten auch ziemlich malträtiert aussahen. »Ich übrigens auch nicht.«

Auch das notierte sich Parera. »Bei unserem Gespräch neulich haben Sie angedeutet, dass Ihr Vater Sie misshandelt hat. Könnten Sie das genauer ausführen?«

»Was?« Ich versuchte mich zu erinnern, was genau ich gesagt hatte. »Ach so – nein. Ich habe gesagt, er war übergriffig. Aber nur verbal, gewalttätig war er nicht. Er war häufig verbal aggressiv.«

Parera runzelte die Stirn. »Auch Frauen gegenüber? Oder ausschließlich bei Ihnen?«

»Letztlich jedem gegenüber. Das war aber in meiner Kindheit. Nach allem, was ich gehört habe, hat er sich in der Beziehung mit Ruensa sehr verändert.«

Doch eigentlich glaubte ich das selbst nicht. Konnten sich Menschen wirklich so grundsätzlich verändern? Und diese Bemerkung, die er zu Marc, dem Galeristen, gemacht hatte – dass die neue Ehe genauso verlief wie die früheren ... Eigentlich musste ich das Parera berichten, weil es zur Beweislage beitrug.

Doch es würde Ruensa und Roze noch verdächtiger erscheinen lassen.

Der Subinspector beugte sich vor. »Ich stelle Ihnen jetzt eine sehr wichtige Frage. Bitte überlegen Sie genau, bevor Sie sie beantworten. Haben Sie irgendein Erlebnis aus erster Hand, das die ... Wandlung Ihres Vaters bestätigt? Haben Sie sie persönlich erlebt?«

»Nein«, musste ich zugeben. »Aber mehrere Leute haben mir davon berichtet. Der Cafébesitzer zum Beispiel.«

»Hmm.« Pareras Tonfall ließ keinen Zweifel daran, wie viel er von Dorfklatsch hielt. »Haben Sie erlebt, wie seine Witwe trauerte?«

»Das ist ja wohl eine seltsame Frage.«

Parera zuckte mit den Schultern. »Manchmal bleibt der Polizei nichts anderes übrig, als intime Fragen zu stellen.«

»Die Antwort lautet Ja. Mehrmals. Als wir die Asche meines Vaters in den Wind streuten zum Beispiel.«

»Und Ihr Verhältnis zu ihr ist noch immer so herzlich, wie Sie es mir neulich geschildert haben? Sie verstehen sich noch immer gut?«

»Ja, bestens.«

»Das ist ja erfreulich«, erwiderte der Subinspector ruhig, während er den Stift in die Lasche an seinem Notizbuch steckte. »Vielen Dank. Wir melden uns, wenn wir weitere Fragen haben.«

Er warf einen Blick auf das Haus. »Ein wunderschönes Anwesen … Es gibt nur noch wenige Fincas, die nach Modernisierungen ihren Charakter behalten haben. Dürfte ich mich mal ein bisschen im Haus umschauen, während ich auf meine Kollegen warte?«

»Es wäre mir lieber, wenn Sie das nicht machen«, antwortete ich, weil ich an den Malraum meines Vaters dachte – an die Hinweise, dass er dort geschlafen hatte.

Parera warf mir einen nachdenklichen Blick zu und erhob sich. »In Ordnung. Ich warte dann am Auto.«

Erleichtert stand ich auch auf. In diesem Moment kamen die beiden anderen Polizisten aus dem Haus, gefolgt von Ruensa und Roze.

Castell nickte seinem Vorgesetzten zu. »Wir sind fertig.«

»Vielen Dank für Ihre Zeit«, sagte Parera höflich zu mir und wandte sich zum Gehen.

Der jüngere Polizist, den ich noch nicht gekannt hatte, sagte unvermittelt: »Finca Síquia … ist hier nicht mal jemand umgekommen?«

Parera drehte sich wieder zu mir um.

»Muss etwa fünfzehn Jahre her sein«, fügte der junge Polizist hinzu. »Ich erinnere mich noch daran, weil ich damals genauso alt war.«

»Ja, ein Mädchen ist hier gestorben«, sagte ich knapp. »Ich glaube, an Drogen.«

Der junge Mann nickte. »Das war hier so eine Art Hippie-Kommune, oder? Und irgendein Festival fand statt … Ich bin in Sóller aufgewachsen, im nächsten Ort, und damals hat jeder dort über den Vorfall geredet.«

»Na ja«, antwortete ich gedehnt. »Eine Kommune war es eigentlich nicht. Und es gab auch keine Festivals. Aber meine Eltern hatten immer sehr viel Besuch.«

Der Polizist schnippte mit den Fingern. »Das Mädchen war mit seiner Mutter hier. Genau … ein paar Jugendliche waren irgendwie an Drogen gekommen …«

»Ich erinnere mich nicht an Einzelheiten«, log ich.

Der junge Polizist nickte und ging Richtung Wagen.

Aber Parera warf mir noch einen längeren forschenden Blick zu, bevor er dem Kollegen folgte.

22

DER Subinspector wollte sich hier umsehen«, sagte ich. »Aber das habe ich verhindert.«

Roze sah mich fragend an. »Warum?«

»Weil es aussieht, als habe mein Vater in dem Atelier geschlafen. Und seinem Galeristen hatte er gesagt, dass er wieder mit dem Trinken angefangen hatte, weil es nicht gut um seine Ehe stand. Jess hat er versehentlich Textnachrichten geschickt, die an Ruensa gerichtet waren und in denen er sie als ›Schlampe‹ beschimpft hat.«

Wir beluden gerade meinen Wagen mit Orangenkisten, um sie zur Genossenschaft in Esporles zu bringen. Roze hob eine weitere Kiste hoch und sagte langsam: »Und was folgerst du daraus?«

»Nicht ich, sondern die Polizei. Die haben sich darauf fixiert, dass mein Vater vergiftet wurde, und versuchen jetzt, Beweise dafür zu finden.« Ich hielt inne. »Sie haben sich sogar nach den Kratzern auf deinen Armen erkundigt. Ich habe gesagt, die kommen von der Arbeit in der Landwirtschaft.«

Roze verstaute die Kiste im Wagen und wandte sich dann zu mir. »Vertraust du mir, Finn?«

Ich sah sie überrascht an. »Natürlich.«

»Dann sage ich dir jetzt etwas, das du niemandem weitererzählen darfst. Nicht der Polizei und nicht mal meiner Mutter.«

»Okay«, sagte ich, unsicher, was jetzt kommen würde.

»Ich war es, die deinen Vater gefunden hat. Wir hatten ihn draußen mit einer Flasche in der Jackentasche herumtorkeln sehen und uns von ihm ferngehalten, weil er schlimm sein konnte, wenn er betrunken war. Dann war er irgendwann verschwunden, und wir haben vermutet, dass er irgendwo seinen Rausch ausschlief. Aber nach einer Weile ging ich doch nach draußen, um nach ihm zu sehen. Diesen Teil kennt Mama. Aber sie weiß nicht, dass er noch bei Bewusstsein war, als ich ihn gefunden habe. Ich habe dann als Erstes versucht, ihn vom Feuer wegzuziehen – so.«

Roze umfasste meine Handgelenke und zog daran.

»Ich wusste, dass ich ihn auf die Seite drehen musste, falls er sich erbrach«, fuhr sie fort. »Aber er hat sich gewehrt … als wollte er nicht bewegt werden. Hat die Nägel in meine Arme gebohrt … Das sah ihm gar nicht ähnlich, weil er sonst nicht gewalttätig war. In dem Moment wusste ich natürlich nicht, dass er das wahrscheinlich wegen der unerträglichen Schmerzen gemacht hat. Insofern … ja, einige der Kratzer an meinen Armen stammen tatsächlich von ihm.«

»Was ist danach passiert?«

»Ich habe Mama berichtet, er läge betrunken beim Feuer. Sie ging raus, um ihn zuzudecken, weil es kühl wurde. Als sie zu ihm kam, war er fast bewusstlos, blau angelaufen und konnte kaum noch atmen. Da haben wir sofort den Krankenwagen gerufen.«

Ich ließ mir das alles durch den Kopf gehen. »Wieso willst du nicht, dass deine Mutter von den Kratzern erfährt?«

»Sie möchte gern glauben, dass er schnell und schmerzlos gestorben ist. Und es wäre schlimm für sie, wenn sie wüsste, dass er mich körperlich angegriffen hat. Sie hatte dieses … Bild von ihm. Von dem Mann, der er sein konnte. Sie kann sich schwer eingestehen, dass er durchaus nicht immer so toll war.«

Ich nickte. »Ja, gut, dass du ihr das nicht erzählt hast. Es würde sie nur verstören. Und die Polizei hätte dann auch noch dich im

Verdacht.« Ich hielt inne. »Danke, dass du mir das anvertraut hast.«

»Und ich danke dir, dass du der Polizei diese anderen Sachen verschwiegen hast«, sagte Roze leise. »Ich bin dir wirklich sehr dankbar, Finn.«

Ich empfand eine Art lustvolle Aufregung. Sie war mir dankbar. Sie vertraute mir. Was war denn Liebe, wenn nicht etwas ganz Ähnliches wie diese Gefühle?

23

ICH glaube nicht, dass ich es mir eingebildet habe – nach diesem Gespräch kam es mir jedenfalls vor, als sei eine neue intensive Nähe zwischen uns entstanden. Wir teilten ein Geheimnis. Bei der Erntearbeit schien es mir auch, als verständigten wir uns wortlos – war ein Baum abgeerntet, nahmen wir uns automatisch denselben als Nächstes vor oder beschlossen gleichzeitig, dass wir Mittagspause machen wollten.

Da wir jetzt so aufeinander eingestimmt waren, fürchtete ich manchmal, dass Roze den Tumult meiner Gedanken hören konnte, die nur um ein einziges Thema kreisten – um sie. Doch das war natürlich nicht möglich.

Dann waren die Orangen alle abgeerntet, und wir bekamen von der Genossenschaft eine verblüffend geringe Summe dafür. Wir hatten an die zweitausend Stück geerntet und erhielten dafür nur knapp über fünfhundert Euro.

»Wir hatten nie vor, mit der Landwirtschaft den Lebensunterhalt zu verdienen«, sagte Roze, als ich sie darauf ansprach. »Sondern mit zusätzlichen Einnahmen durch Touristen, die gerne Urlaub auf einer bewirtschafteten Finca machen wollen – um in Kontakt mit der Natur zu sein.« Einen Moment lang sah sie träumerisch aus, doch dann schüttelte sie den Kopf, und der Ausdruck war verschwunden.

Nach den Orangen mussten die Aprikosen geerntet werden, für

die es zumindest einen höheren Preis pro Kilo geben würde. Doch hier – Katastrophe. Aprikosen sind sehr empfindliche Früchte, und durch die Hitze war ihr Fruchtfleisch matschig geworden. Wir schüttelten sie vom Baum und sammelten sie mit Schaufeln ein, um die fauligen Früchte für Biokraftstoff zu verkaufen.

Roze meinte, die Pfirsiche würden erst in zwei oder drei Wochen reif sein, und verzog sich deshalb tagsüber in ihr Zimmer, um an ihrem Abschluss zu arbeiten – den sie vernachlässigt hatte, wie sie sagte. Ich fand ihre Abwesenheit frustrierend und wartete den ganzen Tag ungeduldig darauf, bis sie abends wieder auftauchte. Zunächst versuchte ich, mich auf meine eigene Arbeit zu konzentrieren, aber diese ganze Welt schien mir inzwischen unendlich weit entfernt zu sein. Als es heißer wurde, verbrachte ich die Tage deshalb einfach am Pool, und nach einer Weile begann Roze, sich mit ihren Büchern zu mir zu gesellen. Weil sie auch Mallorquinisch lernen wollte, stellten wir manchmal unsere Liegestühle in den Schatten, und ich brachte ihr ein paar Wörter und Redewendungen bei.

»Es gibt zwei Wörter, die hier sehr häufig benutzt werden, *uep* und *això*«, erklärte ich. »*Uep* heißt *hey*, und wir beginnen fast jeden Satz damit. Und *això* bedeutet im Grunde fast alles, was du willst. Wenn du also sagst *Daixonem es d'això*, heißt das etwa ›ding mir dieses Ding‹. Was bedeuten kann ›Gib mir das Messer‹, ›Gib mir das Brot‹ oder ›Geh mit mir auf den Berg‹. Kommt ganz auf den Zusammenhang an. Wir sind ein sehr entspanntes Völkchen.«

»Wie flirtet man auf Mallorquinisch?«, fragte Roze schläfrig.

»Na ja, man könnte sagen *M'agrada estar amb tu*. Das heißt ›Ich bin gern mit dir zusammen‹.«

»*M'agrada estar amb tu*«, wiederholte sie mit einem kleinen Lächeln. Galt das mir, oder übte sie den Satz nur? Oder beides?

»Und die andere Person«, fuhr ich fort, »könnte dann sagen *A jo també* – ›ich auch‹. Wenn eine Frau das zu einem Mann sagt, könnte sie hinzufügen *rei meu* – ›mein König‹.«

»*A jo també, rei meu.*«

»Und wenn man noch verdeutlichen möchte, dass man das Zusammensein sehr genießt, könnte man sagen ›Das ist Honig‹, *Això és mel.*«

Sie rekelte sich genüsslich. »*Això és mel.*«

Ich fand es wunderbar, diese Worte aus ihrem Mund zu hören, auch wenn ich selbst sie ihr eingegeben hatte. Und sehnte den Tag herbei, an dem Roze diese Sätze von sich aus zu mir sagen würde.

Um diese Zeit des Jahres füllte sich Cauzacs mit Touristen. Die Tische vor dem Café waren ständig besetzt, die Straßen verstopft mit Autos, deren Fahrer zu langsam fuhren, weil sie sich vor den Haarnadelkurven und den steilen Abhängen fürchteten. Es war eindeutig Sommer.

Eines Nachmittags lag Roze mit einem schweren Wälzer über Wirtschaftsanalyse bäuchlings am Pool. Wir hatten uns gegenseitig den Rücken mit Sonnencreme eingerieben, und ich war beinahe erschauert bei der zarten Berührung. Jetzt merkte ich an ihren regelmäßigen Atemzügen, dass sie eingeschlafen war. Ihr Kopf lag auf einem Unterarm, die andere Hand auf dem geöffneten Buch.

Um diese Uhrzeit war die Sonne am intensivsten, und seit wir uns eingecremt hatten, war schon über eine Stunde vergangen. Ich wollte Roze nicht beim Schlafen stören, aber auch verhindern, dass sie einen Sonnenbrand bekam. Deshalb griff ich nach einem Handtuch, um sie zuzudecken, hielt aber dann in der Bewegung inne.

Roze unbeobachtet so betrachten zu können – schlafend und ungeschützt – war ein Privileg für mich. Ein paar Momente lang stand ich einfach nur da und nahm den Anblick in mich auf: die grazilen Schultern, die mich an Schmetterlingsflügel erinnerten; die gerade Linie ihrer Wirbelsäule; die schöne Rundung ihrer Pobacken.

Ich tat ja nichts Böses, sagte ich mir. Sie schlief schließlich.

Und bekam dabei Sonnenbrand. Behutsam legte ich ihr das Handtuch auf den Rücken, so leicht, dass sie sich nicht einmal rührte.

Als Roze eine halbe Stunde später aufwachte, bemerkte sie das Handtuch und fragte überrascht: »Hast du mich zugedeckt?«

Ich schaute von meinem Buch auf. »Ich wollte verhindern, dass du Sonnenbrand kriegst.«

»Danke.« Sie rollte sich auf die Seite und gähnte. »Mist, ich wollte gar nicht schlafen. Hier wird man so träge.«

»Auf Mallorca sagt man, im Sommer dauert das Mittagessen acht Stunden.«

Sie stand auf. »Ich geh ins Haus.« Doch dann ließ sie sich lachend so in den Pool plumpsen, dass ich klatschnass wurde, obwohl sie so geschmeidig wie ein Fisch hineinspringen konnte.

Ein andermal brachte sie mir eine Feige – oder eher eine halbe Feige, weil sie schon einen großen Bissen davon genommen hatte.

»Ich glaube, die sind jetzt reif genug, um geerntet zu werden.« Sie hielt mir die Frucht zum Probieren vor den Mund.

Und die Feige war wirklich perfekt – süß wie Marmelade, mit zarter Haut und winzigen Kernen.

»Dein Vater hat immer ein unanständiges Gedicht zitiert, wenn er eine Feige aß«, fügte Roze hinzu.

»Oh Gott, ja. Ich erinnere mich. Von D. H. Lawrence.« Ich errötete etwas, weil mir einige Worte aus dem Gedicht wieder einfielen – es ging darum, dass die Feige an den weiblichen Schoß erinnere, nach innen erblühend und so weiter. *Deshalb wird die Vulva auf Italienisch auch* figa *genannt*, pflegte mein Vater genüsslich zu sagen. *Die süßeste Frucht von allen.*

Um meine Verlegenheit zu überspielen, sagte ich rasch: »Die Feigen kamen ursprünglich mit den Mauren nach Mallorca. Einige Arten gibt es hier seit dem zehnten Jahrhundert.«

»Wirklich? Du kennst dich so gut mit Geschichte aus, Finn«, erwiderte Roze. Aber ihre Augen funkelten vieldeutig, als sie den Rest der Feige verzehrte und den Stiel in die Büsche warf.

Fragmente, Momente, Erinnerungen aus diesem langen heißen Sommer … ich hätte längst erwähnen sollen, dass Roze und ich in dieser Zeit fast immer allein auf der Finca waren. Weil es gegenwärtig nichts mehr zu renovieren oder auszusortieren gab, hatte Ruensa erklärt, sie wolle nicht untätig sein und lieber Ferienhäuser putzen, weil man damit in der Hochsaison gut Geld verdienen konnte. Ich hatte versucht, ihr das auszureden – hatte ich mir nicht vorgenommen, ihr diese Schufterei zu ersparen? Aber sie bestand darauf, dass sie das gerne mache.

»Außerdem kann ich nicht einfach so in der Sonne herumgammeln wie ihr beide«, hatte sie hinzugefügt. »Ich werde mich wieder bei meiner früheren Agentur melden. Die bezahlen bar, und wir brauchen das Geld.«

Viel später fragte ich Roze nach ihren Erinnerungen an diesen Sommer.

Sie überlegte einen Moment. »Ich erinnere mich an den Baummarder. Und daran, wie ich versucht habe, deinen wirklichen Namen rauszukriegen.«

»Ach ja, der Baummarder.«

Einer hatte sich ständig an den Pfirsichen vergriffen. Baummarder können so gut klettern wie Eichhörnchen und haben die unerfreuliche Angewohnheit, nur einmal in jede Frucht zu beißen. Und dieses Exemplar war besonders tollkühn. Manchmal mussten wir ihn regelrecht mit Schreien und wilden Gesten vom Pfirsichbaum vertreiben.

»Mir reicht's. Ich erschieße den jetzt«, erklärte Roze eines Tages nach einer neuerlichen Begegnung mit dem gefräßigen Tier.

»Bitte nicht.«

»Wenn ich ihn am Leben lasse, kann ich meine Pfirsiche vergessen.« Genau betrachtet, waren es natürlich meine Pfirsiche, aber ich konnte ihren Besitzerstolz nachfühlen.

Die Kaninchen waren hier nicht ursprünglich heimisch, sondern wie Schlangen und Touristen mit Schiffen auf die Insel gelangt. Aber Baummarder empfand ich als ganz besondere Tiere. Und die Pfirsiche hatten keinen großen Wert – sogar für große bekamen wir nicht mehr als dreißig Cent pro Kilo, und sie mussten noch viel sorgsamer behandelt werden als die Orangen, um keine Dellen zu bekommen.

»Hör mal«, fügte Roze hinzu, »ich habe eine Idee. Ich erschieße den Marder nicht, wenn du mir im Gegenzug deinen wirklichen Namen verrätst.«

Ich schüttelte entschieden den Kopf. »Ausgeschlossen.«

»Aber das ist doch verrückt. Weshalb denn nicht?«

»Also … ich verrate dir den ersten Buchstaben. Ein D.«

Plötzlich erinnerte ich mich daran, wie mein Vater mein kindliches Stammeln nachgeäfft hatte. Eine Zeit lang hatte er mich Dodo genannt, weil ich meinen Namen nicht aussprechen konnte.

»Hm.« Roze überlegte. Dann: »Dweezil!«

»Nein. Zumindest das ist mir erspart geblieben.«

»Dylan!«

»Wäre tausendmal besser gewesen als das, was ich dann abgekriegt habe. Und meine Mutter mochte Bob Dylan – sie hat immer *Lay, Lady, Lay* auf der Gitarre gespielt.«

»Okay, ich geb auf. Sag's mir.«

Ich schüttelte wieder den Kopf. »Woher soll ich denn wissen, dass du mich nicht hinters Licht führst und den Marder trotzdem erschießt, nachdem ich es dir gesagt habe? Wenn mein

Schweigen den Marder am Leben erhält, bleiben meine Lippen versiegelt.«

Mein Name wurde also ein weiteres Spiel von uns: Roze schrie unvermittelt irgendwelche Namen, die ihr in den Kopf kamen. »Dharma!«, rief sie plötzlich, wenn wir aneinander vorbeischwammen. Oder »Dakota!«, wenn wir am Pool lagen. Eines Abends beim Essen war das heisere Geschrei eines Esels im Tal zu hören, was Roze auf einen neuen Einfall brachte. Siegesgewiss schrie sie »Donkey!«, das englische Wort für Esel. Ich hatte gerade den Mund voll und konnte nur hilflos den Kopf schütteln.

»Ach, verdammt!«, rief sie ärgerlich. »Diesmal war ich so sicher!«

Ruensa sah uns erstaunt an, weil sie natürlich nicht verstehen konnte, weshalb wir beide uns jetzt bogen vor Lachen.

Gab es auch dunklere Momente? Ja, gewiss. Zum Beispiel, als Roze unbedingt zu einem Strand fahren wollte. Ich erklärte ihr, dass es hier kilometerweit nur Felsenküste gab, aber sie ließ nicht locker. Deshalb machten wir einmal, nachdem wir unsere Einkäufe in Sóller erledigt hatten, einen Ausflug zum Strand Es Canyaret unterhalb von Llucalcari. Der Weg dorthin führte steil nach unten, gesäumt von Oliven- und Johannisbrotbäumen, Pinien und Eichen, und der Abstieg war mühsam. Doch dann wurden wir belohnt durch ein schmales steiniges Stück Strand am türkisblauen Meer.

An dem sich allerdings auch jede Menge Leute aufhielten – unter Bäumen im Schatten, auf Felsen sitzend, im Wasser. Jetzt im Sommer waren die Strände immer überfüllt.

Roze packte mich am Arm. »Was soll das denn, verdammt?«

»Was meinst du?«

»Du hast mir nicht gesagt, dass es ein Nacktbadestrand ist.«

»Das ist hier fast überall so.« Die ersten Touristen auf der Insel waren vorwiegend Deutsche gewesen, und die Balearen galten diesbezüglich als außergewöhnlich tolerant – es gab nur wenige

Strände, an denen Nacktbaden nicht erlaubt war. An kleinen Stränden wie Es Canyaret herrschte deshalb ein entspanntes Miteinander aus bekleideten und unbekleideten Badenden, wobei die Nudisten meist in der Überzahl waren. Da die Gäste meiner Eltern damals ohnehin häufig nackt herumliefen und wir als Kinder oft an diesem Strand gewesen waren, hatte ich mir nichts dabei gedacht.

Ein Mann mittleren Alters watete gerade aus dem Meer. Unter seinem dicken Bauch schlenkerte sein Geschlechtsteil hin und her.

Roze erstarrte. »Lass uns gehen.«

Ich lachte. »Ich hätte ja nicht gedacht, dass du so verklemmt …«

»*Ich* haue jetzt jedenfalls ab«, sagte sie scharf. »Du kannst ja bleiben, wenn du unbedingt willst.« Sie wandte sich ab.

»Nein, kein Problem, ich komme natürlich mit«, sagte ich verwundert. Dann kam mir eine Idee. »Wir könnten nach Deià wandern, es gibt einen Fußweg durch die Wälder. Da sind bestimmt keine FKK-Leute unterwegs, der ist heutzutage zu angesagt.«

Als wir uns auf den Weg machten, sagte ich: »Und Deià ist es übrigens auch nicht.«

»Was ist Deià nicht?«

»Mein Name.«

»Ach so. Ja«, sagte sie tonlos. Unser Spiel war also offenbar ausgesetzt, was ich nicht verstehen konnte.

Der etwa drei Kilometer lange Weg von Es Canyaret nach Deià schlängelte sich durch schattige Pinienwälder und bot immer wieder Ausblicke auf Kalksteinfelsen und das Meer. Die heiße Luft duftete nach Pinniennadeln, Rosmarin und Thymian. Hie und da wanderten wir über alte gepflasterte Maultierpfade oder kamen an Häusern auf Felsklippen vorbei, denen man Terrassen abgerungen hatte, um dort Wein anzupflanzen.

»Diese Stelle kommt mir irgendwie bekannt vor«, sagte Roze irgendwann und deutete auf eine Felsformation.

»Wahrscheinlich, weil mein Vater sie oft gemalt hat«, erklärte ich. »Zeitweilig lebten so viele Künstler in Deià, dass dieser Weg *camí dels pintors* genannt wurde – der Weg der Maler. Nachdem die Werke der anderen zu teuer geworden waren, hatte mein Vater hier quasi den Kunstmarkt für sich allein. Bis er mit dem Trinken anfing jedenfalls.«

Wenn der Pfad breit genug war, ging Roze neben mir und hakte sich bei mir ein. Sie entschuldigte sich nicht für ihre heftige Reaktion am Strand, erklärte sie auch mit keinem Wort, wollte mir aber mit dieser Geste vielleicht zeigen, dass es nichts mit mir zu tun hatte.

»Schönes Häuschen«, sagte sie mit Blick auf ein altes Fischerhaus.

»Täusch dich nicht, so ein Haus ist inzwischen Millionen wert. Das leisten sich reiche Leute, die ein paar Wochen im Jahr hier so tun wollen, als lebten sie naturnah. Leider wird so jemand wohl auch die Finca Síquia kaufen.«

Roze blieb stumm, und mir wurde bewusst, wie taktlos diese Bemerkung gewesen war.

»Entschuldige«, fügte ich hastig hinzu.

»Finn«, sagte sie plötzlich, »würdest du mir einen Gefallen tun?«

»Natürlich. Was denn?«

Sie blieb stehen und sah mich ernsthaft an. »Schau dir doch bitte mal den Businessplan an, den ich entworfen habe. Ich weiß, dass nichts mehr zu ändern ist. Aber ich würde mich freuen, wenn du ihn zumindest mal gesehen hast.«

24

ABENDS zeigte Roze mir den Plan auf ihrem Laptop – eine simple Tabelle mit Investitionskosten, Einnahmen, Ausgaben und Nettoumsatz, alles präzise aufgeschlüsselt und addiert. Die Mieteinnahmen basierten ebenso wie die Belegungsrate auf den Preisen anderer Agroturismo-Unternehmen in der Region, erklärte Roze.

»Und das hier hatten wir gehofft, jährlich einzunehmen«, sagte sie und deutete auf die Umsatzspalte.

Ich starrte verblüfft darauf. »Meinst du wirklich?« Die Summe kam mir extrem hoch vor – Zehntausende mehr, als ich vermutet hätte.

»Das ist das Tolle am Agroturismo«, antwortete sie. »Im Gegensatz zu Strandvillen kann man dabei mit sieben Monaten Saison rechnen.« Sie studierte die Tabelle. »Nach dem Tod deines Vaters habe ich sie nicht aktualisiert. Die Einnahmen durch die Malstunden müssten wir jetzt rausrechnen. Aber alles andere passt noch.«

»Ich könnte geführte Wanderungen anbieten«, sagte ich, ohne zu zögern. »Ich kenne die Wege hier wie meine Westentasche.«

Roze sah mich verblüfft an. »Du meinst ... es könnte doch noch was werden?«

Erst jetzt wurde mir bewusst, was ich gerade gesagt hatte. »Nein. Ich meine ... das war nur hypothetisch gesprochen. Die

Finca muss verkauft, die Erbschaftssteuer bezahlt werden, da führt kein Weg drumherum.«

Roze warf mir einen langen nachdenklichen Blick zu und nickte dann. »Na, jedenfalls danke, dass du dir den Plan mal angesehen hast. So weißt du, was wir vorhatten. Aber mir ist natürlich klar, dass jetzt nichts mehr daraus wird.«

25

WIE ist denn inzwischen die Lage, Bruder? Ich dachte schon, du bist vom Erdboden verschwunden.«

»Ist alles sehr zeitaufwendig. Du bist ja im Bilde über die spanische Bürokratie.«

»Aber ist ansonsten alles okay? Steht dem Verkauf nichts mehr im Wege? Und was ist mit der Verzichterklärung – ist die inzwischen von den beiden unterschrieben worden?«

»Ah – ja, ist erledigt.«

»Echt? Gut gemacht.« Jess klang überrascht.

»Es war überhaupt nicht schwierig«, versicherte ich ihr. »Du hast die beiden wirklich falsch eingeschätzt. Sie wollen uns nicht übers Ohr hauen. Ganz im Gegenteil.«

»Gut zu hören … aber nicht zu früh freuen, erst mal abwarten, bis sie wirklich ausgezogen sind. Und bis dahin sehen sie von mir auch keinen Penny. Und was liegt bei dir jetzt als Nächstes an?«

Ich schaute zu dem Porträt an der Wand hinüber. Ruensa, den Blick zum Fenster gewandt; Roze, die mich direkt ansah, als wolle sie mich anspornen. »Könntest du dir vorstellen, dass ich dich auszahle?«

»*Was?*«

»Ich fühle mich wohl hier und mag die beiden. Sie haben mir ihren Businessplan gezeigt. Mit Fincas wie dieser kann man gut Geld verdienen.«

Jess blieb einige Momente stumm. Dann sagte sie scharf: »Also abgesehen von der Tatsache, dass du offenbar einer Gehirnwäsche unterzogen wurdest – womit glaubst du denn, mich auszahlen zu können? Du hast doch gesagt, dass du höchstens zehntausend zusammenkriegst. Die du, wie du dich sicher erinnerst, bereits der Witwe des AD überlassen willst, für ein paar erneuerte Dachziegel.«

»Du könntest auch jederzeit hier Urlaub machen. Leo und die Kinder fänden es doch bestimmt toll, eine eigene Finca auf Mallorca zu haben.«

»Du hast meine Frage nicht beantwortet«, beharrte Jess. »Woher willst du das Geld nehmen, um mich auszubezahlen?«

»Ich müsste es in Raten machen«, gab ich zu. »Ein festgesetzter Betrag pro Jahr, aus den Einnahmen. Und wir bräuchten natürlich vorab eine gewisse Summe, um die Erbschaftssteuer zu bezahlen.«

»Was du nicht sagst. Und wie hoch ist die?«

»An die dreißigtausend.«

Ich hörte Jess fassungslos schnauben.

»Wenn wir das als eine Art Kredit ansehen, würden wir dir fünf Prozent Zinsen zahlen«, fügte ich hinzu. »Was nicht zu verachten ist.«

»Und was ist mit den Schulgebühren? Die sind damit noch nicht beglichen.«

»Sind wir doch mal ehrlich – du kannst dir die auch so leisten. Ist doch offensichtlich, dass Leo richtig Schotter hat – deshalb liebst du ihn ja. Aber dann hättest du den Anteil aus den Einnahmen von der Finca obendrauf.«

»Und deine kümmerlichen zehntausend? Was passiert mit denen?«

»Die brauchen wir, um den Zugangsweg auszubauen und die restlichen Räume zu renovieren.«

Wieder schwieg Jess einen Moment. »Und diesen Plan habt ihr also gemeinsam ausgeheckt, oder wie? Dass ihr zu dritt dort wohnt und mit meinem Geld ein schnuckliges B&B betreibt? Woher willst du denn wissen, dass die beiden mit dir nicht das Gleiche machen wie mit unserem Vater?«

»Wir haben überhaupt nichts ausgeheckt«, widersprach ich. »Ich wollte zuerst mit dir reden. Und mit dem Tod des AD haben sie absolut nichts zu tun.«

»Sagst du.«

»Und selbst wenn … das wäre mir auch nicht wichtig.«

»Wenn du eine Sünde mehr als einmal begehst, erscheint sie dir nicht mehr als Sünde«, versetzte Jess.

»Was ist das denn für ein Spruch?«

»Weiß nicht mehr genau, stammt aus dem Talmud oder so. Aber es stimmt nun mal. Wenn sie ihn umgebracht haben, und zwischen euch läuft was schief, könntest du als Nächster dran sein.«

»Das ist doch wirklich albern.« Aus dem Augenwinkel nahm ich draußen in der Dunkelheit einen Lichtschimmer wahr. Ich ging zum Fenster und schob die Läden auf, ließ die Laute der Nacht herein – das Schnarren der Zikaden, das Rauschen des Windes in den Pinien, den Ruf einer Eule in der Ferne. Im Pool war das Unterwasserlicht eingeschaltet, beleuchtete die Bäume rundum. Roze schwamm mit geschmeidigen ausladenden Bewegungen, ihr langes Haar trieb im Wasser hinter ihr. Über dem Pool flatterten Fledermäuse durch das gespenstische Halblicht.

Ich wandte mich ab und sagte: »Also, überlegst du's dir?«

Stille. Dann seufzte Jess. »Okay, ich rede mal mit Leo – um zu klären, ob es überhaupt machbar wäre. Aber nur unter der Bedingung, dass deshalb der ganze Vorgang nicht verzögert wird, okay? Du musst weiter alles Notwendige vorantreiben.«

»Danke, Jess.«

»Und das ist kein Versprechen, damit das klar ist. Ich eruiere nur mal, ob es möglich wäre, mehr nicht.«

26

ICH muss Jess zugutehalten, dass sie mich nicht lange warten ließ. Sie rief mich bereits am nächsten Abend an, während ich gerade im Zwielicht mit Roze Feigen pflückte. Als ich den Namen meiner Schwester auf dem Display sah, entfernte ich mich ein Stück.

Den ganzen Tag lang hatte ich mir Träume gestattet, so wie Roze früher auch von ihrem Projekt geträumt hatte. Es würde harte Arbeit sein, ein Airbnb kombiniert mit Landwirtschaft zu betreiben, aber machbar war es. Ich war frühmorgens aufgewacht, voller freudiger Aufregung. Während die Hähne und Esel ihren Morgenchor begannen, googelte ich auf meinem Laptop »Agroturismo nahe Cauzacs«. Es gab sechs weitere hier in der Gegend, und sie schienen alle mindestens bis Oktober ständig ausgebucht zu sein. Auf der anderen Seite des Tals wurden in einer Finca Meditation, Kochkurse und therapeutisches Ziegenhüten angeboten. Letzteres klang einigermaßen lächerlich, aber Kochen! Ruensa war eine fantastische Köchin; sie könnte den Gästen die Zubereitung von einheimischen Gerichten beibringen und sie zugleich bekochen. Auf einem anderen Hof konnte man an der Traubenernte teilnehmen. Unsere Gäste könnten sich an der Aprikosen- und Orangenernte beteiligen, und wir würden ihnen frisch gepressten Saft anbieten. Und das Wunderbarste wäre natürlich, dass Roze und ich zusammen sein könnten – und sie würde dankbar sein für meine Großzügigkeit. Wenn wir in unserem gemeinsamen Unternehmen arbeiteten, bliebe es langfristig bestimmt nicht aus, dass wir ein Paar werden würden …

»Ich habe mit Leo gesprochen«, sagte Jess am anderen Ende. »Tut mir leid, aber er hat sich ganz klar dagegen ausgesprochen.«

Im ersten Moment verschlug es mir die Sprache. »Warum?«, brachte ich schließlich hervor.

»Zu riskant. Deine beiden Compadres könnten verschwinden oder ihre Aufenthaltsgenehmigung verlieren, vielleicht bekommt ihr keine Vermietungslizenz oder ein verärgerter Gast gibt auf TripAdvisor eine schlechte Bewertung ab und vertreibt potenzielle Gäste. Es könnte auch eine Pandemie geben, eine Aschewolke oder einfach nur einen kalten, nassen Sommer. Also die deutlich schlechtere Option, als einen Pauschalbetrag auf unser Investitionskonto einzuzahlen.«

»Ich bin dein Bruder«, sagte ich langsam.

»Ist mir klar. Was willst du damit sagen?«

Ich zwang mich dazu, ruhig zu bleiben. »Ich hatte gehofft, dass du dich um meinetwillen darauf einlassen würdest. Weil ich dich darum gebeten habe. Nicht, weil es die profitabelste Option ist.«

Ein längeres Schweigen entstand. »Aber so läuft das nun mal nicht. Wenn es um Geld geht, ist man am besten beraten, wenn man Emotionen außen vor lässt. Sonst hat man am Ende nur irgendein Chaos.«

»Das ist kein Chaos. Sondern mein Traum.«

»Dein *Traum*?«, wiederholte Jess fassungslos. »Du hattest gesagt, du wolltest dir lieber die Hand mit einem rostigen Filetiermesser abschneiden, als dort zu leben.«

»Inzwischen hat sich die Lage geändert.«

»Wie denn, Finn? Inwiefern?«

Ich blieb einen Moment stumm. »Es ... haben sich weitere Möglichkeiten aufgetan.«

»Genau – Möglichkeiten. Nicht Gewissheiten. Du baust dir Luftschlösser, Bruder, und das sieht dir gar nicht ähnlich. Weshalb ich nur vermuten kann, dass diese beiden geldgeilen Personen dich irgendwie um den Finger gewickelt ...«

»Es gibt in dieser ganzen Sache nur eine einzige geldgeile Person«, knurrte ich. »Und das bist du.«

Ich bebte förmlich vor Wut.

Ein ausgedehntes Schweigen entstand. Dann sagte Jess ruhig: »Eines Tages wirst du mir dafür dankbar sein. Denn es geht hier nicht nur um Geld. Ich weiß nicht genau, was da gerade abläuft, kann es mir aber, glaube ich, vorstellen. Und ich weiß nun mal, dass mein kleiner Bruder manchmal vor sich selbst geschützt werden muss.«

Ich war so aufgebracht, dass ich nicht sprechen konnte.

»Es gab einen Grund, warum wir nach England zurückgekehrt sind«, fügte sie hinzu. »Oder hast du den vergessen?«

Ich blieb stumm.

»Tschüss, Brüderchen«, sagte sie.

Nur noch statisches Rauschen am anderen Ende. Als ich die Verbindung unterbrach, hörte ich wieder Zikaden schnarren und Frösche quaken.

Ich ging zu den Feigenbäumen zurück. Roze betrachtete mich prüfend, sagte aber nichts, und wir arbeiteten schweigend weiter.

27

NACHTS tat ich vor Wut kein Auge zu. Jess war nicht nur materialistisch, sondern auch herablassend – sie behandelte mich wie ein Kind, indem sie durchblicken ließ, ich sei außerstande, vernünftige finanzielle Entscheidungen zu treffen. Und indem sie unterstellte, diese Idee sei gar nicht meine, sondern Roze und Ruensa hätten sie mir in den Kopf gesetzt. Beides war absurd und außerdem eine Beleidigung.

Ich bereute zwar, dass ich meine Schwester als geldgeil bezeichnet hatte – aber sie hatte das Wort immerhin als Erste benutzt.

Doch trotz meines Zorns fiel mir auch auf, dass ich jetzt genau das durchmachte, was Roze widerfahren war. Ihr Traum von einer Zukunft mit der Finca war ihr entrissen worden – und das, nachdem sie fast ein Jahr lang Tag für Tag dafür geschuftet hatte, um ihn zu verwirklichen.

Kein Wunder, dass sie geweint hatte, als wir die Asche meines Vaters verstreuten. In diesem Moment war Roze sicher erst richtig klar geworden, was sein Tod für ihre Pläne bedeutete. Und angesichts der Tatsache, dass ich die Person war, die ihr die Finca wegnehmen sollte, war es umso erstaunlicher, dass ich nicht feindselig, sondern von beiden Frauen gastfreundlich und sogar regelrecht herzlich empfangen worden war.

Unwillkürlich verglich ich Jess mit Roze und merkte dabei, dass meine Schwester ihr menschlich weit unterlegen war.

Wütende Fantasien schossen mir durch den Kopf. Ich würde Jess einfach mitteilen, dass ich nicht bereit war, in den Verkauf der Finca einzuwilligen. Schließlich gehörte das Anwesen uns beiden. Wenn ich mich weigerte, hier zu verschwinden, würde sie mich vor Gericht zerren müssen – was in Spanien langwierig und kompliziert war, und das wusste sie. Oder aber sie war gezwungen anzunehmen, was ich ihr anbot. Oder Leo kam bei einem Autounfall ums Leben, und ihr ganzes abgesichertes Lebenskonstrukt flog ihr um die Ohren. Oder … oder …

An diesem Punkt schlief ich wohl ein, denn ich träumte von der Finca, wie sie in meiner Kindheit war. Das splittrige Loch in der modrigen dritten Treppenstufe von oben, das ich zu vermeiden wusste, wenn ich nachts nach unten ging. Der Geruch von Cannabis und brennendem Olivenholz von der Feuerstelle, wo die Erwachsenen redeten und musizierten. Singen, Tanzen, die Bongotrommeln und das tiefe nasale Dröhnen eines Didgeridoos. Ein Mann und zwei Frauen in einem Dreier auf der Veranda, sichtbar für alle anderen, die Körper mit Farbe und Sternzeichen bemalt für irgendeinen heidnischen Ritus.

Und inmitten von alledem der Narrenkönig in seinem Dashiki-Hemd, mit verrutschtem rotem Fez auf dem Kopf, das Gesicht gerötet von der Hitze der Flammen; brüllend schlug er sich vor Lachen auf den Schenkel und funkelte finster jeden an, den er als nicht ausreichend unterhaltsam empfand – mein Vater.

»Könnt ihr nicht leiser sein? Ich kann nicht schlafen.«

In der Realität hätte ich diese Worte nie zu ihm gesagt – das hätte ich gar nicht gewagt. Außerdem waren Bettzeiten spießig und wurden ebenso abgelehnt wie alle anderen bürgerlichen Konventionen. Aber in dem Traum drehte mein Vater sich zu mir um.

»Schlafen kannst du, wenn du tot bist! Amüsier dich lieber!«

Ich wachte auf. Es war schwül und drückend – noch war die kühle Luft nicht von den Bergen heruntergekommen. Ich starrte an die Decke und überlegte, was dieser Traum wohl bedeuten sollte – meine Mutter hatte immer geglaubt, dass Träume uns etwas sagen wollen. Vielleicht war er einfach Unsinn. Aber auf irgendeine unerklärliche Weise hatte er die rasende Wut auf meine Schwester vertrieben. Stattdessen empfand ich jetzt nur noch kalte, zornige Verachtung für sie.

28

DEN Zeitpunkt für das Geschenk wählte ich mit Bedacht. Ruensa war außer Haus wegen einer Putzstelle. Roze und ich hatten gerade zu Mittag gegessen – *Pa amb oli* mit ein paar Scheiben aromatisch-nussigem Mahón-Käse, danach Wassermelone, erfrischend kalt aus dem Kühlschrank.

»Ich habe übrigens etwas für dich«, sagte ich beiläufig, aber mein Herz pochte heftig. Ich schob den Scheck über den Tisch. »Hier.«

Roze warf einen Blick darauf, sah mich dann fassungslos an. »Aber das sind …«

»Zwölftausend Euro. Ich wünschte, es wäre mehr.«

Sie starrte auf den Scheck, schaute mich dann mit großen Augen an. »Bist du sicher, dass du das möchtest?«

Ich nickte. »Weil … ich wollte …« Jetzt musste ich tief Luft holen. »Ich habe Jess von dem Businessplan erzählt. Habe ihr gesagt, dass ich mit dir und Ru hierbleiben möchte und die vorgestreckte Summe von unseren Einnahmen abbezahlen möchte. Aber sie wollte sich nicht darauf einlassen. Tut mir leid, Roze.« Ich deutete auf den Scheck. »Ich weiß, dass das hier keine wirkliche Entschädigung ist. Aber zumindest eine Geste.«

»Woher kommt dieses Geld?«, fragte sie leise.

»Das habe ich angespart, um mir irgendwann eine Wohnung zu kaufen.«

Roze schob den Scheck zurück. »Das solltest du mir nicht geben.«

»Ich möchte es aber. Es wird doch gar nicht genutzt, liegt nur auf der Bank herum. Betrachte es als Vorauszahlung auf die Summe, die wir euch nach dem Hausverkauf bezahlen wollen.«

»Wenn du meinst …« Sie griff nach dem Scheck und betrachtete ihn, als müsse sie das erst begreifen.

»Ich werde vermutlich eine Art Quittung oder so dafür brauchen«, fügte ich hinzu. »Ich rede mal mit Tomàs darüber.«

Roze schaute auf. »Mir ist klar, wie großzügig das von dir ist, Finn. Ferid hat uns gesagt … Rechtlich bist du nicht dazu verpflichtet, uns Geld zukommen zu lassen.«

»Rechtlich nicht, aber moralisch … Und dann muss deine Mutter nicht mehr putzen gehen.«

»Ach … sie mag das eigentlich. Sagt, es würde sie ablenken. Sie wird bestimmt begeistert sein über den Scheck, aber trotzdem weiter arbeiten gehen. Und …« Roze holte tief Luft. »Wir brauchen zurzeit tatsächlich auch Geld. Und zwar ziemlich viel.«

»Wieso?«, fragte ich erstaunt.

»Es … ist am besten, wenn du keine Einzelheiten weißt. Es hat mit dem Asylantrag zu tun.«

Ich runzelte die Stirn. »Ich dachte, Ferid vertritt euch pro bono?«

»Ja, tut er auch.« Roze sah bedrückt aus. »Bitte, Finn, stelle keine weiteren Fragen mehr. Du musst mir einfach vertrauen. Du darfst nichts davon wissen – niemand darf davon erfahren.«

»Braucht ihr *Bestechungsgeld*?«, fragte ich langsam. »Wenn er euch in so was reingezogen hat …«

»Nein … nein, damit hat es nichts zu tun. Bitte vergiss das alles sofort wieder.«

»Es ist mein Geld«, erwiderte ich aufgebracht. »Ich habe ja wohl ein Recht darauf, Bescheid zu wissen.«

Sie schob mir den Scheck ein zweites Mal zurück. »Dann nimm ihn wieder an dich«, sagte sie leise.

Ein kurzes Schweigen entstand.

»Nein.« Ich atmete tief ein. »Natürlich geht mich das nichts an. Das Geld gehört jetzt dir – dir und deiner Mutter, und ihr könnt es verwenden, wie ihr wollt. Aber bitte lass dich auf nichts Illegales ein. Das ist es nicht wert.«

Sie lächelte, ein wenig traurig. »Auf der richtigen Seite des Gesetzes zu stehen ist ein Luxus, den Menschen wie wir uns leider nicht immer leisten können. Aber vielen Dank für deine Großzügigkeit, Finn.«

Danach gingen wir beide in unser eigenes Zimmer, um Siesta zu machen. Ich war immer noch damit beschäftigt zu verdauen, was sie mir erzählt hatte. Und musste mir eingestehen, dass ich mich einer wilden Fantasie hingegeben hatte, in der Roze aus Dankbarkeit an diesem Nachmittag in mein Zimmer kam. Ich glaubte zwar nicht, dass das wirklich passieren würde, aber die Fantasie als solche war einfach zu köstlich, und ich spielte sie in Gedanken immer wieder durch.

Ein leises Klopfen an der Tür. Ich sagte »*Entra*«. Sie trug einen weißen Pyjama – nein, ein trägerloses Kleid – nein, nur ein Handtuch. Ihr Lächeln – nur das zählte, Worte waren überflüssig. Unsere wilden Küsse …

Ich schüttelte den Kopf und atmete aus. Das fand nicht statt. Stattdessen schien ich irgendein kriminelles Vorhaben zu unterstützen.

Sollte ich den Scheck platzen lassen? Aber dafür war es nun zu spät. Roze hatte bereits angeboten, ihn zurückzugeben, und ich hatte gesagt, das Geld gehöre ihr und Ruensa. Das konnte ich jetzt schlecht rückgängig machen.

Mir fiel auf, dass es gar nicht so sehr die mögliche illegale

Aktion war, die mich störte. Sondern die Tatsache, dass Roze mir nichts darüber sagen wollte – dass sie ein Geheimnis vor mir hatte. So schlimm ihre Lage auch sein mochte – ich wollte, dass sie sich mir anvertraute. Dass ich nichts davon wissen durfte, fühlte sich für mich wie eine Zurückweisung an.

Und wenn sie ein Geheimnis so gut bewahren konnte … wer weiß, wie viele andere es noch gab? Wie gut kannte ich diese Frau überhaupt?

Ich haderte und grübelte und zürnte den ganzen Nachmittag lang, und als wir um fünf wieder an die Arbeit gingen, war ich schweigsam und kurz angebunden. Roze bemühte sich, die Stimmung aufzulockern – »Dexter vielleicht? Oder Dodge? Dobby? Dimples?« –, aber ich ließ mich auf nichts ein, und nach einer Weile verstummte auch sie.

AM nächsten Morgen nahm ich nicht wie sonst an der Pilates-Runde teil, sondern blieb im Bett liegen. Ich fühlte mich angeschlagen und erschöpft.

Als es leise an der Tür klopfte, tat mein Herz einen Sprung. War es …

Doch es war nur Ruensa, noch in Leggings und Yoga-Top. »Entschuldige, dass ich störe, Finn. Aber im Pool ist ein Frosch, und ich weiß nicht, was ich machen soll.«

Ich folgte ihr nach draußen. Roze war nirgendwo zu sehen, aber im Pool schwamm tatsächlich ein leuchtend grüner Frosch, der immer wieder an die Wände stieß.

»Kommt er von alleine wieder raus?«, fragte Ruensa.

»Nein.« Ich ging in die Hocke. Es war ein Wasserfrosch, eine Art, die man einst auf Mallorca eingeführt hatte, weil sie auf dem Festland bedroht war. Doch inzwischen drohte sie paradoxerweise die einheimischen Frösche zu verdrängen. »Wenn wir ihn nicht rausholen, wird er irgendwann müde und ertrinkt«, erklärte ich und schaute mich nach einem geeigneten Gefäß um. »Kannst du mir einen mit Wasser gefüllten Topf bringen?«

Als sie zurückkam, hielt ich den Frosch, dessen Hinterbeine zappelten, vorsichtig in der Hand. »Bevor wir ihn freilassen, müssen wir das Chlor abwaschen«, sagte ich. »Das kann giftig für Frösche sein, weil sie teilweise durch die Haut atmen.«

»Seltsame Vorstellung, dass ein Frosch ertrinken kann.« Ruensa ging neben mir in die Hocke, während ich das Tier vorsichtig wusch. Dann hopste der Frosch aus dem Topf und verschwand im Schatten unter dem nächsten Zitronenbaum.

»Ja.« Ich sah ihm nach. »Aber es wird ihm jetzt gut gehen.«

»Finn …«, sagte Ruensa, als wir uns aufrichteten. »Ich wollte mich bei dir bedanken. Für diesen Scheck.«

Ich zuckte mit den Schultern. »Ach, das stand euch doch zu. Und es ist nicht mal genug für das, was ihr hier investiert habt.«

»Und, Finn …« Sie wirkte plötzlich beklommen. »Nimm es dir bitte nicht zu Herzen, wenn … Roze muss dafür sorgen, dass sie nicht nach Albanien zurückgeschickt wird. Uns ist natürlich klar, dass wir nicht auf der Finca Síquia bleiben können. Wir wollen Spanien jedoch nicht verlassen. Ich bin dank deines Vaters in Sicherheit, aber Roze … muss einige schwierige Entscheidungen treffen. Ich hoffe, du verstehst das.«

Sie rieb mir den Arm, und ich bemerkte verwundert den mitleidigen Ausdruck in ihren Augen.

SPÄTER arbeitete ich allein auf der Plantage, Roze ließ sich noch immer nicht blicken. Aber die körperliche Arbeit tat mir gut, und nach und nach ließ meine Gekränktheit nach, und die Sehnsucht nach Roze stellte sich wieder ein. Ich rechnete damit, dass sie jeden Moment auftauchen würde – es sah ihr gar nicht ähnlich, den ganzen Vormittag zu versäumen –, aber dann war es Mittag, ohne dass sie aufgetaucht war.

Schmutzig und verschwitzt ging ich zurück und freute mich aufs Schwimmen im Pool. Doch als ich zum Haus kam, sah ich, dass der alte Škoda davor geparkt war.

Ich ging um die Ecke zur Veranda, wo der Tisch für vier gedeckt war und Ferid zwischen Ruensa und Roze saß, entspannt und gepflegt in einem Ralph-Lauren-Hemd, die Sonnenbrille ins Haar gesteckt.

»Ah, Finn, gut, dass du da bist«, sagte Ruensa. »Dann hole ich jetzt den *Arroz Brut*.«

»Ich will erst noch duschen«, erwiderte ich knapp. »Ich wusste nicht, dass wir Gäste haben.«

»Ferid und Roze hatten einiges an Papierkram zu erledigen«, erklärte Ruensa. Bildete ich es mir ein, oder wirkte ihr Lächeln ein wenig nervös? »Aber ich nehme das Essen schon mal vom Herd, es ist auf jeden Fall fertig.«

»Willst du nicht schwimmen gehen, Finn?«, fragte Roze. Sie trug ein Kleid – dasselbe wie an meinem ersten Abend auf der Finca, fiel mir auf.

»Heute nicht. Das Essen scheint ja auch schon fertig zu sein.« Der Pool lag in Sichtweite der Veranda, und ich hatte keine Lust, beim Schwimmen von den beiden beobachtet zu werden. Ich nickte Ferid zur Begrüßung kurz zu und ging dann duschen.

Als ich in einem der Hemden meines Vaters zurückkam, stand das Essen schon auf dem Tisch, und die drei tranken Wein.

»Ferid hat uns gerade erzählt, wie er zum Wohltäter wurde«, sagte Ruensa, während sie uns auftat.

»Wusste nicht, dass das heutzutage als Berufsbezeichnung gilt«, murmelte ich. Roze lächelte, und mir fiel ihre Bemerkung über die Ähnlichkeiten zwischen mir und meinem Vater wieder ein.

»Damals war ich Firmenanwalt«, erklärte Ferid. »Habe viel Geld verdient, war für internationale Handelsverträge zuständig. Dann hat mich meine damalige Freundin dazu überredet, mit ihr Urlaub auf einer der griechischen Inseln zu machen – auf Lesbos.«

Er blieb einen Moment stumm. »Wie damals die meisten Menschen wusste ich nicht, dass täglich dort zig oder auch Hunderte Geflüchtete auf überladenen Booten eintrafen – wenn sie nicht vorher gesunken waren – und zwischen den Sonnenbadenden hindurchstolperten, um irgendwo Asyl zu beantragen. Die meisten Urlauber kümmerten sich gar nicht darum, können Sie sich das vorstellen? Die lagen auf ihren Handtüchern, lasen Zeitschriften und versuchten einfach, so zu tun, als existierten diese verzweifelten Menschen gar nicht. Ich habe mich damals einer Gruppe angeschlossen, die jeden Morgen die Strände abgesucht hat. Und dabei habe ich …« Seine Stimme brach, und er hielt inne. »Neben einem Felsen habe ich etwas Rotes gesehen. Zuerst dachte ich, es sei eine abgelegte Rettungsweste. Aber als ich näherkam, sah ich … dass ein kleiner Junge in der Weste steckte, drei oder vier Jahre alt. Tot. Als ich ihn aufhob und zu den anderen trug, wurde mir auch klar, warum – die Weste war gar nicht aufblasbar. Die Schlepper hatten Geld eingespart und gefälschte Rettungswesten verteilt. Ich habe noch am selben Tag bei meiner Firma angerufen und meinen Job gekündigt. Den Rest des Jahres habe ich dann Migranten aus dem Wasser gefischt.«

Niemand sprach.

»Inzwischen bin ich ein paar Tage pro Monat hier auf Mallorca bei einer Kanzlei tätig, für meine Grundkosten. Den Rest meiner Zeit widme ich Acción de Refugiados. Was meine Freundin angeht – die lebt immer noch in Athen und ist mit einem Firmenanwalt zusammen … einem meiner Freunde. Es ist, wie es ist.«

Wir schwiegen immer noch alle.

»Und bei jedem geflüchteten Menschen, dem ich beim Asylverfahren helfen kann«, fügte Ferid hinzu, »kommt es mir vor, als habe ich ihn davor bewahrt, im Meer zu ertrinken.«

Roze und Ruensa nickten ernsthaft, und mir war flau im Magen. Meine größte Leistung an diesem Tag hatte daraus bestanden, einen Frosch aus dem Pool zu retten. Ferid dagegen bewahrte Geflüchtete vor dem Tod. Das war eine andere Liga.

Während der Mahlzeit warf ich ihm immer wieder finstere Blicke zu, trank zu schnell zu viel Wein und sagte sofort nach dem Essen, ich müsse in meinem Zimmer noch einiges erledigen. Ich legte mich aufs Bett und versuchte zu dösen, hörte aber das Klirren von Gläsern und das Murmeln der Unterhaltung, bis die endlich verstummte.

31

NACH einem kurzen unruhigen Mittagsschlaf wusch ich mir das Gesicht mit kaltem Wasser und ging in die Küche, wo Roze und Ruensa am Tisch saßen und sich spürbar angespannt auf Albanisch unterhielten. Zwischen ihnen lag ein gelber Ordner.

Bildete ich mir das ein, oder hatte Roze hastig Papiere in den Ordner geschoben, als ich hereinkam? Ich sah sie an, aber sie erwiderte meinen Blick nicht.

Dennoch war nicht zu übersehen, dass die beiden sich über irgendetwas uneins waren. Ruensa wirkte aufgebracht, Roze dagegen trotzig.

»Ich wusste gar nicht, dass Ferid heute zum Mittagessen kommen wollte«, sagte ich beiläufig, während ich zur Spüle ging, um mir ein Glas Wasser zu holen. »Bedeutet das, dass es Neuigkeiten bei deinem Antrag gibt, Roze?«

»Eigentlich nicht«, begann Ruensa, während Roze gleichzeitig »Ja« sagte.

»Was ist los?«, fragte ich.

»Das Gericht verlangt weitere Beweise«, antwortete Roze bedrückt. »Die wir vermutlich nicht erbringen können.«

»Sie hat immer noch eine sehr gute Chance«, warf Ruensa ein.

»Ferid meint, wir sollten uns darauf vorbereiten, dass der Antrag abgelehnt wird«, sagte Roze.

»Und was hätte das zur Folge?«

Sie zuckte mit den Schultern. »Ich habe meine rote Karte schon einmal überzogen – das ist die Aufenthaltserlaubnis in Spanien, während der Asylantrag gestellt wird. Ich kann sie kein weiteres Mal verlängern. Und für meinen Master habe ich nur noch ein Studierendenvisum bis Ende August. Der Antrag ist mein letzter Versuch.«

Ich starrte sie an. »Du meinst – wenn dein Antrag abgelehnt wird, wirst du ausgewiesen?«

Sie nickte. »Ich könnte dann in ein Flüchtlingslager wie das in Cádiz gebracht und von dort aus in ein Flugzeug nach Albanien gesetzt werden.«

Ruensa legte ihre Hand auf die von Roze. »Das werden wir verhindern.«

»Die einzige Alternative ist unterzutauchen«, fuhr Roze fort. »Wenn es mir gelingt, illegal zwei weitere Jahre in Spanien zu bleiben, kann ich meinen Aufenthalt durch das Arraigo-System regularisieren. Aber dafür kommt Mallorca nicht infrage, die Insel ist zu klein. Ich müsste nach Madrid oder Barcelona gehen.«

Mir wurde ganz anders. »Aber ... wann musst du dann weg von hier?«

»Ferid meint, je schneller, desto besser. Wenn wir gewinnen, kann ich zurückkommen. Aber falls wir verlieren, bin ich bereits anderswo in Sicherheit.« Sie zögerte einen Moment. »Das hat er mir schon länger geraten. Aber ich habe es ... hinausgeschoben.«

Ich war fassungslos. Die ganze Zeit, in der wir Seite an Seite in der Plantage gearbeitet hatten ... und sie hatte diese Situation mit keinem Wort zur Sprache gebracht. Wie war das möglich? Vor allem, da wir uns doch inzwischen so nahegekommen waren?

Eine Zeit lang herrschte Schweigen.

Dann sagte Roze: »Eine weitere Möglichkeit gibt es noch.

Schön ist die nicht, aber es würde bedeuten, dass ich legal auf Mallorca bleiben könnte. Und in allen anderen Ländern der EU.«

Als sie nicht weitersprach, fragte ich: »Und? Was ist diese Möglichkeit?«

Ruensa schüttelte seufzend den Kopf, als halte sie davon gar nichts.

Leise sagte Roze: »Ich könnte einen EU-Bürger heiraten. Dann bekäme ich automatisch unbefristetes Aufenthaltsrecht.« Ihr Blick wanderte zu dem Ordner. »Normalerweise übernimmt Ferid solche Vermittlungen nicht. Aber er kennt Leute, die das machen … Es verstößt natürlich gegen das Gesetz. Deshalb ist er persönlich hergekommen – es ist zu gefährlich, solche Informationen elektronisch zu übermitteln.«

»Warum? Was ist in diesem Ordner?«, fragte ich, obwohl ich es schon ahnte.

Roze griff danach und nahm einige Papiere heraus. Auf dem obersten Blatt war mit einer Büroklammer ein Foto befestigt. Von einem dunkelhaarigen jungen Mann, der mit ernster Miene in die Kamera schaute.

»Das ist Guillem«, sagte Roze. »Der Mann, den Ferid als künftigen Ehemann für mich gefunden hat.«

EINEN Moment lang war ich wie erstarrt, während mir Gedanken und Bilder durch den Kopf schossen. Roze im Hochzeitskleid in einem Konfettiregen; strahlend fürs Hochzeitsfoto; der Brautstrauß, der in die Luft geworfen wurde …

Ich schüttelte heftig den Kopf, um diesen ganzen Unsinn loszuwerden. Natürlich würde eine arrangierte Trauung nicht so ablaufen, sondern eine triste Angelegenheit in einem Standesamt sein. Mit künstlichem Lächeln, um die Angestellten zu täuschen.

Die Vorstellung war entsetzlich. Und als ich plötzlich die Worte *Vos podeu besar* – Sie dürfen die Braut jetzt küssen – im Ohr hatte und vor mir sah, was dann passieren würde, wurde mir regelrecht übel.

»Es wäre nur für ein Jahr«, sagte Roze jetzt. »Das ist das Minimum, um die Behörden davon zu überzeugen, dass es sich nicht um eine Scheinehe handelt. Danach können wir getrennter Wege gehen.« Sie griff nach dem Foto. »Ferid sagt, Guillem sei ein lieber Mann. Er benötigt das Geld, weil seine Mutter eine Operation braucht.«

Sie klang, als versuche sie sich selbst zu überzeugen.

»Bitte, Roze, mach das nicht«, sagte Ruensa eindringlich. »Es ist zu gefährlich. Und abgesehen davon: Man sollte nur aus einem einzigen Grund die Ehe eingehen – aus Liebe. Alles andere wird dir nicht guttun. Wird dich *verändern*.«

Ich fand die Sprache wieder. »Wo würdest du wohnen?«

Roze zuckte mit den Schultern, als sei ihr das ziemlich gleichgültig. »Wenn man weiß, wo man suchen muss, findet man auch auf Mallorca günstig Unterkunft. Zur Not auf einem Campingplatz.«

»Du kannst doch nicht mit einem wildfremden Mann ein Jahr lang im Zelt leben!«

»Warum nicht? Wir müssen ohnehin alles teilen. Damit kann man die Behörden doch beeindrucken. Junge Liebe, die alles erträgt, solange man zusammen sein kann …«

»Und was, wenn einer von euch … jemand anderen kennenlernt?«

Sie warf mir einen erstaunten Blick zu. »Na, das kommt natürlich dann nicht infrage, das wäre zu riskant. Aber wie gesagt: Es ist ja nur für ein Jahr.«

»Und diese Lösung hat Ferid gefunden, oder wie?« Als mein Schock nachließ, kam die Wut. »Wenn es ihm auf legalem Wege nicht gelingt, dir das Aufenthaltsrecht zu verschaffen – obwohl er ja angeblich so ein verdammt toller Anwalt ist und sich fühlt, als ziehe er jeden geretteten Migranten eigenhändig aus dem Meer. Aber dich drückt er wohl unter Wasser und schaut dir beim Ertrinken zu, oder wie?«

Roze seufzte. »Ferid kann nichts dafür – ihm gefällt diese Option genauso wenig, wie Mama sie gut findet. Ich habe ihn inständig gebeten, nach anderen Möglichkeiten zu suchen, und es gibt nur noch diese. Mach ihm keine Vorwürfe.«

»Aber es wäre viel besser, einfach zu verschwinden«, gab Ruensa zu bedenken. »Bestimmt …«

»Dann müsste ich dich alleine lassen«, sagte Roze leise. »Das kommt nicht infrage. Nicht, nachdem du ohnehin schon alles für mich aufgegeben hast.«

Ihre Mutter blieb stumm.

»Der Plan ist miserabel«, sagte ich aufgebracht. »Du könntest dafür ins Gefängnis kommen.«

»Nein, das Schlimmste, was passieren kann«, erwiderte Roze, »ist eine Geldstrafe und Abschiebung. Ferid geht ein viel größeres Risiko ein. Er könnte seine Zulassung als Anwalt verlieren.«

»Und das vollkommen zu Recht!«

»Ich habe ihn als Freund gebeten. Nur deshalb macht er das, trotz des Risikos.«

»Ein wahrer Freund würde doch versuchen, dich davon abzuhalten«, widersprach ich.

»Ich wusste, dass dir das nicht gefallen würde«, sagte Roze. »Deshalb wollte ich dir auch nicht erzählen, wofür ich dein Geld verwenden würde. Und du kannst mir glauben, dass mir meine Lage auch nicht gefällt.« Sie sah mich ruhig an. »Aber was soll ich denn sonst machen, Finn?«

STATT ihre Frage zu beantworten, stürmte ich hinaus und tigerte in meinem Zimmer auf und ab wie ein gefangenes Tier.

Was soll ich denn sonst machen, fragte mich Roze jetzt von dem Porträt an der Wand.

Ich blieb stehen und sagte laut: »Als Erstes könntest du mal aufhören, solche dummen Entscheidungen zu treffen.«

Sie nickte stumm, aber deshalb ging es mir keineswegs besser. Mir wurde bewusst, dass ich auch deshalb so außer mir war, weil ich selbst diesen Irrsinn ermöglicht hatte. Mein Geschenk, was ich für eine so großzügige, noble Geste gehalten hatte, wurde für ein schmähliches Arrangement mit einem wildfremden Mann benutzt, der gut zu seiner Mutter sein mochte, ansonsten aber wohl als Partner kaum geeignet – vor allem, da er bereit war, für Geld gegen das Gesetz zu verstoßen. Meine Gedanken rasten. Und war es nicht ohnehin zwielichtig, wenn man in diesem Alter noch so ein enges Verhältnis zu seiner Mutter hatte? Womöglich war das einer dieser spanischen Männer, die ihre Mutter vergötterten, aber jede andere Frau verachteten …

Oh Gott, dachte ich plötzlich. Musste Roze dann auch mit ihm Sex haben? Gehörte das zu dem verlangten Preis, gleich von Anfang an oder später?

Bei der Vorstellung, wie Guillem Roze – meine Roze – betatschte, wurde mir regelrecht übel.

Und es konnte noch viel schlimmer kommen. Vielleicht erwies sich Guillem tatsächlich als zugewandter, liebevoller Partner – ein Wohltäter wie Ferid, der Prinzipien hatte und Roze unterstützen wollte. Dann würde sie ihn vielleicht nach und nach als ihren Retter verehren – und sich womöglich sogar in ihn verlieben.

Ich sah die beiden vor mir, wie sie händchenhaltend auf der Veranda saßen und sich verliebte Blicke zuwarfen, während Roze jemandem erklärte: *Du kannst dir nicht vorstellen, wie wir uns begegnet sind! Ganz verrückte Geschichte, aber jetzt sind wir so glücklich zusammen.*

Ich schlug mir mit der Faust so fest in die andere Hand, dass es wehtat.

Was soll ich denn sonst machen, fragte mich Roze' Porträt aufs Neue.

Während ich ihr in die Augen starrte, kam mir eine Idee.

»Es gibt noch eine andere Option«, sagte ich entschieden.

Eine Option, die sich schon die ganze Zeit in Reichweite befunden hatte. Eine Option, die der Roze auf dem Bild jetzt gerade in die Augen schaute.

34

ICH raste nach Palma, nahm die scharfen Kurven mit halsbrecherischer Geschwindigkeit. Es war mir wichtig, dass ich nicht ins Grübeln kam, sondern den nächsten Schritt so schnell und kühn machte wie die Jugendlichen, die an der Cala Deià von hohen Klippen ins Meer springen.

In Palma gibt es viele Juweliergeschäfte, die mit ihren glitzernden Preziosen nahe der Marina die Blicke der Gespielinnen von Oligarchen auf sich ziehen wollen, die zum Lunch in die Stadt spazieren. Ich kannte aber auch einige Schmuckläden, deren Angebot sich eher an die Einheimischen richtete, und betrat den erstbesten.

»Ich möchte einen Verlobungsring kaufen«, erklärte ich dem Juwelier.

»Gerne.« Er zog einige Vorlagetabletts aus einer Vitrine und platzierte sie auf dem Glastresen. »Wenn Sie sich aussuchen, was Ihnen zusagt, reserviere ich die Ringe für Sie, dann können Sie gemeinsam Ihre Auswahl treffen …«

Ich schüttelte den Kopf. »Nicht nötig, ich kaufe den Ring jetzt gleich.«

Der Juwelier zog die Augenbrauen hoch. »Heutzutage ist es eher üblich, dass Paare den Ring gemeinsam aussuchen. Es ist ja schließlich die Frau, die ihn tragen wird.«

Ich deutete auf einen mit einem funkelnden weißen Edelstein. »Wie viel kostet der hier?«

Er nahm den Ring vom Tablett und legte ihn auf die Theke. »Wunderschön, nicht wahr? Das ist ein Brillant, ein Einkaräter, ganz besonders lupenrein. Viele Leute bevorzugen heutzutage Saphire, aber ein Brillant ist der Klassiker, der jedoch durch den Platinring modern wirkt.« Er wartete ab, während ich den Ring in die Hand nahm und hin und her drehte. Der Brillant funkelte gelblich und bläulich, und der Juwelier sagte: »Er kostet viertausend Euro.«

Die Bestürzung war mir wohl anzumerken, denn er fügte hinzu: »Amethyste und Granate sind preisgünstiger. Wenn Sie mir sagen möchten, welches Budget ...«

»Nein, der ist perfekt«, sagte ich und zückte meine Brieftasche. »Ich nehme ihn.«

»Es ist übrigens ein laborgezüchteter Diamant, zertifiziert nachhaltig«, erklärte der Juwelier, als er eine Schatulle auf den Tresen stellte. »Manche Leute finden immer noch, dann sei er nicht wirklich echt, aber das ist tatsächlich der einzige Weg, um sicherzugehen, dass nicht –«

»Ja, ja, alles gut.«

Ungeduldig sah ich zu, wie er den Ring verpackte. Während ich meine PIN in das Gerät eingab, fügte der Mann noch hinzu: »Und falls Ihre Verlobte nicht vollkommen glücklich damit sein sollte, können Sie sehr gerne gemeinsam herkommen und nach Alternativen Ausschau halten. Der Ring muss ja vermutlich ohnehin angepasst werden.«

»Sie wird ihn lieben, glauben Sie mir«, erwiderte ich. »Ich kenne sie.«

Auf dem Rückweg fuhr ich langsamer und überlegte, wie ich jetzt vorgehen wollte. Es gab so viel zu sagen – und doch zugleich so wenig, was wirklich gesagt werden musste. Dennoch spielten sich in meinem Kopf zahllose Szenen ab, die ich genoss oder fürchtete oder beides zugleich. Mir war bewusst, dass Roze meinen Heiratsantrag auch ablehnen konnte – sie konnte stur und trotzig sein, womit sie sich manchmal selbst schadete. Aber mit diesem Gedanken gab ich mich nicht lange ab. Im Grunde war ich zutiefst überzeugt davon, dass ich etwaige Zweifel und Vorbehalte durch die Kraft meiner Gefühle zerstreuen konnte. Doch selbst wenn mir das nicht gelingen sollte, gab es genügend Vorteile, die sich Roze durch die Ehe mit mir verschaffen konnte.

Dennoch wurde ich zusehends nervöser, als ich mich der Finca Síquia näherte.

Aber ich sagte mir, dass wohl jeder Mann vor einem Heiratsantrag nervös ist.

Ich blieb noch einen Moment im Wagen sitzen, nachdem ich vor dem Haus angehalten hatte. Es wirkte still und trotz seiner Größe klein unterhalb des gewaltigen Bergs, der jetzt im rötlichen Schein der Abendsonne lag.

An diesen Moment werde ich mich immer erinnern, dachte ich. An dieses Licht, die Schatten, diese winzige zerzauste Wolke über dem Puig de Galatzó.

Ich stieg aus und ging zur Veranda. Roze saß am Tisch und starrte gedankenverloren in die Ferne.

Unbemerkt beobachtete ich sie einen Moment, bevor ich fragte: »Ist Ruensa in der Nähe?«

Überrascht schaute Roze auf, schüttelte dann den Kopf. »Hat sich hingelegt«, sagte sie seufzend. »Sie ist wütend auf mich. Du doch bestimmt auch, oder? Ich habe gesehen, dass du weggefahren bist.«

»Ich bin nicht wütend auf dich«, erwiderte ich. »Sondern glücklich. Und froh, dass deine Mutter nicht in der Nähe ist. Ich möchte mit dir alleine sprechen.«

Sie runzelte die Stirn und sah mich erstaunt an. »Warum?«

»Weil ich eine bessere Idee hatte als deine Heirat mit Guillem.«
Ich zog die Schmuckschachtel hervor und platzierte sie sorgfältig vor Roze wie ein Kellner, der einem Ehrengast ein Appetithäppchen serviert. Als ich sie aufklappte, schien das funkelnde Licht des Brillanten förmlich zu explodieren. Ich sank auf ein Knie. »Roze … willst du mich heiraten?«

Ihre Verblüffung war beinahe komisch. War sie zu erstaunt? Hatte sie an diese Möglichkeit noch nie gedacht? »Aber, Finn … was …?«

»Ich möchte dich heiraten. Das ist doch besser, als wenn du einen Fremden heiraten musst, oder? Einen Mann, der vielleicht gut mit seiner Mutter umgeht, aber schrecklich mit dir? Warum willst du das riskieren, wenn etwas anderes möglich ist? Und praktisch gesehen bin ich so gut wie er – ich bin auf Mallorca geboren, und zwar vor dem Brexit, habe also auch einen EU-Pass.«

»Und … würdest du das nur … für mich tun?«, fragte sie langsam. »Um mir zu helfen?«

»Nein«, gab ich zu. Ich stand auf und setzte mich. Mein Verlangen, sie zu berühren, war extrem, und zum ersten Mal gab ich ihm nach. Ich legte meine Hand auf ihre. »Auch für mich. Ich wünsche es mir.«

»Weil … weißt du …«, sprach sie zögernd weiter, »in gewisser Weise wäre es vielleicht sogar einfacher, einen Fremden zu heiraten als einen Freund. Jemanden, der … keine Erwartungen hat. Den ich mögen oder auch nicht mögen kann, weil von Anfang an klar ist, dass es sich um eine Vereinbarung aus finanziellen Gründen handelt.«

»Aber das liegt ja auch in meiner Verantwortung, oder? Ich bin bereit, dieses Risiko einzugehen – dass du mich nicht magst, meine ich.« Ich hielt einen Moment inne. »Außerdem glaube ich, dass ich dich glücklich machen kann.«

»Glücklich!« Sie schüttelte den Kopf, fast ungläubig, als sei Glück nun wirklich nicht das Thema. »Aber du selbst, Finn? Werde ich dich glücklich machen?«

»Das tust du bereits«, antwortete ich leise. »Du würdest nicht nur einen Freund heiraten, weißt du. Das bin ich nicht. Zumindest nicht ausschließlich.«

»Was dann?« Ihre Stimme zitterte ein bisschen.

»Mehr.« Ich zögerte kurz. »Ich habe mich in dich verliebt.«

Roze sog scharf die Luft ein. Aus Freude oder Verblüffung? Vor Schreck womöglich? Oder weil ich nach so langer Zeit endlich in Worte gefasst hatte, was wir beide empfanden?

Sie strich sich übers Gesicht. »Ich habe versucht, dich als Verwandten zu betrachten.«

Das *versucht* entging mir nicht. »Lass das einfach«, erwiderte ich knapp.

Ein kurzes Schweigen entstand.

»Außerdem«, fügte ich hinzu, »kannst du Guillem jetzt gar nicht mehr heiraten. Der Scheck, den ich dir gegeben habe, wird platzen.« Ich wies stolz mit dem Kopf auf den Ring. »Das ist ein Brillant, den ich dir gerade gekauft habe. Aber ich habe noch genug auf dem Konto, um den Zufahrtsweg ausbessern zu lassen, und wahrscheinlich auch für die Renovierung der obersten Etage.«

Sie sah mich durchdringend an. »Und was ist mit Jess? Und dem Verkauf des Anwesens?«

Ich zuckte mit den Schultern. »Ist ein Pauschaldeal. Ich und die Finca. Wurde ohnehin Zeit, dass ich mich meiner Schwester gegenüber durchsetze.«

Roze dachte einen Moment nach. Dann nickte sie, und mein Herz jubelte einen Moment, bis sie sagte: »Ich muss dir noch etwas erzählen, Finn. Ich – wir – haben dir nicht die ganze Wahrheit offenbart. Wenn ich das getan habe, kannst du deinen Antrag wiederholen, falls du möchtest, und ich werde antworten. Aber zuerst musst du mir zuhören.«

»Okay. Aber ich kann mir, glaube ich, ohnehin denken, worum es geht.«

Sie sah mich fragend an.

»Um deine Mutter und … meinen Vater?«

»Ach so.« Sie schüttelte den Kopf. »Nein. Es geht um mich.«

Ich wollte gerade eine weitere Frage stellen, als Roze abrupt aufsprang.

»Können wir beim Spazierengehen reden? Es … fällt mir nicht leicht, darüber zu sprechen.«

»Natürlich.«

Wir gingen zu den Obsthainen hinüber. Ich hielt Roze den Arm hin, aber sie nahm ihn nicht.

»Wir haben dir an diesem ersten Abend hier erzählt, dass wir zufällig in Mallorca gelandet sind, weil wir vor jemanden in Albanien flüchten mussten«, begann sie. »Das stimmt so nicht. Aber wir wussten, dass du neugierig sein würdest, und ich konnte dir auf keinen Fall die Wahrheit sagen, du warst ja noch ein Fremder für uns.«

»Warum nicht?«, fragte ich, als sie nicht weitersprach.

»Weil es sehr schmerzhaft ist, darüber zu sprechen. Aber ich versuche es.« Sie holte tief Luft. »In meinem letzten Schuljahr hatte ich meine erste echte Beziehung, mit einem Jungen namens Dion. Er sah fantastisch aus und war reich – fuhr einen teuren Wagen und so, aber ich erfuhr nie, woher das Geld eigentlich kam. Dion schien auch keinen Job zu haben, aber er war sehr großzügig. Hat mich ausgeführt, mir schöne Sachen gekauft. Ich war sehr verliebt in ihn und brachte ihn auch mit nach Hause, um ihn Mama vorzustellen. Er und ich fingen an, gemeinsam Pläne zu machen für die Zeit nach meinem Schulabschluss. Dann entdeckte er ein tolles Studienangebot für uns beide in Mallorca, den MBA, und zeigte mir die Website. Es ist eine private Hochschule in einem wunderschönen alten Gebäude, mit hochqualifizierten Lehrkräften … Vorher hatte Dion nie irgendein Interesse an Wirtschaft gezeigt, aber ich fand die Idee wunderbar, weil wir dann zusammen sein konnten. Ich überwies dem Institut sogar eine Anzahlung für die Studiengebühren.«

Roze verstummte. Als sie weitersprach, klang ihre Stimme gepresst und tonlos.

»Als wir landeten, wurden wir von einem Wagen erwartet, in dem drei Männer saßen. Sie behaupteten, sie sollten mich zur Uni fahren, zur Anmeldung. Dion sagte mir, ich solle mitfahren, er könne sich für die Männer verbürgen, sie stünden über Facebook in Verbindung. Er warf mir ein Luftküsschen zu und sagte, wir träfen uns später … Das war das letzte Mal, dass ich ihn gesehen habe.«

Sie atmete wieder tief ein. »Man nennt das den ›Romeo-Trick‹. So geraten die meisten Mädchen, die sich hier verkaufen, nach Mallorca – jedenfalls die aus Osteuropa. An diesem Abend eröffneten mir die Männer, dass Dion bereits wieder nach Albanien zurückgeflogen sei, mit zwanzigtausend Euro in der Tasche. Wenn ich diese Schulden abgearbeitet hätte, wäre ich wieder frei. Aber bis dahin müsse ich alles tun, was sie mir befehlen würden.«

Sie starrte ausdruckslos ins Leere. »In Spanien sind Bordelle legal – wusstest du das? Sie heißen *puticlubs* und werden sogar von Jugendlichen aufgesucht, das gehört hier genauso zum normalen Leben wie der Stierkampf. Anfänglich musste ich mit zwei anderen unerfahrenen Mädchen in einer Wohnung arbeiten, wo die Menschenhändler dafür sorgen konnten, dass wir nicht wegliefen. Alle Ausgaben wurden angerechnet – Essen, Miete, Kleidung, sogar Kondome. Deshalb wurden die Schulden kaum weniger, so viel ich auch verdiente.«

»Roze«, sagte ich hilflos. »Das tut mir so leid …«

Sie nickte stumm, fuhr dann fort: »In der Wohnung wurden wir mit Gewaltandrohung in der Spur gehalten. Aber wenn man in den Clubs arbeitet, müssen die sich im Hintergrund halten – Sexarbeit ist nicht illegal, aber Zuhälterei. Deshalb sind die Zuhälter dort darauf angewiesen, dass die Clubbesitzer Bescheid sagen, wenn ein Mädchen nicht genug verdient. Ich habe in einem Club in der Nähe vom Jachthafen gearbeitet. Eines Tages habe ich einen Jugendlichen gefragt, ob ich mir sein Handy kurz ausborgen könnte, und habe meiner Mutter die Adresse geschrieben. Sie flog sofort am nächsten Tag nach Mallorca und hat mich da rausgeholt.

Dass wir nicht mehr zurückkönnen, ist aber die Wahrheit – es wurde immer gedroht, dass sie der Familie etwas antun würden, wenn wir flüchten würden, und Dion hatte ihnen die Adresse unserer Wohnung gegeben. Deshalb musste der Freund sie für uns verkaufen. Wir wären dort nicht mehr in Sicherheit gewesen.« Roze blieb einen Moment stumm. »Der arme Junge, dessen Handy ich mir ausgeliehen hatte. Der ist sofort abgehauen, als ihm klar wurde, was ich gemacht hatte. Aber was denken die sich auch? Alle Frauen, die dort arbeiten, sind auf die eine oder andere Art dazu gezwungen worden – entweder durch Menschenhandel oder durch Gewaltandrohung von Zuhältern. Und die Männer, die dorthin kamen, waren auch keine Freier oder Kunden, was sie sich selbst auch eingeredet haben. Sondern Vergewaltiger.«

»Großer Gott«, sagte ich. »Roze, ich kann mir nicht mal annähernd … das muss so schlimm für dich gewesen sein.«

»Ja«, sagte sie nur. »War es.«

Wir blieben stehen, weil wir an einer niedrigen Mauer am Ende einer Terrasse angekommen waren.

»Manchmal bilde ich mir ein, ich hätte es verkraftet«, sagte Roze. »Aber dann gibt es meist irgendetwas, was mich wieder daran erinnert … wie dieser Typ am Strand. Es Canyaret. Einen Moment lang dachte ich sogar, ich kenne den … Aber das stimmte natürlich nicht. War einfach genau dieser Typ Mann. Fett, alt, behaart, nackt. Deshalb bin ich ausgerastet. Tut mir leid.«

»Du musst dich nun wirklich für nichts entschuldigen.« Bei der Vorstellung, wie so ein Typ sich an sie drängte, wurde mir heiß vor Wut. »Aber falls du einen von denen wirklich mal wiedererkennst, sag mir Bescheid, dann bringe ich ihn um.«

Sie zuckte mit den Schultern. »Ehrlich gesagt – nach einer Weile schaut man sich die Gesichter nicht mehr an.«

Ein längeres Schweigen entstand.

»Normalerweise spreche ich nicht darüber«, sagte Roze schließlich, und ihre Stimme klang wieder lebendiger. »Nicht mal mit Mama – das schadet ihr zu sehr. Aber du musst eben wissen, warum … damit du verstehst … ich glaube, ich werde nie mehr einem Mann wirklich vertrauen können. Und ganz sicher werde ich nie wieder eine Beziehung wie mit Dion haben können. Was für dich heißt, dass du quasi eine Nonne heiraten würdest. Eine psychisch geschädigte wütende Nonne.« Sie sah mich von der Seite an, betrachtete mein Gesicht. »Ich sage dir das so deutlich, damit … keine falschen Erwartungen entstehen. Ich mag dich, aber nicht auf diese Art. Das ist nichts Persönliches. Und ich möchte eben auch, dass du nicht verletzt wirst.«

»Wenn irgendjemand dich heilen kann«, sagte ich leise, »dann ganz bestimmt ich.«

Sie lächelte, aber es war ein trauriges Lächeln. »Vielleicht hast du ja sogar recht. Aber ich kann dir nichts versprechen. Deshalb wäre es sicher am einfachsten, du bringst den Ring zurück. Und ich löse den Scheck ein und heirate Guillem.«

»Das kommt überhaupt nicht infrage«, erwiderte ich fest. »Zum einen glaube ich, dass der Juwelier keineswegs begeistert wäre, wenn ich mein Geld zurückverlange. Und zum anderen …« Ich sank erneut auf ein Knie, pflückte einen Grashalm und drehte ihn zu einem Ring zusammen. Dann sah ich zum zweiten Mal an diesem Tag zu Roze auf.

»Heirate mich«, sagte ich. »Heirate mich für ein Jahr und einen Tag, und ich verspreche dir, das wird das glücklichste Jahr deines Lebens sein.«

35

»ICH denke, Sie machen sich nicht klar, wie schwierig das wird«, sagte Ferid. »Das ist kein Spiel, sondern tödlicher Ernst. Mit enorm unerfreulichen Folgen für uns alle, wenn wir auffliegen.«

Er warf mir einen ärgerlichen Blick zu, und ich versuchte, mein glückliches Grinsen zu unterdrücken.

»Entschuldigung«, sagte ich. »Ich dachte gerade an etwas anderes.« Aber ich konnte nicht umhin, mich triumphal zu fühlen, weil der Anwalt eindeutig empört darüber war, dass Roze mich heiraten würde statt Guillem. Ich war ohnehin schon bester Stimmung, aber Ferids Missmut steigerte mein Vergnügen noch.

»Seit einigen Jahren muss jeder Nicht-EU-Bürger, der in Spanien einen EU-Bürger heiratet, sechs Wochen vor der Hochzeit mit dem künftigen Ehepartner eine Art Verhör mitmachen«, fuhr Ferid fort. »Sie werden in getrennten Räumen einen Fragebogen ausfüllen müssen. Ein Teil bezieht sich auf allgemeine Informationen wie Geburtsort, Geburtstag und so weiter. Die Finanzlage wird abgefragt – wer verdient das Geld, wer bezahlt welche Rechnungen und dergleichen. Aber es gibt auch Alltagsfragen, mit denen Sie in die Falle gelockt werden sollen. Was ist das Lieblingsessen des Partners, und wie kocht man es? Mit welchen Freunden treffen Sie sich als Paar? Manche Fragen betreffen auch die Intimsphäre. Auf welcher Bettseite schläft der Partner? Hat die Person Narben oder Tattoos? Trägt sie nachts einen Schlafanzug?«

Er hielt einen Moment inne. »Und um es noch tückischer zu machen, werden die Fragen alle paar Wochen geändert. Wir können Sie beide bis zu einem gewissen Grad anhand alter Fragebögen trainieren, aber eben nicht hundertprozentig. Sie müssen das als maßgebliche Prüfung betrachten, für die regelrecht gebüffelt werden muss.«

Ich stellte mir vor, wieder Student zu sein, mit Roze als einzigem Studienfach, und musste mich sehr zusammenreißen, um nicht erneut beseligt zu grinsen. Ich schaute immer wieder auf den Ring; mir war nicht entgangen, dass Roze ihre Hand auf den Tisch gelegt hatte und dass ihr Blick – als könne sie es selbst kaum glauben – oft zu dem Brillanten wanderte, der in der mallorquinischen Sonne funkelte und glitzerte.

Nachdem Roze meinen Heiratsantrag angenommen hatte, bot ich ihr natürlich an, sich einen anderen Ring auszusuchen. Aber sie sagte, sie liebe ihn – und tatsächlich passte er sogar perfekt. Den Grasring, den ich ihr übergestreift hatte, trug sie auch einen Tag, obwohl er unsere Schufterei auf der Plantage natürlich nicht lange überlebte. Aber den Grasring hatte ich fast noch lieber betrachtet als den Edelstein. Der Ring war natürlich notwendig als Symbol für die Echtheit unserer Beziehung – Ferid hatte mir gereizt erklärt, er hätte bereits begonnen gehabt, für Guillem nach einem unechten Brillantring Ausschau zu halten –, aber der Grasring gehörte zu uns. Er war in der Erde der Finca, die wir beide liebten, gewachsen und nur für unsere Augen bestimmt, nicht für irgendwelche Leute auf Ämtern.

Nach dem Heiratsantrag hatte ich Roze den Grasring übergestreift, und wir waren schweigend zum Haus zurückgewandert. Kurz bevor wir dort ankamen, hatte Roze mich an der Hand genommen.

»Wenn wir es Mama sagen … ich denke, sie wird sich Sorgen machen. Ich werde ihr keine Einzelheiten über unser Arrangement offenbaren, sondern nur sagen, dass du versprochen hast, gut zu mir zu sein. Sie ist romantischer als ich und wird sich bestimmt erst mal schwertun. Wir können uns jetzt nicht plötzlich wie Turteltauben benehmen. Aber wir sollten ihr zeigen, dass wir liebevoll und fürsorglich miteinander sind.«

»Klar, natürlich«, sagte ich, hob unsere verschränkten Hände an meine Lippen und küsste ihre Finger. »Liebe und Fürsorge. Das sollte ja ohnehin das Fundament jeder Ehe sein.«

Wie sich dann herausstellte, hatte Ruensa bereits den Ring entdeckt, den ich auf dem Tisch zurückgelassen hatte, während wir unterwegs waren. Als wir zurückkamen, starrte sie gerade ängstlich darauf und sah dann Roze an, ohne zu sprechen. Ruensas Blick sagte alles aus.

»Ich werde Finn heiraten«, erklärte Roze mit trotzigem Unterton.

Ruensa sprach auf Albanisch mit ihr – vier oder fünf Sätze, die sich wie Fragen anhörten. Roze nickte und antwortete jeweils bejahend.

Etwas zögernd wandte sich Ruensa dann mir zu. »Danke, Finn. Ich denke, du weißt, dass ich mit dieser Entscheidung nicht glücklich bin. Aber ich bin dennoch froh, dass du es bist und nicht irgendein Fremder.«

Am nächsten Tag beratschlagten wir gemeinsam mit Ferid, wie alles vonstattengehen könne. Ruensa hörte wortlos zu, als er die einzelnen Schritte beschrieb, die ihr vermutlich alle vertraut waren, da sie selbst als Nicht-EU-Bürgerin geheiratet hatte.

Am Ende fragte sie leise: »Und was passiert, wenn die Beamten misstrauisch werden?«

»Dann werden sie die entsprechenden Informationen an die Polizei weitergeben, die dann entscheiden muss, ob ermittelt werden soll«, antwortete Ferid. »Die Polizei kann auch ihrerseits die Eheschließung verhindern, während sie nach weiteren

Beweisen sucht. Und den Fall für eine Anklageerhebung einem Ermittlungsgericht vorlegen.«

Er wandte sich zu Roze und mir. »Ich halte es für wahrscheinlich, dass die Beamten auf jeden Fall die Polizei hinzuziehen. Die Tatsache, dass ihr euch erst wenige Monate kennt, erweckt Argwohn. Und diesbezüglich könnt ihr nicht lügen, weil Finn seit seiner Ankunft hier mit der Polizei in Kontakt steht. Und wenn die Beamten erst mal Handlungsfreiheit haben, können sie mit allerlei Methoden ermitteln. Sie können zum Beispiel jederzeit hier auftauchen, um zu überprüfen, ob ihr wirklich als Paar lebt. Oder sie können sich eure Handys zeigen lassen, um zu sehen, ob ihr euch Nachrichten schreibt.«

Roze und ich warfen uns einen verwunderten Blick zu. »Aber wir schreiben uns keine Nachrichten, weil wir ja ständig zusammen arbeiten«, sagte ich. »Wenn wir uns etwas mitteilen wollen, reden wir einfach.«

Ferid nickte. »Ja, dann solltet ihr jetzt mal damit anfangen, Spuren zu legen, die euer Konstrukt bestätigen. Ihr solltet euch auch gegenseitig fotografieren, um eure Nähe demonstrieren zu können. Und man wird euch möglicherweise fragen, wann ihr euren Freunden und Verwandten die frohe Botschaft mitgeteilt habt.«

Ich blieb stumm. Jess und Tomàs zu informieren war ein furchtbares Unterfangen, mit dem ich mich noch nicht befasst hatte.

Ferid ließ mich nicht aus den Augen. »Ich kann mir vorstellen, dass diese Nachricht für Ihre Schwester ein Problem sein wird, Finn. Vermutlich denkt sie ja, Sie seien nur hier, um das Haus zu verkaufen.«

»Das wird auf jeden Fall unangenehm werden, ja«, bestätigte ich. Dann kam mir ein Gedanke. »Gibt es vielleicht irgendein rechtliches Hindernis, mit dem ich den Verkauf noch um ein Jahr aufschieben könnte?«

»Hmm.« Ferid überlegte. »Haben Sie Ihrem Anwalt die Verzichterklärungen schon zugeschickt?«

»Noch nicht, nein«, gab ich zu. Der Umschlag lag nach wie vor in meinem Zimmer.

»Dann kann ich noch mal einen Blick darauf werfen«, schlug Ferid vor. »Und auch auf den Originalvertrag zum *usufructo*. Vielleicht gibt es da irgendwo eine Lücke, die wir nutzen können … Aber dazu sollte nicht ich Sie beraten. Sie haben ja einen eigenen Anwalt.«

»Das könnte auch schwierig werden«, gestand ich. »Tomàs ist ein Freund der Familie.«

»Ah.« Ferid nickte. »Gut, dann werde ich mir das ansehen und euch inoffiziell beraten.« Er deutete Richtung Dorf. »Wie sieht es mit Nachbarn aus? Die Polizei könnte sie befragen. Würden die eure Geschichte bestätigen, wie ihr euch beim Orangenpflücken verliebt habt?«

Roze sah mich an. »Ich kenne die meisten gar nicht. Ich habe ja versucht, möglichst wenig gesehen zu werden.«

»Das könnt ihr mir überlassen«, sagte ich. Es gab eine altbewährte Methode, Cauzacs über eine neue Beziehung zu informieren. Und diese Methode konnten wir sofort anwenden.

36

GEGEN Mittag fuhren Roze und ich ins Dorf und überquerten händchenhaltend den Marktplatz. Vor der Apotheke trennten wir uns, und Roze pustete mir ein Luftküsschen zu, bevor sie den Laden betrat. Ich schlenderte weiter zum Café.

»Finn!«, begrüßte mich Alejandro. »Was kann ich dir bringen?«

»Nur einen schnellen Cortado. Ich warte auf Roze, sie wollte ein paar Sachen in der Apotheke besorgen.«

»Ja, habe ich gesehen.« Er warf mir einen forschenden Blick zu, und ich nickte.

»Ja, wir sind zusammen. Schon eine ganze Weile übrigens. War quasi Liebe auf den ersten Blick.«

»Liebe!«, rief Alejandro aus. »Und ich dachte, du seist nur hier, um das Haus zu verkaufen.«

»Das dachte ich auch.« Ich zuckte mit den Schultern, erlaubte mir dann ein glückliches Grinsen. »Aber das Leben hatte andere Pläne.«

»Allerhand … Du musst sie unbedingt Aina vorstellen.«

»Das wäre schön.« Ich hielt kurz inne, fügte dann hinzu: »Wir wollen euch beide übrigens auch zur Hochzeit einladen.«

»Hochzeit?« Alejandro sah überrascht aus, schmunzelte dann. »Na, ich gratuliere, Finn. Das ging ja fix.«

Ich nickte. »Manchmal spürt man es einfach sofort, weißt du. Und genau so war es bei Roze. Als ich sie zum ersten Mal sah, dachte ich: Das ist die Frau, die ich heiraten will.«

Alejandro wirkte plötzlich nachdenklich. »So warst du ja immer schon. Ich weiß noch, wie du in der Schulzeit immer in irgendein Mädchen bis über beide Ohren verliebt warst.«

»Das waren wir damals doch alle«, erwiderte ich ausweichend.

»Und du trittst auch in die Fußstapfen deines Vaters. *De tal palo tal astilla* – wie der Vater, so der Sohn.«

»Na ja …«, sagte ich. »Das hoffe ich aber nicht. Angesichts der Tatsache, dass er ein sexbesessener alter Trunkenbold war.«

»Klar, so meine ich das nicht. Aber trotzdem – weißt du, was komisch ist? Vor etwas über einem Jahr, als er mir erzählte, dass er wieder heiraten würde, hat er quasi die gleichen Worte benutzt wie du – ›manchmal spürt man es sofort‹.« Alejandro nickte langsam. »Aber jedenfalls … ich freue mich für dich. Das ist eine schöne Nachricht.«

Als er sich abwandte, um einen anderen Gast zu bedienen, merkte ich, dass auch Miquel hereingekommen war, mein übellauniger Nachbar.

Ich nickte ihm zu. »*Uep.*«

»*Uep*«, brummte er.

»Ich habe Alejandro gerade erzählt, dass ich mich verlobt habe.«

»Glückwunsch«, murmelte er mürrisch. »Wer ist die Glückliche?«

»Ich denke, du kennst sie – es ist Roze, die meinem Vater geholfen hat, die Terrassen wiederherzustellen. Uns hast du bestimmt auch schon zusammen da gesehen, nehme ich an.«

»Ah.« Er verzog das Gesicht. »Klar, hab sie mit dir zusammen gesehen. Aber mit ihm nicht. Höchstens ganz selten. Sie hat die Plantage allein auf Vordermann gebracht – sie und ihre Mutter.«

»Ich glaube, du irrst dich«, widersprach ich. »Mein Vater hat ihr geholfen, auch bei der Ernte, so wie ich jetzt.«

»Dein Vater?«, sagte Miquel verächtlich. »Der hat seit dreißig Jahren keinen Finger für diese Obstbäume gerührt. Aber das muss man den beiden Frauen lassen – die können arbeiten.

Haben tagtäglich geschuftet. Als ich sie zum ersten Mal gesehen hab, dachte ich, sie seien Erntearbeiterinnen. Es heißt, man kann Schwarzarbeiter für um die dreißig Euro pro Tag kriegen, wenn man weiß, wen man fragen muss.«

Ich lächelte schmallippig. »Die beiden sind keine Schwarzarbeiterinnen.«

Er zuckte mit den Schultern. »Wenn du das sagst …« Er klopfte mit einer Münze auf den Tresen, um zu bezahlen.

Roze kam herein, eine Papiertüte aus der Apotheke in der Hand, und küsste mich auf die Wange. »Alles erledigt.«

»Bei mir auch«, erwiderte ich knapp. »Gehen wir.«

Roze nickte Miquel höflich zu, aber er ignorierte sie. Ich nahm sie am Arm und geleitete sie hinaus.

»Im Albanischen gibt es eine Redewendung«, sagte Roze, als wir auf den Weg zur Finca Síquia einbogen. *Ti glóssa sou katápies.* Das heißt etwa: Sag, was du denkst.«

»Entschuldige.« Ich seufzte. »Habe nur über etwas nachgedacht, was Miquel vorhin gesagt hat.«

»Über mich?«

»Nicht direkt … er war einfach unangenehm.«

»Der Typ macht mir echt Angst. Wenn ich auf den Terrassen arbeite, sehe ich manchmal, wie er zu mir herüberstarrt.«

»Ich glaube, er hat nicht viel übrig für Migranten.«

»Da spielt noch etwas anderes eine Rolle. Er ist scharf auf das Land – wusstet du das?«

Ich warf ihr einen Blick zu. »Wie kommst du darauf?«

»Das hat uns dein Vater erzählt – Miquel hat ihn jahrelang mit dem Thema bedrängt. Mit dem Argument, da die Terrassen ohnehin nicht mehr bearbeitet würden, könne er sie doch ihm überlassen. Und Jimmy meinte, Miquel wäre gar nicht begeistert, dass wir die dann auf Vordermann gebracht haben.«

Der Gedanke war durchaus einleuchtend. Miquel war auf einer Seite des Grundstücks unser einziger Nachbar. Wenn er unsere Anbauflächen pachten würde, hätte er vielleicht größere Chancen, sie zu erwerben, wenn die Finca verkauft wurde.

»Als wir deinen Vater kennenlernten, war er kurz davor gewesen einzuwilligen«, berichtete Roze. »Er wusste, dass Miquel nicht viel zahlen würde, aber Jimmy hatte zu dem Zeitpunkt kaum noch andere Einnahmequellen.«

Kein Wunder, dass Miquel etwas gegen Migranten hat, dachte ich bei mir. Wie so oft bei alteingesessenen Mallorquinern, entstand diese Haltung durch handfeste Eigeninteressen.

Ich beschloss, Roze zu gestehen, was mich beschäftigte. »Miquel sagte vorhin, dass hauptsächlich du und deine Mutter auf dem Land gearbeitet habt – nicht mein Vater.«

Sie warf mir einen Seitenblick zu. »Das stimmt, ja.«

»Ach so, ich dachte …« Ich versuchte, mich zu erinnern. Wie war ich zu dem Eindruck gekommen, dass der AD den beiden geholfen hatte?

»Ich hatte gesagt, dass dein Vater mich *unterstützt* hat – indem er den Traktor angeschafft hat«, sagte Roze. »Und als ich später Hilfe brauchte beim Pflücken, hat er auch mitgeholfen. Aber beim Roden war er nicht dabei.«

»Nur den Oleander hat er geschnitten«, erwiderte ich.

»Was meinst du damit?«

»Na ja – er hatte Oleanderzweige verbrannt, als er starb. Ruensa hat gesagt, unter den Obstbäumen wuchs zu viel davon, und er hatte den geschnitten. Deshalb hatte ich angenommen, dass er …«

»Ah ˙… ja. Das hat er übernommen. Wahrscheinlich wusste er, wie gefährlich das war, und wollte deshalb nicht, dass ich das mache.«

»Ach so.«

Wir schwiegen eine Weile.

»Wieso komme ich mir plötzlich vor wie bei einem Polizeiverhör?«, fragte Roze dann. Ihre Stimme hatte jetzt diesen scharfen Unterton, mit dem ich inzwischen vertraut war – er tauchte immer auf, wenn ich eine Grenze überschritt.

»Das war nicht meine Absicht. Ich hatte mich nur gefragt …«

»Manchmal solltest du dich entscheiden, wem du glauben willst, Finn.« Der Unterton war jetzt noch schneidender.

»Ja, klar.«

Als wir uns dem Haus näherten, kam mir noch ein anderer Gedanke. Wenn Miquel so frustriert darüber war, dass er das Land nicht bekam – hatte er vielleicht den Verkauf der Finca beschleunigen wollen, indem er meinen Vater umbrachte? Der bekanntermaßen ein wüster Rüpel gewesen war, schlimmer noch als Miquel selbst. Der AD war sicher auch als Nachbar kein Vergnügen gewesen – und das bereits vor den orgiastischen Partys und dem Didgeridoo-Dröhnen der Hippie-Jahre. Was, wenn Miquel meinen Vater seit Jahrzehnten verabscheut, das aber verborgen hatte, weil er hoffte, eines Tages einen Nutzen daraus zu ziehen? Und war ihm dann der Geduldsfaden gerissen, als mein Vater sein Leben zu ordnen begann?

Ich überlegte, ob Subinspector Parera diese Möglichkeit in Betracht gezogen hatte. Doch zugleich wurde mir klar, dass es nicht von Vorteil für uns sein würde, wenn wir das ansprachen. So misstrauisch die Polizei auch sein mochte, was die Umstände von Jimmys Ableben betraf – offiziell galt es noch immer als selbst verursachter tragischer Unfall. Eine Ermittlung würde sich für Roze und Ruensa auf jeden Fall ungünstig auswirken. Besser keine schlafenden Hunde wecken.

»Tja, Miquel war wohl wirklich nur mal wieder unausstehlich«, sagte ich, als ich vor dem Haus hielt und den Motor abstellte. »Und neidisch. Verschwenden wir keinen weiteren Gedanken darauf.«

37

Finn an Roze, 9.18:
Danke für letzte Nacht

Roze an Finn, 9.22:
Ich danke DIR! War wundervoll! X

Finn an Roze, 9.23:
Obwohl du schnarchst …

Roze an Finn, 9.26:
Haha. Das ist natürlich eine Lüge.

Finn an Roze, 9.27:
Keine Sorge, könnte dir stundenlang beim
Schnarchen zuschauen (hab ich wohl auch,
Schlafen war nicht drin).

Roze an Finn, 9.32:
Ich hab SUPER geschlafen. Wir wissen beide,
warum xx

Finn an Roze, 9.33:
Gerne jederzeit zu Diensten xx

Roze an Finn, 9.36:
Això és mel, mein wunderbarer Liebster xx

Finn an Roze, 9.37:
Això és mel xxxx

38

WAS für eine Handymarke habe ich?«

»Ein iPhone. Und ich?«

»Ein blaues Samsung Galaxy, mit einem Riss in einer Ecke.«

»Sehr aufmerksam, Finn. Welche Ecke? Und woher kommt der Riss?«

Ich rekelte mich genüsslich. »Rechts unten. Du hast es in der Küche fallen lassen, wo der Boden«, ich schaute nach unten, »wie in den meisten mallorquinischen Küchen aus Steinfliesen besteht.«

»Okay. Was ist mein Lieblingsessen?«

»Kaninchen. Am besten eigenhändig gefangen und langsam zu Tode gefoltert.«

»Hey, bleib ernst.«

»*Tombet.*«

»Korrekt. Wie viele Paar Schuhe besitze ich?«

»Nur vier.«

Roze schaute stirnrunzelnd von dem Fragebogen auf, den Ferdi uns gegeben hatte. »Woher weißt du das?«

Weil ich alles über dich wissen will. »Wie du schon sagtest: Ich bin sehr aufmerksam. Benutze ich eine elektrische Zahnbürste oder eine Handzahnbürste?«

»Hmm.« Sie legte den Kopf schief. »Ich würde sagen, Hand-zahnbürste. Du hattest ja ursprünglich nur für ein paar Tage ge-packt.«

»Falsch – ich reise grundsätzlich mit meiner elektrischen Zahnbürste. Was war das romantischste Erlebnis, das wir zusammen hatten?«

Roze verzog angestrengt das Gesicht. »Keine Ahnung …«

Ich sagte leise: »Wir sind mit der historischen Eisenbahn von Sóller nach Palma gefahren, zur Zeit der Orangenblüte. Zuerst fährt der Zug durch ein Tal voller Obstbäume, dann durch die Berge und einen langen Tunnel, in dem es so kalt ist wie in einer tiefen Höhle. Und wenn man rauskommt, ist man plötzlich auf der anderen Seite der Insel, sieht die Ebene und in der Ferne das Meer.«

»Das klingt wunderschön.«

»Ist es auch.« Ich schwieg einen Moment. »Sollten wir wirklich mal machen.«

»Tolle Idee. Es wäre sicher gut, wenn ich einige der Sehenswürdigkeiten entlang der Strecke beschreiben könnte.« Roze machte sich eine Notiz auf ihrem Fragebogen. »Wie feierst du normalerweise Weihnachten?«

Ein Teil von mir wusste natürlich, dass das alles nicht real war – dass unser Flirten nur eines unserer Spiele war, in diesem Fall allerdings eines, bei dem es quasi um Leben und Tod ging. Doch die Illusion war so berauschend und herrlich, dass sie eine eigene Wirklichkeit erzeugte, eine Art gemeinsamen Tagtraum. Wenn mein Handy sich mit einer neuen Nachricht von Roze meldete, tat mein Herz einen Sprung, als bekäme ich wirklich eine Liebesbotschaft; wenn Roze meinen Arm drückte oder mich leicht auf die Wange küsste, vergaß ich oft, dass wir das nur für ihre Mutter taten. Außerdem hatte ich mir bereits eingeredet, dass Vortäuschung und Realität irgendwann nicht mehr getrennt sein würden; dass Roze mir irgendwann in jeder Hinsicht vertrauen würde, wenn ich mich bei dieser Farce als rundum vertrauenswürdig erwies.

Wenn ich früher Brotkrumen ausgelegt hatte, um das Vertrauen eines Baummarders oder einer Baumratte zu gewinnen, führte die Spur zuerst nie zu mir – und wirkte auch gar nicht wie eine Spur. Erst wenn das Tier seine anfängliche Scheu verloren und sich an meine Anwesenheit gewöhnt hatte – die niemals bedrohlich war –, legte ich die Krumen nach und nach mehr in meiner Nähe aus. Und achtete natürlich immer sorgsam darauf, keine hastigen Bewegungen zu machen und mich nicht aktiv zu nähern. Am wichtigsten war, das Vertrauen ganz allmählich aufzubauen, bis das Tier an mich gewöhnt war und sich aus freien Stücken näher heranwagte. Das war das Entscheidende: Es musste sich freiwillig dafür entscheiden können. Deshalb wartete ich geduldig ab und hoffte, dass Roze diese Worte eines Tages aufrichtig und von Herzen zu mir sagen würde, nachdem ich genügend Krumen der liebevollen Zuwendung ausgelegt hatte.

39

MANCHMAL denke ich, einen Menschen kennenzulernen ist wie eine Sprache zu lernen – anfänglich kommt man ins Stottern und ringt mit den einfachsten Sätzen. Aber nach und nach geht es nicht mehr nur um die richtigen Vokabeln, sondern um die Feinheiten der Bedeutung und der Betonung. So war es auch bei Roze und mir – je vertrauter wir uns wurden, desto mehr erahnten wir die Antworten des anderen schon, bevor sie ausgesprochen wurden.

»Was willst du mir zum Geburtstag schenken?«, fragte sie mich.

»Ich habe mich noch nicht entschieden. Habe ja auch noch Zeit bis zum zwölften November. Aber ich dachte an einen kleinen Hund. Der uns begleiten könnte, wenn wir draußen arbeiten.«

Roze starrte mich verblüfft an. »Das ist ja ein fantastisches Geschenk!«

»Ich weiß.« Ich lächelte, weil ich ins Schwarze getroffen hatte. »Habe ich jetzt die Überraschung verdorben?«

Sie schüttelte den Kopf. »Ich mag Überraschungen sowieso nicht.«

Wir verfielen eine Weile in Schweigen.

»Finn ...«, sagte Roze schließlich.

»Ja?«

»Dir ist aber schon klar, dass ich jetzt deinen wirklichen Namen erfahren muss, oder? Wäre ja wohl ziemlich verrückt, über

alles andere Bescheid zu wissen, aber dann sagen zu müssen, soweit ich weiß, könntest du auch Donald Duck heißen.«

»Donald Duck?« Ich seufzte dramatisch. »Schön wär's.«

»Finn!«

»Ja, ja, du hast schon recht«, räumte ich ein.

»Also …?«

Meinen Namen einzugestehen fiel mir tatsächlich enorm
schwer. Ihn mein Leben lang geheim zu halten war eine Schutz-
maßnahme gewesen – und zugleich eine Strategie, um mich von
allem zu distanzieren, was ich am Leben meiner Eltern verabscheut hatte.

Ich hatte erneut das Gefühl, mutig von einer hohen Klippe
springen zu müssen, und holte tief Luft.

»Mein wirklicher Name – also der Name, der mir bei meiner
Geburt gegeben wurde, mit dem ich mich aber nicht identifizieren kann und will – lautet Dolphin Oberon Siddharta Hensen.«

»Du heißt Dolphin? Delfin also?«

»Ja. Jess hat ›Finn‹ daraus gemacht, weil sie den Namen als Kind
nicht aussprechen konnte. Und dann fingen meine Eltern nach
und nach auch an, mich so zu nennen.«

»Okay … aber was findest du denn so schlimm an dem Namen?«

»Abgesehen davon, dass es narzisstisch und selbstsüchtig ist,
seinem Kind den Namen einer bedrohten Zahnwalart zu geben,
mit dem es in der Schule garantiert fertiggemacht wird? Nichts.«

»Vielleicht dachten sie, in einer spanischsprachigen Schule
würde das keine Rolle spielen«, gab Roze zu bedenken.

»Nun, da haben sie sich geirrt.« Mir war regelrecht schwindlig,
weil ich so viel von mir preisgegeben hatte. »Jetzt musst du mir
im Gegenzug aber auch etwas Geheimes über dich offenbaren.«

»Ich? Ich habe keine Geheimnisse mehr vor dir.«

»Irgendwie bezweifle ich das.«

Doch Roze lächelte nur und zuckte mit den Schultern.

An diesem Nachmittag entspannte ich mich gerade im Pool, als ich sah, wie sich der Škoda näherte. Ferid stieg aus, und ich nahm an, dass er Richtung Haus gehen würde, um mit Roze zu sprechen. Doch als er mich entdeckte, kam er auf mich zu.

»Ich muss mit Ihnen reden, Finn«, rief er.

»Hätten Sie nicht anrufen können?«

Als er am Pool ankam, schaute Ferid auf mich herunter. Er hielt einen dünnen Hefter in der Hand. »Ich habe es Ihnen doch gesagt – unsere gesamte Kommunikation darf nirgendwo nachvollziehbar sein. Ich gehe einfach davon aus, dass die Behörden eines Tages die gesamte E-Post auf allen Geräten von euch untersuchen wird. Das ist sogar sehr wahrscheinlich. Haben Sie schon gehört, wann das Vorgespräch stattfinden soll?«

Ich nickte. »Morgen in einer Woche im Rathaus. Der Brief kam heute an.«

»Na, das ist ja schon mal was. Ein feststehender Termin.« Ferid holte sich von der Veranda einen Stuhl und setzte sich an den Beckenrand. »Wir hatten ja vereinbart, dass ich mir die Nießbrauchvereinbarung mal genauer ansehe, um zu prüfen, ob wir den Hausverkauf irgendwie hinauszögern können.«

»Oh – ja.« Ich stieg aus dem Pool und band mir ein Handtuch um. »Und was meinen Sie? Geht da etwas?«

»Vorab gesagt: Ich bin nicht spezialisiert auf Eigentumsrecht. Ich habe den Vertrag aber einem Kollegen gezeigt – der praktischerweise mit internationalen Immobilienverkäufen zu tun hatte, bevor er bei uns einstieg. Er kennt sich also mit den unterschiedlichen Rechtssystemen von Spanien und Großbritannien aus.«

»Und? Was sagt er?«

Ferid zögerte. »Es scheint, als gäbe es da eine Art Diskrepanz. Wie Ihnen ja sicher bekannt ist, wurde der Vertrag auf Spanisch verfasst. Er enthält aber auch eine englische Übersetzung. In der spanischen Fassung steht, dass Sie und Ihre Schwester *inquilionos conjuntos* des Anwesens sind. Das wurde wörtlich übersetzt als ›Miteigentümer‹.«

Ich zuckte mit den Schultern. »Und?«

»Im englischen Recht hat dieser Ausdruck eine ganz spezifische Bedeutung, die von dem gebräuchlicheren Ausdruck ›Gesamteigentum‹ abweicht. Letzteres bedeutet, dass alle Entscheidungen gemeinsam getroffen werden müssen. Sind Sie jedoch ›Miteigentümer‹, kann Ihre Schwester Sie nicht zwingen, Ihren Anteil zu verkaufen, wenn Sie das nicht wollen.« Ferid verzog das Gesicht. »Zumindest müsste sie vor Gericht gehen, um das zu verlangen. Das wäre aber ein enorm kompliziertes Verfahren, bei dem von Anwälten beider Länder Unsummen an Gebühren anfallen würden. Ihre Schwester wäre deshalb wesentlich besser beraten, wenn Sie sich mit Ihnen einigen würde.«

Ich blieb stumm, während ich das verarbeitete. Einmal hatte ich zwar tatsächlich überlegt, ob ich Jess irgendwie ausschließen könnte. Aber zum einen hätte ich nicht geglaubt, dass es tatsächlich möglich sein würde. Und zum anderen hatte ich außer ihr keine Familie mehr.

Dann dachte ich daran, was ich bekommen würde, wenn ich es doch tat. Ich könnte auf der Finca leben, verheiratet mit Roze. Geschäftspartner in unserem eigenen kleinen Paradies und Liebende, wenn auch eingeschränkt. Und wieder fühlte ich mich bei dieser Vorstellung vollkommen berauscht.

»Verstehen Sie mich bitte nicht falsch«, sagte Ferid jetzt, »ich rate Ihnen auf gar keinen Fall zu diesem Vorgehen. Ebenso wenig wie ich zu der Heirat rate. Ganz im Gegenteil – ich halte beide Handlungen für extrem riskant.«

»Aber es wäre möglich«, sagte ich leise. »Wir hätten eine Chance, damit durchzukommen.«

»Ja«, erwiderte Ferid langsam. »Die Chance besteht.«

Wir versanken beide in Gedanken.

Dann fügte er hinzu: »Ich verstehe, warum es für Roze eine verlockende Aussicht ist, Sie zu heiraten. Sie hat wenige andere Optionen, und alle wären mit Problemen verbunden. Aber Sie … mir ist eigentlich unklar, weshalb Sie sich darauf einlassen.«

Ich sah ihn ungerührt an. Falls er vorhatte, mich zu manipulieren, damit ich ihm meine Gefühle für Roze offenbarte, hatte er sich geschnitten.

»Vielleicht will ich einfach nur Gutes tun«, sagte ich.

»Mag sein. Aber vielleicht …«

Ich wartete ab. Doch er schien es sich anders zu überlegen und vollendete den Satz nicht.

Schließlich sagte er: »Wissen Sie, in dieser schrecklichen Zeit, als ich Menschen aus diesen Booten gerettet habe … sie waren meist vollkommen überfüllt. Die Schlepper besetzten die Fischerboote mit vierzig Menschen, obwohl höchstens zwölf hineingepasst hätten. Nach einigen Stunden auf See waren diese Boote dann kurz vor dem Sinken. Im schlimmsten Falle lagen bereits Leichen in den Bilgen, und andere überlebten nur, weil sie auf den Toten standen. Es hieß dann natürlich, die seien bereits vorher ertrunken gewesen, aber manchmal war ich mir da nicht so sicher … Es ist eine schlichte Wahrheit, dass einige überleben und andere nicht. Einmal habe ich einen Säugling im Meer entdeckt, der eine leere Wasserflasche umklammerte, weil er offenbar instinktiv ahnte, dass er dann überleben könnte. Und das war tatsächlich so – als das Kind untersucht wurde, war es vollkommen unversehrt, obwohl es einige Zeit im Wasser zugebracht hatte. Ein Triumph des menschlichen Geistes über widrigste Umstände, könnte man sagen. Aber man kann eben nie vorher wissen, wer diesen Instinkt hat, unter allen Umständen überleben zu wollen, und wer nicht. Ich glaube, das weiß wahrscheinlich jeder Mensch von sich selbst erst dann, wenn er in eine solche Situation gerät.«

Ferid hielt einen Moment inne. »Roze hat einen erstaunlichen Überlebensinstinkt. Etwas in ihr, gut versteckt, lodert leidenschaftlich … Als ihr Anwalt muss ich sagen, dass sie das zu einer hervorragenden Mandantin macht, weil sie eine vorgeschlagene Strategie jederzeit bereitwillig umsetzt. Aber ich würde ungern die Person sein, auf der sie steht, um nicht zu ertrinken, wenn Sie verstehen, was ich meine.«

Ich hörte einen leicht bitteren Unterton in Ferids Stimme und sah ihn nachdenklich an. Ich verstand ihn sogar ausgesprochen gut. Er war selbst in Roze verliebt – war ihr verfallen und konnte nicht hoffen, dass sie seine Gefühle jemals erwidern würde. Als sie ihm im Café die Hand auf den Arm gelegt hatte – die Geste, die bei mir den Eifersuchtsanfall auslöste –, hatte sie das nicht aus Zuneigung getan. Sondern vielmehr, weil er in sie verliebt war und sie seine Hilfe brauchte. Sie hatte ihn ausgenutzt und war weitergezogen, und nun war er enttäuscht und zornig.

Ferid tat mir irgendwie leid, aber da ich ihn jetzt ausgebootet hatte, fühlte ich mich nicht mehr bedroht durch ihn. Seine Offenheit war mir sogar überraschend sympathisch. Wir hatten um Roze gekämpft, aber er hatte verloren.

Mit einem Seufzer nahm er jetzt Papiere aus dem Hefter. »Das ist ein Entwurf für die E-Mail, die Sie Ihrer Schwester schreiben könnten, falls Sie sich für diesen Weg entscheiden. Ich möchte Sie bitten, dieses Blatt spurlos zu vernichten, nachdem es seinen Zweck erfüllt hat. Es darf, wie gesagt, keinerlei Beweise für Absprachen zwischen uns geben.«

Ich las den Text. Er war in juristischer Fachsprache verfasst, aber der Inhalt war klar. Ich teilte meiner Schwester mit, dass ich mich entschlossen hatte, das Anwesen nicht zu verkaufen, und dass sie aufgrund des Vertrags unserer Eltern keinerlei Rechte hatte, mich zum Verkauf zu zwingen.

Wortlos legte ich das Blatt auf den Tisch. Ferid betrachtete mich forschend.

»Jemanden zu lieben, mit der man jeden Tag zusammen ist, und selbst nicht geliebt zu werden … das muss die Hölle auf Erden sein«, sagte er leise.

»Ich weiß nicht, was Sie meinen«, erwiderte ich knapp. »Ist nicht mein Problem, wenn Sie unangemessene Gefühle für Ihre Mandantin haben.« Ich klopfte auf das Blatt. »Danke hierfür. Ich sage Ihnen Bescheid, wenn ich mich entschieden habe.«

40

BEINAHE hätte ich es nicht getan. Ich war so gewöhnt daran, von Jess herumkommandiert zu werden, dass mir die Vorstellung, mich gegen sie durchzusetzen, wie ein gewaltiger Kraftakt erschien, wie ein Verrat sogar. Allein in meinem Zimmer rang ich den gesamten Nachmittag mit der Entscheidung. Und dann, kurz bevor Roze und ich wieder an die Arbeit gehen wollten, piepte mein Handy.

Eine WhatsApp-Nachricht. Ein Selfie. Von Roze in Unterwäsche, in die Kamera lächelnd.

Darunter stand: *Musste ich dir einfach schicken x*

Ich genoss den Anblick ein Weilchen. Dann schrieb ich zurück: *Ich liebe dich x*

Ihre Antwort, auf die ich eine qualvolle Minute lang warten musste, lautete schlicht:

Ich liebe dich auch, Dolphin Boy xxx

41

Jess an Finn, 17.03:
Was soll diese E-Mail, verdammt? Und warum gehst
du nicht ans Telefon?

Jess an Finn, 17.07:
Geh endlich ran! Was soll dieser Quatsch?

Jess an Finn, 17.12:
Verflucht, sag jetzt Bescheid, was da los ist.
Das ist kompletter Blödsinn, was du auch weißt.
Hast du Stockholm-Syndrom, oder was?
Wir müssen es jedenfalls klären,
ALSO GEH AN DEIN TELEFON!

Jess an Finn, 18.32:
Hab es satt, dir Nachrichten zu hinterlassen.
Du musst mich anrufen, SOFORT!

Jess an Finn, 19.02:
Was ist das denn? Meine Nachrichten werden nicht
zugestellt, und dein Handy hängt mich ab, wenn ich
anrufe. HAST DU MICH ETWA BLOCKIERT??
Deine eigene Schwester?

Jess an Finn, 19.03:
Ganz ehrlich, Finn, du bist das Letzte. Und diesmal bist zu endgültig zu weit gegangen.

42

AM nächsten Morgen, als Roze und ich auf der Veranda beim Frühstück saßen, näherte sich langsam ein Auto dem Haus – ein eleganter Audi, quasi das Gegenteil von Ferids betagtem Škoda.

»Wer ist das?«, fragte Roze, als der Wagen vor dem Haus hielt.

»Weiß ich auch nicht.«

Die Fahrertür ging auf, und Tomàs stieg aus. Er blieb einen Moment stehen, warf einen Blick auf die Finca und steuerte dann auf die Veranda zu.

»Das ist mein Anwalt«, sagte ich. »Verschwinde mal lieber. Vermutlich hat Jess ihn angerufen.«

»Okay. Ich bin drinnen, falls du mich brauchst.« Sie drückte mir rasch die Schulter und eilte ins Haus.

»Guten Morgen, Tomàs«, rief ich. »Ich wollte gerade noch mehr Kaffee machen. Möchtest du einen?«

»Nein«, antwortete er kurz angebunden. »Finn, was hat es mit diesem Unsinn auf sich, von dem Jess mir berichtet hat? Stimmt das?«

»Ich habe mich entschlossen, nicht zu verkaufen, wenn du das meinst«, erwiderte ich. »Vorerst werde ich hier leben, mit meiner künftigen Ehefrau und meiner Schwiegermutter.«

»Deiner … *Ehefrau*?« Er starrte mich verblüfft an. »Aber wer …? Oh Gott. Sprichst du gerade über die Witwe deines Vaters und ihre Tochter?«

»Ja. Das verbietet ja wohl das Gesetz nicht, oder? Wir haben vor, die Finca gemeinsam als Agroturismo zu betreiben, als Unternehmen.«

»Unternehmen?«, wiederholte er fassungslos und wedelte mit einem Papier vor meinem Gesicht herum – es handelte sich um die E-Mail, die ich Jess am gestrigen Nachmittag geschickt hatte. »Und das hier? Wo um alles in der Welt kommt das her?«

»Es trifft zu, nicht wahr?« Ich beobachtete ihn scharf. »Der Nießbrauchvertrag ist lückenhaft formuliert. Ich muss nicht verkaufen, wenn ich nicht will.«

Tomàs gelang es sichtlich nur mit Mühe, seine Wut zu beherrschen. »Du könntest versuchen, so zu argumentieren, aber die Absicht ist eindeutig. Das würde ein Gericht auf den ersten Blick erkennen.«

»Und wie lange dauert es, bis so ein Fall in Spanien zur Verhandlung kommt?«

Tomàs schüttelte frustriert den Kopf. »Finn … Du siehst doch sicher ein, dass das deiner Schwester gegenüber nicht fair ist?«

»Aber das geht dich letztlich nichts an, oder? Offiziell bist du nämlich mein Anwalt, nicht der ihre. Deshalb musst du meine Aufträge erfüllen.«

»Ich bin ein Freund der Familie!«

»Der für unsere Mutter einen Vertrag ausgefertigt hat, der sich nun als nicht hieb- und stichfest erweist. Damit liege ich doch richtig, nicht?«

Er runzelte die Stirn. »Hast du mit einem anderen Anwalt gesprochen?«

»Ich habe mir rechtlichen Rat geholt«, antwortete ich.

»Dann kündige ich«, sagte Tomàs bitter. »Ich schicke dir in Kürze ein entsprechendes Schreiben.« Er sah mich traurig an. »Diese Ehe, von der du da sprichst … das ist eine Scheinehe, vermute ich? Also illegal?«

»Nein«, antwortete ich fest. »Ich liebe Roze.«

»Du kennst sie doch kaum!«

»Ich weiß alles über sie«, erwiderte ich. »Du kannst mich testen – ihr Geburtsdatum, ihre Hobbys, ihre Lieblingstätigkeit auf dem Anwesen … alles.«

»Ich rede nicht über *Fakten*«, sagte Tomàs grimmig. »Sondern über die Person – über ihren *Charakter*. Haben sie zumindest diese Verzichterklärungen unterschrieben?«

»Ja, haben sie«, versetzte ich. »Ohne mit der Wimper zu zucken. Womit bewiesen wäre, dass die bösartigen Unterstellungen von dir und Jess unwahr sind.«

»Und wo sind diese Dokumente jetzt? Bei mir sind sie nicht angekommen.«

Ich zögerte. »Sie sind jetzt nicht mehr relevant.«

»Oh, Finn. *Finn.*« Er schüttelte den Kopf. »Was haben die mit dir gemacht?«

»Ich bin verliebt. Und werde mich dafür ganz gewiss nicht entschuldigen.« Und dann holte ich zu einem Schlag unter die Gürtellinie aus. »So wie du in meine Mutter verliebt warst. Doch statt das zu leben, hast du sie nach England zurückgeschickt.«

Tomàs' Miene verfinsterte sich. »Dafür gab es andere Gründe. Hast du die etwa vergessen?«

Ich zog es vor, darauf nichts zu erwidern.

»Dein Vater hatte wenigstens Selbsterkenntnis«, fügte Tomàs hinzu. »Er wusste, dass er ein egoistischer, frauenbesessener Trinker war. Aber du – als du hierherkamst, hast du so ein moralisches Theater veranstaltet, wolltest unbedingt alles richtig machen. Und schau mal, was jetzt daraus geworden ist – du betrügst deine eigene Schwester.«

»Ich mache aber alles richtig«, widersprach ich. »Manchmal sind Herzenssachen eben stärker als das Gesetz. Oder Familienbindungen.«

Tomàs seufzte. »Gut. Wenn du darauf beharrst, kann ich nichts mehr für dich tun. Ich schlage vor, dass du dir beim nächsten Mal einen Anwalt nimmst, der auf Strafrecht spezialisiert ist. Den wirst du nämlich brauchen, wenn die Polizei bei dir aufkreuzt. Und wenn es so weit ist, wirst du merken, dass das Gesetz durchaus immer stärker ist als Herzenssachen.«

Er wandte sich abrupt ab und ging weg. Als er am Eingang vorbeikam, warf er einen Blick in den Flur und nickte kurz.

Roze trat zu mir. »Finn? Ist alles okay?«

»Mir geht's gut. Hast du mitgehört?«

Sie nickte. »Das meiste.«

Ich stand auf und umarmte sie. »Mach dir keine Sorgen. Tomàs war schon immer eine ziemliche Dramaqueen. Ganz ehrlich – ich bin froh, ihn los zu sein.«

Roze legte die Arme um mich. »Danke«, sagte sie leise. »Danke für alles, was du für mich tust. Ich weiß, dass es sicher nicht einfach für dich ist.«

Wir hielten uns eine ganze Weile in den Armen, und ich weiß noch, wie ich dachte, wenn unser Abenteuer jetzt hier zu Ende gehen würde, wäre es dennoch jeden Moment wert gewesen.

43

FÜRS Protokoll: Ich zeige Señor Hensen jetzt einige Textnachrichten von seinem Vater, die scheinbar versehentlich bei
Señor Hensens Schwester Jess gelandet sind«, sagte Subinspector Parera. »Señor Hensen, hatten Sie bei unseren Gesprächen
Kenntnis von diesen Nachrichten?«

Wir hatten ungute Vorahnungen, Roze und ich, als wir am Tag
nach Tomàs' Besuch sahen, wie zwei Autos mit dem rot-gelben
Streifen der Policía Nacional aufs Haus zufuhren. Aus dem vorderen stieg Subinspector Parera, aus dem hinteren der streng
blickende Agente Castell. Roze und ich wurden in getrennten
Räumen verhört, und mir war von vornherein klar, dass der Tonfall dieses Verhörs ganz anders sein würde als bei den vorherigen
Unterredungen.

Ich warf einen Blick auf den Ausdruck, den Parera mir zeigte,
und nickte. »Meine Schwester hatte mir von diesen Nachrichten
erzählt, ja.«

»Warum haben Sie uns nichts davon gesagt?«

Ich zuckte mit den Schultern. »Ich hielt das nicht für wichtig.«

Parera zog eine Augenbraue hoch. »In einem Mordfall Informationen zurückzuhalten ist eine Straftat.«

»Erstens war nicht von einem Mordfall die Rede«, wandte ich
ein. »Sie haben gesagt, dass Sie lediglich die Umstände des Todes
meines Vaters untersuchen wollten. Und zweitens beweisen diese

Nachrichten rein gar nichts bis auf die Tatsache, dass mein Vater ein übergriffiger Trinker war – und darauf hatte ich Sie hingewiesen, wie Sie sich bestimmt erinnern. Es wäre absurd, von ein paar Textnachrichten, die ein Betrunkener geschrieben hat, auf einen Mord zu schließen.«

Parera betrachtete mich prüfend. »Dennoch sind Sie jetzt verlobt mit der Tochter der Witwe Ihres Vaters. Und diese junge Frau hat Widerspruch gegen die Ablehnung ihres Asylantrags eingereicht. Das ist doch eine erstaunliche Koinzidenz, finden Sie nicht auch?«

»Wir sind verliebt. Und ja, die Ehe ist die einzige Möglichkeit, die wir haben, um unsere Beziehung erhalten zu können. Daran ist nichts strafbar.«

»Wissen Sie, dass Ihre Verlobte zu einem früheren Zeitpunkt auf Mallorca als Prostituierte tätig war? Dieser Tatbestand wurde von ihr selbst dem Gutachterkomitee vorgelegt.«

Es gelang mir nur mit Mühe, meine Wut im Griff zu behalten. »Ich weiß, dass sie in Schuldknechtschaft hineinmanipuliert und dann mit Gewaltandrohung zur Prostitution gezwungen wurde, ja – ein Verbrechen, gegen das die Polizei offenbar nichts zu unternehmen scheint.«

»Die meisten Männer würden es wohl schwierig finden, mit so einer Vorgeschichte zu leben«, sprach Parera unbeirrt weiter. »Die meisten spanischen Männer jedenfalls.«

»Das ist doch absurd«, sagte ich aufgebracht. »Man kann doch nicht einerseits Prostitution legalisieren und andererseits Prostituierte dämonisieren. Und ganz bestimmt sollte man nicht drangsalierten Opfern die Schuld an ihrer Situation geben.«

Parera griff nach seinem Ordner und entnahm ihm ein weiteres Dokument. »Es verhält sich so, dass die Polizei bereits von den Behörden auf Ihre Heiratspläne hingewiesen wurde, mit dem Verdacht auf eine Scheinehe. Deshalb werden ab jetzt statt der Behörden wir die notwendigen Formalitäten übernehmen. Können Sie mir sagen, wann Ihre Verlobte Geburtstag hat?«

»Am zwölften November.«

Er machte sich eine Notiz. »Wie viele Geschwister hat sie?«

»Keine.«

»In welchem Monat kam sie nach Spanien?«

»Im August vor zwei Jahren«, sagte ich wie aus der Pistole geschossen.

Der Subinspector nickte. Er blätterte um, als erschienen ihm die nächsten Fragen zu einfach. »In welchem Raum schlafen Sie beide?«

Ich zögerte den Bruchteil einer Sekunde, antwortete dann: »In der *caseta*, wo früher die Olivenpresse stand. Sie wurde zum Gästehaus umgebaut.«

Parera schaute ruckartig auf, als habe er Blut gewittert. »Auf welcher Bettseite schlafen Sie?«

»Ich? Auf der linken.«

»Welche Farbe hat die Unterwäsche Ihrer Verlobten heute?«

Ich sah ihn herausfordernd an. »Ich glaube nicht, dass diese Frage auf Ihrer Liste steht.«

»Das stimmt.« Er lächelte. »Aber so etwas fällt einem Mann doch auf, oder nicht? Vor allem einem jungen verliebten Mann.«

»Einem spanischen Mann vielleicht«, konterte ich. »Der Frauen objektifiziert. Mir ist es vollkommen gleichgültig, welche Farbe ihr Höschen hat, um Himmels willen.«

Er warf mir einen bohrenden Blick zu. »Haben Sie Ihrer Verlobten jemals Dessous gekauft? Als Geschenk vielleicht?«

»Nein.«

»Würden Sie sich als romantisch bezeichnen, Señor Hensen?«

Ich zuckte mit den Schultern. »Nicht unbedingt.«

»Und dennoch heiraten Sie nun in aller Hast, wie im Rausch der Leidenschaft. Empfinden Sie das nicht selbst als eigenartigen Widerspruch?«

»Es mag eigenartig sein, ist aber deshalb nicht strafbar.«

Der Subinspector stand auf. »Ich möchte bitte einen Blick in diese *caseta* werfen, wo Sie beide schlafen.«

Ich blinzelte. »Brauchen Sie dafür nicht einen Durchsuchungsbefehl?«

Er zog die Augenbrauen hoch. »Wieso sollte ich einen Durchsuchungsbefehl brauchen, um in Ihr Schlafzimmer zu schauen? Ich will es ja nicht durchsuchen. Sie zeigen es mir aus freien Stücken, um meine potenziellen Verdachtsmomente zu zerstreuen. Oder vielleicht, um sie weiter zu bestätigen, indem Sie sich weigern.«

Mir war flau im Magen, als ich aufstand. »Ich weiß nicht, was Sie sich davon erhoffen, aber von mir aus.«

Er machte eine höfliche Geste. »Nach Ihnen.«

Langsam ging ich den Flur entlang, dachte dabei fieberhaft nach. Dass es auf dem Doppelbett im Gästehaus keinerlei Anzeichen von Roze' Präsenz in dem Raum gab, war zwar noch kein Beweis für illegale Machenschaften, würde aber bestimmt den Verdacht des Polizisten erhärten.

Beiläufig sagte ich: »Übrigens habe ich den Bon vom Kauf des Verlobungsrings aufbewahrt. Er hat viertausend Euro gekostet.«

Pareras Schritte hinter mir gerieten nicht ins Stocken. »Wie großzügig von Ihnen. Und natürlich sehr praktisch, den Beleg aufzuheben. Man weiß ja nie, wozu man so etwas brauchen kann. Beispielsweise, um es skeptischen Polizisten zu zeigen.«

Als wir durch die Hintertür nach draußen traten, schlug uns die Hitze förmlich ins Gesicht. Aber nicht deshalb brach mir der Schweiß aus. Sondern weil ich angestrengt überlegte, ob es irgendetwas in diesem Raum gab, das darauf hinwies, dass wir dort gemeinsam übernachteten. Aber mir fiel nichts ein. Sogar die zusammengelegte Kleidung auf dem Stuhl war zweifellos männlich – die Chinos und Leinenhemden meines Vaters, meine eigenen T-Shirts und Boxershorts.

Ich streckte die Hand nach dem Türgriff aus. »Hier wären wir.«

Als ich das Gästehaus betrat, wäre ich vor Verblüffung beinahe abrupt stehen geblieben. Auf dem Boden und dem Bett waren Kleidungsstücke von Roze verstreut. Das konnte sie selbst nicht gemacht haben, denn sie wurde von Castell verhört. Nur Ruensa kam als Erklärung infrage. Hatte sie an der Tür gelauscht? Selbst wenn, musste sie extrem schnell gehandelt haben.

Rasch sagte ich: »Nun, ich heirate sie nicht, weil sie sehr ordentlich ist, wie Sie gleich merken werden.« Ich trat beiseite, um den Subinspector einzulassen.

»Hmm«, äußerte er lediglich, als er den Raum beäugte.

»Genug gesehen?«, fragte ich.

Er warf mir einen durchdringenden Blick zu. »Welches Verhütungsmittel benutzen Sie?«

Ich blinzelte. »Wie bitte?«

»Das ist doch eine klare Frage, oder nicht? Ich gehe mal davon aus, dass Sie welche benutzen.«

Ich überlegte schnell. Würde ich »Kondome« sagen, würde er womöglich die Packung sehen wollen, genauso wie bei der Pille. Hatte Roze bei unserem Aufenthalt im Dorf in der Apotheke Verhütungsmittel gekauft? Ich hatte nicht daran gedacht, sie danach zu fragen.

»Die Kondome sind uns gerade gestern Abend ausgegangen«, sagte ich. »Rausch der Leidenschaft, wie Sie schon sagten. Ich muss heute Nachmittag ins Dorf fahren, um neue zu kaufen.«

Wir wusste beide, dass ich log.

»Diese Textnachricht, die Ihr Vater an seine Frau schicken wollte«, fragte Parera beim Rausgehen. »Was hatte sie zu bedeuten?«

Ich runzelte die Stirn. »Nun, garantiert nichts. Er war einfach nur mal wieder betrunken und widerwärtig.«

Der Subinspector klappte seinen Ordner auf und las vor:

»*Wenn du nicht wie eine EHEFRAU für mich sein willst … was könnte er damit gemeint haben?*«

»Keine Ahnung.«

»Vielleicht, dass es keinen Sex zwischen den Eheleuten gab? Und dass Ihr Vater damit nicht zufrieden war?«

Ich zuckte mit den Schultern. »Wie ich Ihnen schon gesagt habe: Das geht mich nichts an. Da müssen Sie schon Ruensa fragen.«

Parera warf mir einen weiteren vielsagenden Blick zu und zog etwas anderes aus seinem Ordner. »Eine letzte Frage. Kennen Sie diesen Mann?«

Er reichte mir ein Porträt von Ferid.

»Ich glaube nicht.« Ich betrachtete das Foto so eingehend, als versuche ich angestrengt, mich zu erinnern.

»Nun überraschen Sie mich aber. Das ist der Anwalt Ihrer Verlobten, der sie bei ihrem Widerspruchsverfahren vertritt. Die beiden müssen sich häufig getroffen haben.«

»Ah …«, sagte ich vage. »Jetzt, wo Sie's sagen … ich habe die beiden, glaube ich, mal zusammen im Café gesehen.« Ich wies auf unseren Zufahrtsweg. »Sie wissen ja, dass wir nicht leicht zu erreichen sind.«

»Das ist zutreffend.« Er nahm das Foto wieder an sich.

»Warum haben Sie mich nach ihm gefragt?«

»Ferid Karemi wurde gegen Kaution freigelassen, aber in Griechenland erwartet ihn ein Verfahren wegen Menschenhandel«, antwortete Parera. »Sollte er Ihnen irgendwie begegnen, kann ich nur dringend raten, sich auf keinerlei Umgang mit diesem Mann einzulassen und schon gar nicht auf Geschäftliches. Er ist keinesfalls vertrauenswürdig.«

44

NACHDEM die Polizisten verschwunden waren, saß ich benommen in der *caseta* und versuchte zu verarbeiten, was ich gerade erfahren hatte.

Ferid war nicht, wer er vorgab zu sein. Sondern ein Hochstapler – nein, schlimmer noch: ein Krimineller, verstrickt in genau die Machenschaften, die er vorgab zu verurteilen.

Und wenn *er* ein Betrüger war – wer waren dann Ruensa und Roze?

Schlagartig wurde mir klar, dass es wie bei einem Trugbild auch noch eine ganz andere Version der Ereignisse auf der Finca Síquia geben konnte. In dieser Version steckten die drei von Anfang an unter einer Decke. Roze und Ruensa waren verzweifelte Frauen, die vor nichts zurückschrecken würden, um ihr neues Leben in der EU zu erhalten, und Ferid war ihr Handlanger. Das galt eigentlich grundsätzlich, für beide Szenarien, sagte ich mir. Aber in dieser neuen Darstellung waren alle drei Betrüger, Lügner, Schwindler.

Verbrecher.

Roze hatte bereits zugegeben, dass sie und Ruensa mich am ersten Abend belogen hatten, als sie behaupteten, vor diesem mächtigen Kriminellen aus Albanien geflohen zu sein. Im Rückblick erschien mir diese Geschichte völlig unplausibel und unglaubwürdig – aber sie war so überzeugend erzählt worden, dass ich sie nicht angezweifelt hatte.

Und Guillem – gab es den überhaupt? Und selbst wenn – hatte Roze von Anfang darauf spekuliert, dass ich mich als Ehemann anbieten würde, um zu verhindern, dass sie mit einem Fremden verheiratet wurde? Ich hatte mich schließlich wegen Ferid so kindisch eifersüchtig aufgeführt … hatte mein Verhalten sie zu diesem Plan inspiriert, der uns alle drei in die nächste ausschlaggebende Phase führen würde?

War ich manipuliert worden? Oder vielmehr: Wurde ich immer noch manipuliert, auch in diesem Moment?

Mir fiel wieder ein, wie ich mich gefragt hatte, ob Ruensa beim ersten Anruf von Tomàs über den *usufructo* Bescheid gewusst hatte. Damals hatte ich gedacht, dass niemand so schnell seine Überraschung verbergen kann. Dennoch hatte Ruensa gerade bewiesen, dass sie nicht nur raffiniert, sondern auch unglaublich schnell sein konnte. Es war ein genialer taktischer Schachzug gewesen, Roze' Kleidung im Gästehaus zu verstreuen.

Ich versuchte, mich noch weiter zurückzuerinnern. Hatte es jemals irgendeinen Beweis für die Vergangenheit von Roze und Ruensa gegeben? Mir wollte absolut nichts einfallen – nur Worte. Worte, aus denen Geschichten entstanden waren, die sich unentwegt veränderten, wie ein Netz seine Form änderte, während man sich darin verstrickte.

Vertraute ich Roze? Ich wusste jedenfalls, dass ich sie liebte. Und wie sollte ich einer Person nicht vertrauen, für die ich so innige Liebe empfand? Dennoch merkte ich, dass beides in meinem Gehirn eine Koexistenz einging – Liebe und Zweifel, ineinandergefügt wie das fast zwei Meter große Yin-und-Yang-Zeichen – inzwischen unter weißer Farbe verborgen –, das mein Vater am Fuß der Treppe auf den Boden gemalt hatte.

Schweren Herzens verließ ich das Gästehaus und machte mich auf zu Roze, um sie mit meinen neuen Kenntnissen zu konfrontieren.

»Aber das weiß ich doch längst«, sagte sie ungeduldig. »Ferid hat mich bei unserem ersten Treffen in alles eingeweiht. Schon damals sagte er, die Behörden würden das dazu benutzen, um ihn zu kriminalisieren. Jetzt ist es also so weit.«

Ich starrte sie an. »Aber … ein *Menschenhändler*? Wieso um alles in der Welt lässt du dich mit so jemandem ein?«

Sie schüttelte den Kopf. »Ferid ist kein Menschenhändler – jedenfalls nicht so, wie du denkst. Eine der Organisationen, für die er auf Lesbos tätig war, hatte ein Boot, mit dem versucht wurde, die Menschen von den Schlauchbooten zu retten, bevor sie sanken. Das wollten die Behörden verhindern, um die Grenzen geschlossen zu halten. Deshalb wurden alle vierundzwanzig Mitglieder der Organisation des Menschenschmuggels angeklagt. Ferid kam auf Kaution frei, hat aber innerhalb von Griechenland Reiseverbot. Deshalb kam er nach Mallorca. Er muss die Behörden informieren, sobald er die Insel verlässt.«

»Ach …« Ich war etwas verdattert, weil es so eine einfache Erklärung gab. »Und wann soll dieser Prozess sein?«

Roze zuckte mit den Schultern. »Inzwischen sind schon zwei Jahre vergangen, ohne dass ein Termin festgesetzt wurde. Ferid vermutet, dass er gar nicht stattfinden wird – dass die Anklagen eher erfolgt sind, um andere Rettungsorganisationen abzuschrecken, als um wirklich eine Verurteilung zu erwirken. Und leider hat das auch funktioniert – eine Zeit lang gab es gar keine Rettungsaktionen mehr, und er hat gehört, dass die Nichtregierungsorganisationen nach wie vor sehr vorsichtig sind. Es heißt aber dennoch, dass man ihn jederzeit nach Griechenland beordern kann. Deshalb muss er so extrem vorsichtig sein, wenn er uns unterstützt.«

»Verstehe.« Erleichterung erfasste mich. Mir war ganz übel gewesen bei dem Gedanken, dass ich mich wie ein verliebter Volltrottel aufgeführt hatte. Jetzt hatte ich ein schlechtes Gewissen, weil ich nicht nur Ferids Integrität, sondern auch die von Ruensa und Roze angezweifelt hatte. Und ein bisschen neidisch war ich auch auf Ferid. Im Vergleich mit ihm hatte ich wenig geleistet, um meinen Mitmenschen zu helfen.

Aber zumindest würde ich Roze heiraten, sagte ich mir. Immerhin einem Menschen ermöglichte ich ein besseres Leben.

»Wie hast du dich bei der Fragenliste geschlagen?«, fragte Roze.

»Ach – ganz gut, glaube ich. Als er allerdings nach Verhütungsmitteln gefragt hat, war ich ziemlich überrumpelt. Ich habe dann gesagt, Kondome, aber sie seien uns gerade ausgegangen.«

Sie nickte. »Kondome habe ich auch angegeben. Und ich hatte in der Apotheke zwei Packungen gekauft – eine Marke namens Control.«

»Zum Glück haben wir das Gleiche gesagt. Aber ich fahre trotzdem lieber noch ins Dorf und hole welche.«

Tatsächlich hatte mich das Verhör schon vor Pareras Äußerungen über Ferid zutiefst verstört. Vorher hatte ich mir das ganze Szenarium noch wie ein Spiel vorstellen können – eine wundervolle romantische Fantasie, halb ausgedacht, halb real. Aber von einem hartgesottenen Polizisten ausgefragt zu werden, der mich eines kriminellen Komplotts verdächtigte, war alles andere als angenehm gewesen.

Zum allerersten Mal fragte ich mich, ob Tomàs womöglich recht hatte und ich einen folgenschweren Fehler beging.

»Finn …«, sagte Roze. »Ich denke, wir sollten von jetzt an in einem Zimmer schlafen. Wenn die das nächste Mal kommen, sind wir vielleicht noch gar nicht wach.«

Ich warf ihr einen raschen Blick zu. »Wärst du denn damit einverstanden?«

Sie zuckte mit den Schultern. »Bleibt mir ja nichts anderes übrig, oder? Sobald wir hier Gäste unterbringen, können wir ja schließlich auch nicht mehr getrennt schlafen, wenn wir wie ein normales Ehepaar erscheinen wollen.« Sie brachte ein Lächeln zustande. »Zumindest habe ich dann jemanden bei mir, der mich vor Skorpionen beschützen kann. Ich werde auf meiner Yogamatte schlafen.«

»Komm, sei nicht albern. Auf dem Boden marschieren die Skorpione doch gerade herum. Du nimmst das Bett, ich die Matte. Ich bestehe darauf.«

»Na, oder wir wechseln ab oder so.«

»Und du bist sicher, dass es okay für dich ist?«

»Das Abwechseln? Oder die Skorpione?«

Ich schüttelte den Kopf. »Das Zimmer mit einem Mann zu teilen. Löst das dann nicht Erinnerungen aus?«

»Ah …« Sie holte tief Luft. »Das werden wir ja sehen. Ich sag's mal so: Zum Glück bist du es.«

Noch an diesem Abend zog sie ins Gästehaus, füllte meinen Schrank und zwei Schubladen mit ihren Sachen. Es bereitete mir große Freude, ihre Zahnbürste im Badezimmer neben meiner zu sehen, Seite an Seite, und ihre Shampoos und Haarspülungen in der Dusche. Roze versuchte erneut, darauf zu bestehen, dass sie auf der Yogamatte schlafen wolle, aber ich setzte mich hartnäckig durch, und schließlich gab sie nach und legte sich ins Bett. Die Matte war hart und unbequem, und es fiel mir schwer einzuschlafen. Aber als Belohnung durfte ich zuhören, wie Roze' Atem immer ruhiger wurde, und ich lächelte, als sie schließlich einschlummerte und so tief schlief wie ein Baby.

Mitten in der Nacht wachte ich schlagartig auf, keuchend und schweißüberströmt. Etwas hallte in meinen Ohren wider wie das Echo eines Schreis. Wie aus weiter Ferne nahm ich wahr, dass Roze sich über mich beugte und mich an der Schulter rüttelte.

»Finn! Finn, wach auf!«

»Oh Gott …« Ich fuhr hoch, versuchte, zu Atem zu kommen.

»Was ist los? Hattest du einen Albtraum?«

»Ja. Scheint so.« Jetzt fiel es mir wieder ein – es hatte etwas mit dem Pool zu tun, ich war unter Wasser, und mein Vater zielte mit einer Harpune auf mich. Oder war es Subinspector Parera gewesen? Die Details begannen mir schon zu entgleiten. »Das war ein Nachtschreck. Ist so was wie eine Panikattacke, aber während man schläft. Hatte ich seit vielen Jahren nicht mehr.«

»Meinst du, es hat etwas mit mir zu tun?«, fragte Roze leise. »Mit dem, was ich von dir verlange?«

»Nein«, sagte ich entschieden. »Nur ein Zufall.«

Sie berührte mich wieder an der Schulter, aber diesmal sanft. »Komm ins Bett. Da schläfst du bestimmt besser.«

»Bist du sicher?«

Sie nickte. »Ja. Ich habe auch manchmal Albträume. Ich weiß, wie das ist.«

Also kroch ich zu ihr ins Bett, achtete sorgfältig darauf, ihr möglichst viel Platz zu lassen. Und zum zweiten Mal in dieser Nacht lauschte ich dem Atmen von Roze. Aber diesmal dämmerte ich zuerst weg und sank in einen tiefen traumlosen Schlaf.

45

DANACH lebten wir in einer Art Zwischenzustand. Ferid hatte uns gesagt, die Polizei stünde nicht unter Zeitdruck, müsse aber irgendwann ein Gericht vom Vorliegen einer Straftat überzeugen. Danach musste innerhalb eines bestimmten Zeitraums mit Beweisen Anklage erhoben oder aber die Ermittlung abgeschlossen werden.

Da gerichtlich vorerst nichts gegen uns unternommen wurde, konnten wir provisorisch den Tag und die Uhrzeit unserer Trauung vereinbaren. Wir nahmen den erstmöglichen Termin, vier Wochen später, und hofften beide, dass alles klappen würde.

Dieser Zwischenzustand war eine Zeit intensiver Freude – und zugleich auch intensiven Leidens. *Jemanden zu lieben, mit der man jeden Tag zusammen ist, und selbst nicht geliebt zu werden ... das muss die Hölle auf Erden sein*, hatte Ferid gesagt. Die Hölle war es ganz und gar nicht – aber auch nicht einfach. Nacht für Nacht lag ich neben Roze im Bett, hielt mich an unsere Abmachung und berührte sie nicht. Spürte sie, wie schmerzhaft das für mich war? Wie alle Zellen meines Körpers danach verlangten, sich mit den ihren zu vereinigen, wie Muskeln und Nerven zu zittern schienen, weil sie sich so sehr nach ihr sehnten? Auch ohne Absprache verloren wir beide kein Wort darüber; das hätte alles nur noch schwieriger gemacht. Ich musste einfach Geduld haben, sagte ich mir, und die Hoffnung nicht aufgeben, dass Roze mir bald vollkommen vertrauen würde.

Manchmal, wenn ich nachts wach wurde, lag ihr Arm auf meiner Hüfte, oder sie war mir so nah, dass ich ihre Wärme am Rücken spürte. Dann lag ich wach und versuchte, meinen heftigen Atem unter Kontrolle zu bekommen, damit sie nicht davon wach wurde und sich wegdrehte.

Und manchmal dachte ich an die Männer, die ihr das angetan hatten – die ihren Körper für hundert Euro benutzt und damit ihr Herz zerstört hatten –, und ohnmächtige Wut packte mich. Und noch ein anderes Gefühl, denn diese Männer hatten bekommen, was sie wollten, für so einen dürftigen Betrag, wohingegen ich ihr alles gegeben hätte, was ich besaß.

Aber es gab eben eine richtige und eine falsche Herangehensweise, zu bekommen, wonach ich verlangte.

Was ist denn deiner Ansicht nach die richtige Herangehensweise, hörte ich Jess spöttisch sagen.

Das habe ich mir leider noch nicht überlegt.

An dieser Stelle wurde ich dann unruhig, mir brach der Schweiß aus, und ich wünschte mir inständig, die Stimme meine Schwester in meinem Kopf ebenso leicht blockieren zu können wie auf meinem Handy.

Auch Tomàs tauchte ungebeten in meinen wirren Gedanken auf. *Du kennst sie doch kaum!* Und Alejandro: *Er hat quasi die gleichen Worte benutzt wie du. De tal palo tal astilla.*

Ihr irrt euch alle, widersprach ich stumm. *Ich muss nur lernen, ihr zu vertrauen, so wie sie mir vertraut.*

Diese stummen Selbstgespräche um drei Uhr nachts.

Und manchmal, wenn ich aufwachte, spürte ich, dass Roze auch wach war – und zitterte. Weil sie Angst hatte vor dem, was wir bald tun würden? Weil sie bereute, was sie getan hatte? Weil ihr Freund, an dessen Liebe sie geglaubt hatte, sie betrogen hatte?

Sie wollte nie darüber sprechen. Aber sie ließ zu, dass ich sie in die Arme nahm und festhielt, bis das Zittern nachließ, und das waren vielleicht die glücklichsten Momente überhaupt.

46

IN dieser Zeit begannen wir auch mit den Renovierungsarbeiten am Obergeschoss. Wir räumten die Zimmer aus und strichen die Wände. Um die erotischen Fresken meines Vaters am oberen Treppenabsatz verschwinden zu lassen, brauchten wir drei Anstriche. Ich hätte noch einen vierten hinzugefügt, weil ich mir sicher war, dass man die Umrisse noch erkennen konnte. Aber Roze meinte, das bildete ich mir ein.

Wir wollten unsere Schlafzimmer dort oben einrichten, um Privatsphäre zu haben, wenn wir später Gäste beherbergten. Außerdem waren wir hier etwas geschützter, falls die Polizei unangekündigt auftauchte. Weil wir die Zimmer nur mit dem Nötigsten ausstatten mussten, kamen wir relativ schnell voran. Das Atelier meines Vaters ließen wir vorerst unberührt – die Ölfarbe vom Boden zu entfernen würde ewig dauern, und außerdem fanden wir es beide zu früh, um die letzten Spuren seiner Anwesenheit in der Finca komplett zu beseitigen.

Als wir das Tipi aus dem zweiten Schlafzimmer zerrten und der alte Stoff uns fast in den Händen zerbröselte, fragte Roze neugierig: »Wozu war das denn hier?«

»Ach …« Ich zuckte mit den Schultern. »Meine Eltern haben jeden Sommer etwas veranstaltet, das sie ›Konvent‹ nannten. Eine Woche lang gammelten dann hier vierzig oder fünfzig Leute herum, rauchten Marihuana, machten Musik. So viele Leute konnte man nicht unterbringen, deshalb haben sie dieses Zelt angeschafft.«

Ich sah plötzlich den letzten Konvent vor mir, den ich miterlebt hatte: dünne halb nackte Körper, bunt bemalt; der Geruch von Gemüsecurry, Patschuli und Dope; Geklimper auf einer Gitarre, zu dem jemand auf einem Tomtom trommelte. Sophia, die Jess' Haare stundenlang zu dünnen Zöpfchen flocht, mich anlächelte, als ich vorbeikam. Sophias Mutter Nina, die mit dem AD tanzte. Unsere Mutter war nirgendwo zu sehen, hatte sich auf ihr Zimmer zurückgezogen. Und dann mein Vater, wie er eines Morgens früh aus diesem Zelt auftauchte, als noch niemand aufgestanden war außer mir …

»Ehrlich gesagt ging es bestimmt hauptsächlich darum, dass mein Vater außerhalb des Hauses mit anderen Frauen vögeln konnte«, fügte ich hinzu. »Und natürlich stand es immer bis in den Frühherbst draußen und wurde dann feucht ins Haus geholt. Es fing damals schon zu schimmeln an.«

»Das sollten wir auch machen!«, rief Roze aus.

»Was, in einem Zelt vögeln?«

»Nein, du Spinner … Wir sollten ein paar solcher Zelte anschaffen. Damit wir mehr Gäste unterbringen können. Die Übernachtungen wären natürlich dann preisgünstiger als in den Zimmern. Aber im Sommer wäre das bestimmt eine Attraktion, und wir hätten eine coole Atmosphäre, wie bei einem Festival. Es gibt einen Ausdruck dafür … habe ich auf irgendeiner touristischen Webseite gelesen …«

»Glamping?«, warf ich ein.

»Ganz genau!«

Ich schaute auf den zerrissenen fleckigen Stoff in meinen Händen. »Da müssten wir aber wirklich neue anschaffen. Mit diesem hier ist nichts mehr anzufangen.«

»Na klar. Hast du dafür noch genug auf deinem Konto?«

»Ich versuch mal rauszukriegen, was solche Zelte kosten.« Aber ich wusste bereits, dass ich einwilligen würde. Ich fand es nahezu unmöglich, Roze etwas abzuschlagen.

Sie war anspruchsvoll, das hatte ich bereits bemerkt. Nicht für sich selbst – sie besaß nur wenige Schuhe und noch weniger gute Kleider –, aber für die Finca. Roze entdeckte im Internet ständig irgendwelche attraktiven Dinge für das Anwesen. Und offen gestanden war es mir eine Freude, sie zu verwöhnen und dabei zu unterstützen, unser gemeinsames Zuhause zu verschönern.

Die Arbeiten am Zufahrtsweg hatten auch begonnen – das letzte große Projekt, bevor wir Buchungen annehmen konnten. Aber nach wenigen Tagen stießen die Arbeiter mit dem Bagger unter einer Geröllschicht auf unnachgiebige Felsen – den Granitkern des Berges, der sich hier durch das weichere Kalkgestein drängte wie eine Hernie. Der ursprüngliche Plan, einfach einen Schotterweg aufzuschütten, müsse aufgegeben werden, teilte mir der Vorarbeiter mit; stattdessen würden sie mit einem Bohrhammer die Granitausstülpung entfernen müssen. Der Kostenvoranschlag sei damit null und nichtig, erklärte der Mann; das ganze Vorhaben würde doppelt oder dreifach so viel kosten wie ursprünglich angenommen.

Ich starrte ihn an. »Aber ich dachte, das sei ein Festpreis.«

Der Mann zuckte mit den Schultern. »Ich hatte Ihrem Vater einen Schätzpreis genannt, aber ganz klar gesagt, dass es davon abhängt, was wir auf dem Weg vorfinden.«

Ich war außer mir, aber das nützte auch nichts; der Weg war Grundvoraussetzung dafür, dass Gäste die Finca erreichen konnten. Schließlich fand ich mich damit ab, dass ich zunächst Geld für ein Gutachten ausgeben und dann irgendwie noch größere Summen auftreiben musste.

An diesem Abend saßen Roze, Ruensa und ich bedrückt am Verandatisch und versuchten, neue Pläne zu machen.

»Du solltest den Verlobungsring verkaufen«, schlug Roze vor. »Der hat seinen Zweck ja bereits erfüllt, und es war ohnehin Irrsinn von dir, so viel Geld für mich auszugeben.«

Ich schüttelte hartnäckig den Kopf. »Kommt überhaupt nicht infrage.«

Als sie protestierte, fiel ich ihr ins Wort.

»Ich mache das nicht. Dieser Ring ist das einzige Geschenk, das du jemals von mir bekommen hast. Ich nehme ihn nicht zurück, und wenn ich diesen Weg eigenhändig anlegen muss.«

Ein Schweigen entstand.

»Dann das Gemälde«, sagte Ruensa leise. »Wir könnten das Porträt von Roze und mir verkaufen.«

Ich sah sie an. »Bist du sicher? Du hattest doch gesagt, das sei das einzige Erinnerungsstück, das du behalten wolltest.«

Sie zuckte mit den Schultern. »Jimmy würde das verstehen.«

»Nein …«, begann Roze, wurde aber durch einen Blick ihrer Mutter zum Schweigen gebracht.

»Das wäre also geklärt«, sagte Ruensa abschließend. »Und jetzt muss ich das Abendessen machen.« Sie stand auf, etwas zu hastig, und als sie wegging, sah ich, wie sie sich die Augen wischte.

»Ich bringe das Bild morgen zu Marc«, sagte ich zu Roze, als Ruensa außer Hörweite war. »Aber so gut er es vielleicht auch findet – ich glaube nicht, dass wir damit vollständig die Kosten für den Weg decken können.«

Sie nickte. »Dir wird etwas einfallen, Finn. Ganz bestimmt.«

Am nächsten Tag nahm ich in der *caseta* das Gemälde ab, hüllte es in ein altes Bettlaken und fuhr damit zur Galerie nach Palma. Marc trug das Bild zum Fenster, um es genauer zu betrachten, und pfiff anerkennend.

»Du hast recht. Das ist wirklich ein anderes Niveau als die Werke, die du neulich gebracht hattest.« Er wies mit dem Kopf auf eines der Gemälde an der Wand. »Ab und an verkaufe ich mal eines davon, aber sie werden mir nicht gerade aus den Händen gerissen. Wenn du mir natürlich noch Akte bringen könntest … die gehen immer gut.«

Ich zuckte mit den Schultern. »Kann ich mir denken. Aber Akte habe ich keine gefunden.«

»Schau dich doch noch mal um. Er hatte immerhin schon Vorentwürfe gemacht. Und normalerweise hat er die dann immer auch umgesetzt.«

»Na ja, in diesem Fall …«, begann ich und unterbrach mich dann. »Was für Vorentwürfe denn?«

»Einige Skizzen.« Marc ging zu der Kiste mit Zeichnungen, die ich ihm gebracht hatte, und griff hinein. »Ich habe die alle thematisch sortiert«, erklärte er. »Manche Leute kaufen auch gern Skizzen zu einem Gemälde, weil sie dann nachvollziehen können, wie es sich entwickelt hat.«

Er legte vier Blätter auf einen Planschrank. Ich erkannte den Stil meines Vaters auf den ersten Blick, sogar bei schnellen Kohlezeichnungen wie diesen. Es waren tatsächlich Akte. Aber nicht von Ruensa, wie ich vermutet hatte. Sondern von Roze.

47

JA, ich habe für ihn Modell gesessen«, sagte Roze in genervtem Tonfall. »Er hat mich gefragt, und ich habe eingewilligt. Warum denn auch nicht? Jimmy war Profi. Er hat mir erklärt, dass er zahllose Frauen nackt gemalt hat.«

»Und mit den meisten von denen hatte er Sex!«

»Noch mal – warum auch nicht, wenn sie das auch wollten? Aber mir gegenüber hat er so etwas niemals auch nur angedeutet. Im Gegenteil: Er hat sich immer unglaublich respektvoll verhalten. Außerdem war meine Mutter die meiste Zeit dabei ... Worum geht es hier überhaupt? Bist du deshalb so schlecht gelaunt, seit du aus Palma zurück bist?«

Ich starrte sie an. »Du hast mir erzählt, du seist traumatisiert!«

»Ja«, erwiderte sie stirnrunzelnd. »Willst du mir vorwerfen, ich hätte gelogen?« Sie deutete auf die Zeichnungen, die zwischen uns auf dem Tisch lagen. »Was du hier siehst, ist doch etwas ganz anderes. Und wenn du es genau wissen willst: Das Modellsitzen hat mir sogar geholfen. Es hat mir das Gefühl gegeben, wieder selbst Entscheidungen treffen zu können. Ich fühlte mich *sicher*, Finn, durfte über meinen Körper *bestimmen*. Es war wieder *mein Körper*, nicht etwas, das an eine Horde Scheißkerle vermietet wurde.«

Ich hob hilflos die Hände. Wie konnte sie nur übersehen, was für mich so offensichtlich war – dass die Motive meines Vaters in jedem Fall anstößig gewesen waren, was er auch erzählt haben mochte. »Er hat mit allen geschlafen, beliebig. War vollkommen amoralisch. Du hast doch gehört, wie die Polizei über Sophia gesprochen hat – das Mädchen, das bei dem letzten Konvent ums Leben kam. Sie hat auch für ihn Modell gesessen. Er hatte zuerst Sex mit ihrer Mutter, dann mit Sophia selbst. Und das alles vor den Augen meiner Mutter.«

»Also, was wirfst du mir jetzt vor, Finn?«, erwiderte Roze wütend. »Willst du damit sagen, dass ich vor den Augen meiner Mutter mit ihrem vierundsechzigjährigen Mann Sex hatte? Falls du das wirklich denkst, fände ich das ekelhaft.«

»Genau das meine ich ja – er war ekelhaft.«

Roze schüttelte entschieden den Kopf. »Nicht gegenüber mir. Und auch nicht gegenüber Mama. Zumindest leugnest du es jetzt nicht mehr … du unterstellst mir das tatsächlich.«

»Nein!«, widersprach ich. Sie war im Denken viel zu schnell für mich, hatte auf alles eine Erwiderung, bevor ich einen klaren Gedanken gefasst hatte, was mich total verwirrte. Deshalb hielt ich starrsinnig an meiner Überzeugung fest – dass mein Vater ein verabscheuungswürdiger, selbstsüchtiger Lüstling gewesen war. »Ich sage nur, dass er bestimmt noch versucht hätte, dich anzubaggern, wenn er nicht vorher gestorben wäre.«

»Ich weigere mich, das zu glauben«, versetzte Roze ungerührt. »Ich habe nie etwas anderes als Respekt und Güte von ihm erfahren. Und nach allem, was ich durchgemacht habe, hätte ich gemerkt, wenn das nicht aufrichtig gewesen wäre.«

Ich schlug mir mit der Faust in die Handfläche, und Roze zuckte zusammen.

»Entschuldige. Das war … Ich sage ja nur, dass du zum Glück unversehrt davongekommen bist.«

Doch noch während ich das aussprach, wurde mir klar, dass

Subinspector Parera das unter Umständen ganz anders sehen würde.

Er würde vielleicht argumentieren: Wenn Ruensa gemerkt hätte, dass ihr Mann es auf ihre Tochter abgesehen hatte – für die Ruensa bereits ihr Leben in Albanien aufgegeben hatte, um sie vor weiterer sexueller Nötigung zu bewahren –, wäre das durchaus ein Mordmotiv.

Ich fügte hinzu: »Dir ist aber hoffentlich klar, dass du mir *erzählen* könntest, wenn mein Vater sich dir gegenüber unangemessen verhalten hat. Das würde an meinen Gefühlen für dich nichts ändern. Und im Übrigen auch nicht an meiner Meinung über ihn.«

»Ich weiß, Finn. Aber da war wirklich nichts. Können wir das Thema jetzt bitte beenden?«

»Okay.« Aber irgendetwas veranlasste mich dazu, noch zu fragen: »Was ist aus dem Gemälde geworden?«

»Welchem Gemälde?«, fragte sie stirnrunzelnd.

Ich deutete auf die Zeichnungen. »Dem Bild, für das er diese Skizzen angefertigt hat.«

Sie zuckte aufgebracht mit den Schultern. »Woher soll *ich* das wissen? Er hat nie ein Wort darüber verloren, deshalb habe ich angenommen, dass er es gar nicht gemalt, sondern sich auf die Landschaften konzentriert hat. Aber vielleicht hat er sich auch gedacht, dass andere das Bild genauso falsch deuten könnten wie du jetzt gerade.« Sie warf mir einen zornigen Blick zu. »Es enttäuscht mich jedenfalls enorm, dass du so was überhaupt denkst.«

Roze war für den restlichen Abend lang übellaunig, und da wir schlecht beide gleichzeitig wütend sein konnten, versuchte ich sie einfach in Ruhe zu lassen. Ruensa warf Roze einige erstaunte Blicke zu, sagte aber nichts. Es hatte den Anschein, als fürchte sich auch Ruensa ein wenig vor den Launen ihrer Tochter.

Beim Abendessen war Roze einsilbig und verkündete danach sofort, sie würde schlafen gehen. Als ich mich etwa eine Stunde später auch ins Bett legte, kehrte sie mir den Rücken zu und schlief bereits – oder tat zumindest sehr überzeugend so.

48

AM nächsten Morgen entschuldigte ich mich.

»Tut mir leid, wenn ich den Eindruck gemacht habe, als würde ich dir etwas vorwerfen. Ich habe einfach eine vorschnelle Schlussfolgerung gezogen, als ich diese Skizzen sah … Das war nicht richtig von mir.«

Roze seufzte. »Mir tut es auch leid. Ich war zu aufbrausend. Mir war schon klar, wie das auf Außenstehende wirken kann, deshalb habe ich es auch nie erwähnt. Aber dein Vater hat sich mir gegenüber immer nur professionell verhalten.«

Und so wurde das harmonische Gleichgewicht wiederhergestellt, was ich für ein gutes Zeichen hielt; irgendwo hatte ich mal gelesen, dass in der Psychologie effektive Konfliktlösung als einer der stärksten Indikatoren für eine erfolgreiche Ehe galt. Ich packte die Zeichnungen weg und versuchte, nicht daran zu denken, wie viel Zärtlichkeit, Verehrung beinahe, mein Vater mit den Kohlestiften zum Ausdruck gebracht hatte, während er Roze' nackten Körper zeichnete.

Ich war davon ausgegangen, dass unsere Hochzeit eine dürftige formelle Angelegenheit sein würde – ein argwöhnischer Standesbeamter, der die notwendigsten Floskeln sprach, das Minimum an Formalitäten, um unser Bündnis zu legalisieren. Aber Ferid riet uns zu einer richtigen Feier.

»Überlegt doch mal«, drängte er. »Ihr erschafft hier ein Narrativ – zwei Turteltauben, die sich so heftig verliebt haben, dass sie ganz schnell heiraten wollen. Damit diese Geschichte überzeugend wirkt, solltet ihr eine romantische Hochzeit haben.«

Ich musste natürlich nicht lange überredet werden und freute mich, dass Roze es auch zu genießen schien, unsere Trauung zu planen.

»Wir sollten beim Reinkommen Musik haben«, schlug Roze vor. »Den Song, auf den wir zum ersten Mal eng getanzt haben.«

»Und welcher war das?«

Roze überlegte einen Moment. »*A Sky Full of Stars* von Coldplay.«

»Ich wäre für *Fix You*«, sagte ich leise.

»Gut, dann *Fix You*«, stimmte sie lächelnd zu. »Den mag ich auch. Was ist mit dem Ehegelübde?«

»Wir sollten unsere eigenen schreiben, finde ich. Und sie uns aber natürlich vorher zeigen, damit wir sie angleichen können.«

»Meine Mutter und dein Vater haben bei der Trauung ein Handfasting-Ritual gemacht«, sagte Roze. »So was könnten wir auch machen – etwas Symbolisches.«

»Was, im Ernst? Das haben sie gemacht?« Ich sah Roze perplex an. Trotz der massiven Wandlung, die mein Vater offenbar in der Ehe mit Ruensa durchlaufen hatte, fand ich es ausgesprochen unwahrscheinlich, dass er einem Handfasting-Ritual zugestimmt hatte. Dabei wurden die Handgelenke der Eheleute mit bunten Bändern zusammengebunden, um lebenslange Verbundenheit zum Ausdruck zu bringen – so ein alberner Hokuspokus aus Wicca oder dem Druidentum oder irgendeinem anderen lächerlichen Auswuchs des Hippie-Lebensstils. Der AD duldete einiges dieser Art bei seinen Gästen, aber hauptsächlich, damit er sich selbst mit ätzendem Spott darüber auslassen konnte. Und ganz besonders verabscheute er Sentimentalität in jeder Form. In der Ehe mit meiner Mutter trug er nicht einmal einen Ring.

Nun war es natürlich denkbar, dass zu seiner Heirat mit Ruensa auch ein Narrativ geschaffen werden sollte. Falls ja – wer hatte das für notwendig erklärt? Ruensa? Ferid? Und was sagten diese Parallelen dann über meine eigene Hochzeit aus?

Meine Heirat mit Roze war natürlich ein Abenteuer, für das ich wagemutig bereit sein musste, mich ins Ungewisse zu stürzen; zu glauben, dass meine Liebe irgendwann in einem glückseligen Jenseits – dessen Existenz freilich unbewiesen war – erwidert werden würde. Für mich fühlte sich dieser Akt auch deshalb so kostbar an, weil er irrational war – Hingabe, so bedingungslos und ekstatisch wie bei einem Märtyrer.

Dennoch gab es einen Teil von mir, der auch noch immer nach der Wahrheit dürstete. Weil ich Roze liebte, wollte ich sie vollständig erkennen können; noch vollständiger als mein Vater, als er ihren nackten Körper betrachtete und die Spitze seines Kohlestifts aufs Papier setzte.

49

DOCH der Wunsch, die ganze Wahrheit kennen zu wollen, und die Möglichkeit, sich Informationen zu beschaffen, waren natürlich zweierlei. Bislang verfügte ich nur über Bruchstücke, so als hätte ich ein paar Puzzleteile in der Hand und versuchte, daraus auf das ganze Bild zu schließen.

Und dann tauchten unerwartet Teile auf, die nirgendwo hineinpassten. Was zum Beispiel hatte es zu bedeuten, dass ich im Baumarkt in Esporles – wo ich mehr Wandfarbe kaufen wollte – plötzlich eine Stimme mit amerikanischem Akzent hörte, die meinen Namen rief? »Finn? Finn, mein Lieber, bist du das wirklich?«

Ich drehte mich um. Es dauerte einen Moment, bis ich sie erkannte, weil sie so viele Schönheits-OPs gehabt hatte, dass sie mich mit den geschwollen wirkenden Lippen und hervortretenden Augen an einen grotesken Luftballon erinnerte. Der bunte Sarong und die zahlreichen Brillantringe, die an ihren Händen funkelten, lösten dann die Erinnerung aus, und ihr Name fiel mir wieder ein.

»Sandra!«, sagte ich. »Wie geht's dir?«

Die zweite Ehefrau meines Vaters umarmte mich überschwänglich. »Wie schön, dich zu sehen! Und wie traurig, was deinem armen Vater zugestoßen ist. Deshalb bist du sicher hier, oder?«

»Ja … schon«, antwortete ich ausweichend.

»Diese furchtbaren Frauen! Ist es dir gelungen, die loszuwerden?« Sandra sprach mit gesenkter Stimme weiter. »Ich habe darauf bestanden, an seiner Bestattung teilzunehmen. Das wollten die natürlich verhindern. Wollten seine Leiche möglichst schnell in diesen Ofen befördern, bevor die Polizei vielleicht doch noch eine Autopsie verlangen würde.«

»Ähm … hier wird ja allgemein sehr zügig bestattet«, erwiderte ich. »Innerhalb von achtundvierzig Stunden maximal. Diese Eile stammt wahrscheinlich noch aus der Zeit, als es keine Kühlung gab.«

Sandra machte eine ungeduldige Handbewegung. »Jimmy hätte das alles gehasst. Keine Musik, keine Trauerrede, nur das Nötigste. Und diese Frau, die mit kaltem Blick auf den Sarg starrte, als würde sie Jimmy gleich noch mal umbringen wollen. Ich war die Einzige, die da eine Träne vergossen hat, das kann ich dir sagen.«

Ich sah vermutlich erstaunt aus – nicht wegen ihres Berichts oder meiner Zweifel an ihren Empfindungen, sondern weil die Trennung von meinem Vater bitter und giftig gewesen war, soweit ich mich erinnern konnte.

»Na ja, ich habe ihn vermutlich länger gehasst als geliebt«, fügte sie hinzu. »Aber das Leben mit deinem Vater war zumindest nie langweilig. Seine Bestattung hätte ein großes Fest sein sollen, verstehst du! Ich habe mit so vielen Leuten gesprochen, die gerne dabei gewesen wären, aber das hat diese Person alles verhindert. Ich habe sie gefragt, wann die Totenwache sein würde, und sie sagte, sie würde mir Bescheid geben. Was sie dann aber nicht gemacht hat.«

»Das ist natürlich schade«, sagte ich. »Aber vielleicht sind Totenwachen in Albanien nicht üblich.«

»Und das auch noch – Albanien! Ich sehe vielleicht nicht so aus«, sie wies auf ihr wasserstoffblond gefärbtes Haar, »aber meine Eltern waren griechischer Abstammung, und ich spreche noch ziemlich gut Griechisch. Ich habe gehört, wie sich die beiden unterhalten haben, Mutter und Tochter. Wahrscheinlich dachten sie, keiner versteht sie. Aber ich bin mir sicher, dass sie Griechisch gesprochen haben. Die Tochter hat gefragt, wer die furchtbare Frau sei, und die Mutter hat geantwortet: ›Seine letzte Ehefrau, glaube ich.‹«

Dafür gab es natürlich eine einfache Erklärung.

»Nicht aus Griechenland«, sagte Roze. »Aus Nordepirus. Mamas Familie stammt aus einem Teil Albaniens im Süden, in dem Griechisch gesprochen wird. Da bin ich aufgewachsen. Unter kommunistischer Herrschaft wurde diese Gegend offiziell zur Region der griechischen Minderheit erklärt. An klaren Tagen konnte man von dort aus Korfu sehen, und alle Schulen waren zweisprachig. Ist genau so, wie die Leute hier Mallorquinisch sprechen, aber auch Katalanisch und Spanisch. Das heißt ja nur, dass sie sich mehreren Gruppen zugehörig fühlen. Wenn ungebildete Menschen wie Sandra das nicht kapieren, ist das nicht unser Problem. Und ja, kann sein, dass ich sie als furchtbare Frau bezeichnet habe.«

»Ah, verstehe«, sagte ich. Dennoch verwirrte mich das Ganze. Roze und ich hatten so viel über unsere Vergangenheit geredet – wieso war dieser Teil nie zur Sprache gekommen? Ich wusste, dass es in den Balkanländern eine große ethnische und sprachliche Vielfalt gab, Folge der Zersplitterung mehrerer antiker Reiche. Aber warum hatte Roze ihre griechischen Wurzeln nie erwähnt – zum Beispiel, als ich ihr ein paar Brocken Mallorquinisch beibrachte?

Weil ich mir das selbst nicht erklären konnte, sprach ich auch nicht darüber, als Subinspector Parera anrief. Er war außerdem inzwischen unser Feind, weshalb ich jedes Wort, das ich ihm gegenüber äußerte, sorgfältig vorher erwog.

Doch das Gespräch war ohnehin sehr kurz.

»Die Staatsanwaltschaft hat entschieden, dass nicht genügend Beweise für eine Anklage gegen Sie oder Ihre Verlobte vorliegen«, sagte er knapp. »Infolgedessen wird unsere Akte nicht geschlossen, sondern wir warten die weitere Entwicklung ab.«

»Und was genau bedeutet das für uns?«

»Dass wir nichts gegen Ihre geplante Heirat unternehmen werden.« Parera hielt einen Moment inne. »Falls sich allerdings im Verlauf der Ehe herausstellen sollte, dass sie nur dem Zweck dient, einem Ehepartner unbefristete Aufenthaltserlaubnis zu verschaffen, begehen Sie beide eine Straftat, in der wir ermitteln werden.«

Mir wurde fast schwindlig vor Erleichterung. »Danke.«

Parera schnaubte. »Verzeihen Sie mir, wenn ich Ihnen und Ihrer Braut nicht gratuliere. Ich möchte Ihnen im Gegenteil dringend raten, Ihr Vorhaben noch einmal zu überdenken. Sie haben immer noch Zeit, es sich anders zu überlegen.«

»Ich wünsche Ihnen einen angenehmen Tag, Subinspector«, sagte ich höflich und beendete das Gespräch. Dann ging ich in das Zimmer, das eines Tages unser Schlafzimmer sein sollte. Roze war gerade damit beschäftigt, dort Vorhänge anzubringen.

»Das war die Polizei«, sagte ich. »Wir können heiraten.«

Ihr Gesichtsausdruck war genauso, wie ich ihn mir erhofft hatte – sie riss überrascht den Mund auf, froh und glücklich. Dann fiel sie mir um den Hals, wir lachten und jubelten, und ich wirbelte sie im Kreis herum. Wir würden heiraten. Nun verlief doch zu guter Letzt alles nach Plan.

50

AM Tag vor der Hochzeit ging ich zu Tomàs in seine Kanzlei. Er empfing mich mit ernster Miene in seinem Büro – kein Gläschen Wein mehr im Lokal nebenan.

»Wenn du hier bist, um mich wegen meiner Kündigung umzustimmen – das ist nicht möglich«, sagte er schroff. »Da besteht inzwischen ein Interessenkonflikt.«

Ich schüttelte den Kopf. »Ich bin hier, weil morgen meine Hochzeit ist und ich dich einladen wollte. Da meine Mutter nicht mehr unter uns weilt, wäre es schön, wenn jemand stellvertretend für sie dabei sein würde.«

Tomàs betrachtete mich einen Moment lang. »Auch das wird mir leider nicht möglich sein. Unabhängig von meinen persönlichen Gefühlen muss ich in Betracht ziehen, dass hier mit hoher Wahrscheinlichkeit eine Straftat begangen wird. Deshalb kann ich aus beruflichen Gründen nicht teilnehmen.«

»Natürlich. Verstehe. Aber da ist noch etwas anderes.« Ich zog einen Umschlag aus meiner Jackentasche und reichte ihn Tomàs. »Ich möchte, dass du diese Kopie meines Testaments für mich aufbewahrst. Der Umschlag soll bis zu meinem Tod versiegelt bleiben.«

Tomàs betrachtete den Brief nachdenklich, während er ihn in Händen hielt. »Hast du das Testament notariell beglaubigen lassen?«

»Ja«, log ich.

»Gut.« Er legte den Umschlag beiseite. »Ich werde es mitsamt deiner Anweisung in unserem Safe aufbewahren.«

Als ich aufstand, fügte Tomàs hinzu: »Und, Finn, was ich noch sagen wollte ...«

»Ja?«

»Du wirst vermutlich erwidern, dass es mich nichts angeht, aber ... diese Verliebtheit ... die man auch als Obsession bezeichnen könnte – das ist nicht gesund, das musst du doch merken. Als Jugendlicher warst du immer mal sehr ... verknallt in Mädchen, nicht wahr? Das ist in diesem Alter üblich. Aber eine Ehe darf nicht auf kindischem Übermut beruhen. Sie ist so viel mehr – eine Partnerschaft, eine Vereinigung zwischen Menschen, die sich ebenbürtig sind. Und ein rechtliches Bündnis obendrein ... Was da zwischen dir und Roze auch sein mag – bitte mach es nicht noch komplizierter, indem du eine Ehe eingehst.«

»Du hast recht«, sagte ich. »Es geht dich nichts an.«

Und dann kam unser Hochzeitstag. Wir fuhren mit der alten Eisenbahn nach Palma, wie ich vorgeschlagen hatte. Roze hatte sich ein neues Kleid gekauft und hielt einen kleinen Brautstrauß mit Blumen von der Finca in Händen, ich trug den einzigen Anzug meines Vaters; ich war erstaunt, dass er überhaupt einen besaß, bis mir klar wurde, dass der Anzug vermutlich für seine Hochzeit mit Ruensa im Vorjahr angeschafft worden war.

Es war eine kurze, aber schöne Zeremonie. Als ich Roze den Ring an den Finger steckte, sprach ich das Gelübde, das ich entworfen hatte.

»Wie dieser Ring deinen Finger umschließt, so wird auch meine Liebe dich von nun an immer umschließen. Von diesem Tag an wird mein Herz deine Heimat sein und meine Zuneigung dein Zuhause. Ich schenke dir meine Bewunderung, meine

Hochachtung und meine Hingabe, von nun an allezeit, die wie dieser Ring keinen Anfang und kein Ende hat.«

Bei den letzten Worten rannen mir Tränen übers Gesicht, und als am Ende der Zeremonie zu den traditionellen spanischen Rufen »Que se besen! Que se besen!« – Sie sollen sich küssen! – meine Lippen zum ersten Mal die von Roze berührten, musste ich mir in Erinnerung rufen, dass wir uns offiziell schon x-mal geküsst hatten und ich mir keine Gier anmerken lassen durfte.

Als alle Dokumente unterzeichnet waren – ich merkte, wie Ferid, unser Trauzeuge, rasch einen Blick über unsere Schulter warf, um sicherzugehen, dass an der Heiratsurkunde alles korrekt war –, fuhren Roze und ich zu einem späten Lunch zur Finca zurück. Ruensa hatte sich für ein paar Tage anderswo einquartiert, damit wir ein paar »Flittertage« für uns haben konnten, und Alejandro und Aina kehrten ins Café in Cauzacs zurück.

Als wir uns der Finca näherten, stand ein uns unbekanntes Auto davor, das wie ein Mietwagen wirkte. Und nachdem wir ausgestiegen waren, sahen wir auch tatsächlich Papiere von Sixt auf dem Beifahrersitz.

»Hast du jemanden eingeladen?«, fragte ich Roze, die erstaunt den Kopf schüttelte.

In diesem Moment kam Jess um die Ecke. Sie warf einen Blick auf uns, registrierte Roze' Kleid, den Brautstrauß und meinen Anzug und sagte: »Oh Gott, komme ich zu spät? Ist es schon passiert?«

»Ich fürchte, du hast unsere Trauung versäumt, ja«, sagte ich leichthin. »Aber du kannst zu den Ersten gehören, die uns beglückwünschen.«

Jess fuhr sich mit beiden Händen übers Gesicht. »Oh verdammt. *Verdammt.* Tomàs hat mir gesagt, dass es zeitlich eng ist, aber ich hatte gehofft … wenn ich selber herkomme, um dich zu warnen …«

»Ich weiß genau, was ich tue«, erwiderte ich. »Es ist meine Entscheidung …«

»Nicht *dich*«, unterbrach mich Jess. »Ich bin nicht hier, um dich zu warnen, Finn.« Sie sah Roze an. »Ich denke, du hast gerade einen folgenschweren Fehler begangen.«

51

D AS ist doch lächerlich«, sagte ich.

»Hör mir bitte zu«, fuhr Jess fort, zu Roze gewandt. »Hat er dir schon von seiner Trennung von Lauren erzählt?«

Roze sah mich fragend an, und Jess fügte hinzu: »Seine vorherige Freundin. Ich vermute also, nicht. Sie musste vor Gericht ein Kontaktverbot gegen ihn beantragen.«

»Jess ist nur bitter«, sagte ich zu Roze, »weil ich nicht bereit bin, das Anwesen zu verkaufen. Deshalb wird sie natürlich versuchen, unsere Beziehung zu schädigen. Wenn Jess einen Keil zwischen uns treiben kann, bestehst du nach einem Jahr den Ehetest für deine Aufenthaltsgenehmigung nicht, und ich habe keinen Grund mehr, die Finca zu behalten.«

»Es gab eine Anhörung vor Gericht«, fuhr Jess unbeirrt fort. »Ich war dabei, um Finn zu unterstützen. Ich kenne ihn natürlich gut, aber sogar ich war geschockt. In der Woche, nachdem sich Lauren von ihm getrennt hatte, hat er ihr über sechshundert Textnachrichten geschickt.«

Ich schloss kurz die Augen. »Lauren wusste einfach nicht, was sie getan hat. Und sie hatte auch jede Menge falsche Gründe.«

»In einer der Nachrichten stand einfach nur: *Du siehst heute sehr hübsch aus.* Vor Gericht sagte Lauren, in diesem Moment sei ihr klar geworden, dass sie von Finn gestalkt wurde.«

»Ich bin ihr *gefolgt*«, sagte ich fest. »Das war kein *Stalking*. Ich habe nur darauf geachtet, dass sie nach ihrer Spätschicht im Krankenhaus sicher nach Hause kommt, mehr nicht. Hör auf, alles so verfälscht darzustellen wie sie.«

»Dann stand er an ihrer Wohnungstür und hat fünfundvierzig Minuten lang ununterbrochen geklingelt.«

»Wenn sie früher aufgemacht hätte, wäre das gar nicht nötig gewesen«, wandte ich ein. »Wir mussten dringend reden.«

»Und das war durchaus nicht das erste Mal, dass so was passiert ist«, sagte Jess. »Finn hat ein Muster, verstehst du. Er guckt sich bedürftige Frauen aus – verkrachte Existenzen, pflegte unsere Mutter zu sagen. Drogensüchtige, Stripperinnen, Magersüchtige, psychisch instabile Frauen, die gerade verlassen wurden … Er hat gerne ein Projekt. Jemanden, den er retten und aufpäppeln kann. Aber wehe, wenn die Frau dann wieder zu sich kommt und beschließt, dass sie nicht mehr gerettet werden möchte.«

Jetzt wurde ich wütend. »Und das aus dem Mund einer Frau, die jahrelang in Therapie war. Um herauszufinden, warum sie eine nymphomanische Schlampe ist.«

»Danke, Bruder«, erwiderte Jess ruhig und sagte dann zu Roze: »Ja, ich hatte Therapien. Hauptsächlich wegen dem, was sich *hier* ereignet hat.« Sie zeigte auf die Finca. »Ich fühlte mich jahrelang dazu verpflichtet, mich mit fast jedem einzulassen, der Sex mit mir wollte. Und es dauerte lange, bis mir klar wurde, dass ich im Grunde selbst sexuell missbraucht worden bin. Dazu muss man wissen, dass bis vor acht Jahren das Alter der sexuellen Mündigkeit in Spanien bei dreizehn Jahren lag. Und die Leute, die hier im Haus verkehrten, praktizierten alle das, was sie ›freie Liebe‹ nannten. Womit letztlich gemeint war, frei für *sie*.« Sie warf einen Blick auf mich. »Hat Finn dir erzählt, warum wir nach England zurückgegangen sind?«

»Er sagte, weil eure Mutter endgültig genug hatte«, antwortete Roze leise.

»In gewisser Weise stimmt das auch. Aber es war nicht unser Vater, von dem sie genug hatte. Er hatte Sex mit einem Mädchen gehabt, das nur wenige Jahre älter als ich war, aber das lag schon zurück. Das Problem war, dass Finn in dieses Mädchen verliebt war.« Jess hielt inne. »Sie wurde tot aufgefunden. Jemand hatte ihren Drink mit einer Überdosis Ecstasy versetzt. Finn hatte ihr den gegeben.«

»Roze …«, drängte ich. »Du weißt, dass ich immer an dich geglaubt habe. Sogar als ich den Verdacht hatte, dass du lügst, habe ich mich nicht von dir abgewendet. Was hattest du mal zu mir gesagt? ›Manchmal solltest du dich entscheiden, wem du glauben willst.‹ Und ich habe mich für dich entschieden. Jetzt musst du dich auch für mich entscheiden. Hör dir diese erbärmlichen Anschuldigungen nicht länger an. Jess ist nur neidisch, weil wir jetzt das Anwesen haben. Das ist typisch für Geschwister – sie wird dir alles erzählen, so verletzend es auch sein mag, um an ihren Anteil zu kommen.«

Roze blieb stumm und rührte sich nicht. Sie schien ausnahmsweise nicht zu wissen, was sie als Nächstes tun sollte.

»Du kennst mich doch«, fügte ich hinzu. »Du weißt, was für ein Mensch ich bin. Wie soll ich denn zu so etwas Schlimmem überhaupt fähig sein?«

»Sie war meine Freundin, Finn«, sagte Jess. »Sophia war meine Freundin, und als sie nicht mit dir Sex haben wollte und du herausgefunden hast, mit wem sie tatsächlich schlief, hast du sie umgebracht. *Deshalb* ist unsere Mutter mit uns abgehauen – die Leute fingen an, Fragen zu stellen.«

»Das ist alles überhaupt nicht wahr«, sagte ich zu Roze.

»Es ist eine Form von Bindungsstörung«, sprach Jess weiter. »Stalking, meine ich. Und meine Hypersexualität war auch eine Variante davon. Wir sind ohne stabile Elternbeziehung aufgewachsen, mit einem narzisstischen trunksüchtigen Tyrannen und einer Frau, die ein klassisches Opfer war. Und das hat uns beide kaputt gemacht.«

»Sprich für dich selbst, lass mich da raus«, sagte ich.

»Finn wollte immer hilflose Opfer retten, aber wenn sie das nicht mehr wollten, wurden sie *seine* Opfer. Was er natürlich nicht so sieht – er glaubt, dass er sie vor sich selbst rettet. Und dann wird er zum Aggressor – wie unser Vater, aber mit Heiligenschein. Weil er immer besser als die Frauen selbst weiß, was sie brauchen. Kommt dir das bekannt vor?«

Roze runzelte die Stirn, und ich sah förmlich, wie es in ihrem Gehirn arbeitete.

»Geh ins Haus«, sagte ich zu ihr. »Ich möchte nicht, dass du dir dieses giftige Gerede weiter anhören musst.«

»Nein!«, erwiderte Roze. »Ich muss etwas sagen, Finn, und das musst du hören.« Sie wandte sich zu Jess. »Danke fürs Herkommen. Ich weiß, dass du es gut meinst. Ich bin selbst Opfer von sexuellem Missbrauch und dankbar für deine Unterstützung. Aber ich kenne den Mann, den ich geheiratet habe. Er ist lieb und gut – ansonsten hätte ich mich gar nicht in ihn verliebt. Und ich liebe ihn wirklich, was Tomàs dir auch erzählt haben mag. Deshalb stehe ich zu Finn. Ich hoffe, dass wir beide eines Tages Freundinnen sein können. Aber heute ergreife ich seine Partei.«

Sie hakte sich bei mir ein, und ich empfand ein überwältigendes Triumphgefühl – Triumph und Liebe. Wir hielten zusammen. Wir hatten gesiegt.

Jess starrte Roze einen Moment lang an. Dann wandte sie sich ohne ein weiteres Wort ab und ging zu ihrem Wagen.

52

WIR traten ins Haus. Ruensa hatte Essen für uns gekocht, das im Kühlschrank stand – Bratenaufschnitt und *Tombet*. Ich erinnerte mich dunkel, dass es das traditionelle Hochzeitsfrühstück war, und fragte mich, wie viele Besitzer der Finca Síquia wohl schon vor uns als Frischvermählte ins Haus zurückgekehrt waren. Ich empfand mich in diesem Moment als einer langen Tradition zugehörig. Früher wäre es dann in der Hochzeitsnacht zur Entjungferung gekommen – auch ein traditionelles Ritual.

Da Roze ungewöhnlich still war, fragte ich sie: »Ist alles okay?« Nach der – längst überfälligen – Konfrontation mit Jess hatte ich immer noch Herzklopfen und befand mich in einer Art Adrenalinrausch. Oder war ich einfach vor Glück berauscht? Schließlich hatte meine Frau gerade meiner Schwester, meiner einzigen verbliebenen Familie, mitgeteilt, dass sie mich liebe.

»Wie viel von dieser Geschichte ist wahr?«, fragte Roze. »Über deinen Vater und dieses Mädchen, meine ich.«

Ich goss mir ein großes Glas Wein ein, um mich zu beruhigen. »Ich hatte Sophia sehr gern«, gab ich zu. »Ihre Mutter, Nina, war eine typische Hippie-Braut – sie hatte Sophia mit hierhergeschleppt, obwohl sie eigentlich für Prüfungen hätte lernen müssen. Und es war so, wie ich dir bereits erzählt habe – zuerst schlief Nina mit meinem Vater, dann brachte er Sophia dazu, für ihn nackt Modell zu stehen. Ich hatte mir damals gesagt, bestimmt würde sich nicht das Gleiche wie immer wiederholen, weil ja auch die Mutter anwesend war. Aber so etwas hielt meinen Vater von nichts ab – im Gegenteil, es reizte ihn, die Mutter und die Tochter zu haben. Dieser Teil der Geschichte stimmt also. Aber dass ich Sophia umgebracht haben soll – das ist absurd. Und was Jess sonst noch so erzählt hat, von wegen Kontaktverbot und so – ich habe einfach in einigen Beziehungen Pech gehabt. Ich habe das deiner Mutter ja auch schon erklärt, als sie wissen wollte, warum ich Single war – ich will manchmal mehr von einer Beziehung als die andere Person. Deshalb ist es, ehrlich gesagt, auch so schön für mich zu wissen, dass du ebenso intensiv mit mir verheiratet sein willst wie ich mit dir.«

Sie warf mir einen seltsamen Blick zu. »Ich bin dir sehr dankbar, weil du mir hilfst, Finn. Aber wie gesagt: Ich möchte nicht verantwortlich dafür sein, wenn du verletzt wirst.«

»Das wird doch nicht passieren.« Ich strich ihr über den Arm. »Im Grunde bin ich froh, dass Jess dir das alles erzählt hat. Jetzt gibt es keine Geheimnisse mehr, das macht alles einfacher. Und auch noch genau zum richtigen Zeitpunkt.«

Roze runzelte die Stirn. »Was meinst du damit?«

»Um die Ehe zu vollziehen.« Ein weiterer altertümlicher Ausdruck, der mit Traditionen zu tun hatte.

Sie seufzte. »Finn, ich hatte doch deutlich klargestellt, dass das nicht Teil unseres Arrangements ist.«

»Ich denke, dass du geheilt bist«, erwiderte ich ruhig. »Ich denke, du bist bereit dafür. Aber das wirst du erst dann genau wissen, wenn du es ausprobierst.«

Roze schüttelte den Kopf. »Ich mag dich sehr«, sagte sie fest. »Aber nicht auf diese Art. Ich glaube nicht, dass ich noch jemals einen Mann …«

»Ja«, unterbrach ich sie, »ich weiß. Aber du musst mir in dieser Hinsicht vertrauen, wie bei so vielen anderen Dingen auch.«

Wenn man die Brotkrumen für einen Baummarder oder eine Baumratte ausgelegt und das Tier genügend Vertrauen entwickelt hat, um sie zu fressen, gibt es einen Moment, in dem man mutig sein muss – dann muss man es packen. Beim ersten Mal wehrt sich das Tier natürlich, aber man muss es hartnäckig so lange festhalten, bis es merkt, dass Widerstand zwecklos ist. Dann kann man ihm wieder einen Happen zeigen und den Griff lockern, während man mit der anderen Hand weiterstreichelt. Erst wenn das Tier begreift, dass es gar nicht so schlecht ist, gestreichelt zu werden, gewinnt es wirklich Vertrauen, und man kann anfangen, es zu zähmen.

»Daran hast du vielleicht noch nicht gedacht«, sagte ich, während ich sachte Roze' Handgelenk umfasste, »aber wenn ich innerhalb der nächsten zwölf Monate bei Subinspector Parera anrufe und ihm mitteile, dass wir uns getrennt haben, wirst du nach Albanien zurückgeschickt. Und das auch nur, wenn du Glück hast. Wenn ich ihm überdies sage, dass die Ehe nur vorgetäuscht ist, wird er vermutlich auch noch eine offizielle Ermittlung wegen der Todesumstände meines Vaters einleiten.«

Roze starrte mich mit großen Augen an.

»Und du, Finn?«, sagte sie dann. »Wann ist *dir* das alles eingefallen? Gerade eben? Letzte Nacht? Oder hattest du dir das schon von Anfang an so ausgedacht?«

Sie versuchte ihren Arm wegzuziehen, aber ich hielt ihn fest. »Ich will es mal so sagen: Als ich dir den Verlobungsring an den Finger gesteckt habe, war das nicht nur Spielerei. Ich wusste, dass es irgendwann zu diesem Gespräch kommen würde. Allerdings hatte ich gehofft, nicht so unverblümt sein zu müssen – es wäre alles viel einfacher, wenn du etwas flexibler wärst. Es ist also letztlich deine eigene Schuld.«

»*Schuld?*«, wiederholte sie. »Woran soll ich denn schuld sein?«

»Und übrigens«, fügte ich hinzu, ohne zu antworten, »Ich

weiß noch immer nicht genau, was mit meinem Vater passiert ist, aber je mehr ich erfahre, desto verdächtiger erscheint mir sein Tod. Deshalb habe ich die Vorsichtsmaßnahme ergriffen, bei meinem Anwalt einen Umschlag zu hinterlegen, der geöffnet werden soll, falls ich selbst zu Tode kommen sollte. Darin befindet sich ein Brief an Subinspector Parera, in dem alles steht, was er wissen muss – über meinen Vater und deine Mutter, über seinen Rückfall ins Trinken, über die Scheinehe zwischen mir und dir. Der Umschlag enthält sogar Ferids Entwurf der E-Mail, die ich an Jess geschickt habe – damit seine Rolle bei alldem auch klar ist.«

Ich sah ihr an, wie sie das alles verarbeitete und nach einem Fluchtweg Ausschau hielt. Bislang hatte sie immer einen gefunden. Es war sicher schlimm zu merken, dass es diesmal keinen gab.

»Was willst du, Finn?«, fragte sie schließlich. »Warum sagst du das alles?«

»Ganz einfach: Ich will, dass du mich liebst. Richtig, meine ich.«

Sie schüttelte den Kopf. »Aber das ist eben nicht so. Nicht, wie du dir das vorstellst.«

»Ich bin aber fest davon überzeugt, dass du das kannst.« Ich ließ ihren Arm los, aber sie zog ihn nicht zurück. »Ich glaube, dass du selbst dich dazu bringen kannst. Es heißt ja nicht umsonst ›Fake it till you make it‹. Außerdem … ist mir bei unseren kleinen Spielchen letzte Woche aufgefallen, dass sich das alles für mich genauso toll anfühlt, wenn es nur vorgetäuscht ist. Dass ich darüber hinwegsehen kann, wenn manchmal nicht alles hundertprozentig echt ist.«

»Nicht manchmal, sondern *immer*«, sagte sie entschieden. »Es ist *nie* echt, Finn. Was du da gerade ansprichst, wäre Vergewaltigung.«

»Nein.« Ich schüttelte hartnäckig den Kopf. »Es wäre eine

Übereinkunft. Wie gesagt – bleib ein Jahr und einen Tag mit mir zusammen, dann hast du deine unbefristete Aufenthaltserlaubnis. Nichts anderes ist ja letztlich auch die Heirat – ein Vertrag zwischen zwei Parteien. Ein *Gelübde.*«

Wie dieser Ring deinen Finger umschließt, so wird auch meine Liebe dich von nun immer umschließen …

»Und wie oft würdest du mich also vergewaltigen wollen, Finn?«, erwiderte Roze. »Einmal? Jeden Monat? Jede Woche? Täglich? Denn erzwungener Sex ist immer Vergewaltigung, so sehr du auch versuchst, dir etwas anderes vorzumachen.«

»Benutze dieses Wort nie wieder«, sagte ich scharf. Sie musste einfach begreifen, wie ab jetzt alles zwischen uns laufen würde. »Das verbiete ich dir. Und außerdem stimmt es nicht. Ich liebe dich aufrichtig.«

»*Liebe?* Und so zeigst du mir die?«, fragte sie fassungslos.

»Du musst einfach akzeptieren, dass ich manchmal etwas besser weiß.« Ich brachte ein Lächeln zustande. »Wie als du unbedingt auf der Yogamatte schlafen wolltest. Oder mir den Ring zurückgeben wolltest. Oder Guillem heiraten … Du musst meiner Urteilskraft vertrauen.«

»Vertrauen!«, rief sie aus. »Wenn alles, was du gerade geäußert hast, aufs Gegenteil verweist – dass ich nämlich unsäglich dumm war, dir zu vertrauen!«

Ich zuckte mit den Schultern. »Du hast dich für so schlau gehalten. Ihr beide, du und meine Mutter – wie ihr mich in die Falle gelockt habt. Dennoch verzeihe ich euch das – ich verzeihe euch alles. Aber jetzt ist das Spiel aus. König schlägt Dame.«

»*In die Falle gelockt?* So siehst du das?« Sie schüttelte den Kopf. »Es ist genau umgekehrt. Du hast *mich* manipuliert und getäuscht, Finn. Ich dachte, du seist mein Freund – mein *Stiefbruder –*, und dabei hattest du die ganze Zeit eine bestimmte Absicht, wie beim Grooming. Und das, obwohl du genau weißt, was ich durchgemacht habe … Wie kannst du das bloß mit deinem Gewissen vereinbaren?«

»Ich weiß einfach genau, dass es dich heilen wird«, antwortete ich. »Und jemanden zu lieben hat nichts mit Grooming zu tun. Wenn du geliebt wirst – mit Achtung behandelt von einer Person, die nur dein Bestes will –, wirst du gestärkt. Davon bin ich fest überzeugt.«

»Großer Gott«, sagte sie. »Deine Schwester hat völlig recht. Du hast dir eingeredet, dass ich ein Projekt für dich bin. Bei dem ich selbst nichts mehr bestimmen darf.«

»Weil ich weiß, dass es das Beste für dich sein wird«, erwiderte ich. »Ich meine, ich habe jetzt alle Trümpfe auf der Hand, deshalb musst du natürlich alles tun, was ich dir sage – das ist die Grundbedingung. Aber ich glaube fest daran, dass es zu deinem Guten sein wird, wenn wir erst mal diese Anfangshürden genommen haben.«

»Den Freiern im Bordell war wenigstens klar, dass sie mich nur für Sex benutzt haben. Die befanden es nicht für nötig, das mit heuchlerischem Gerede zu kaschieren.«

»Jetzt reicht's«, sagte ich schneidend. »Du verdirbst die Stimmung.«

»Stimmung? Was für eine Stimmung denn?«

»Das ist der glücklichste Tag meines Lebens.«

Roze seufzte. »Du lebst in einer Parallelwelt, Finn – ich hoffe, du merkst das. So können wir auf keinen Fall ein ganzes Jahr zusammen verbringen.«

»Wie man sich bettet, so liegt man.« Ich warf ihr ein aufmunterndes Lächeln zu. »Du wirst sicher erst duschen wollen. Ich lasse dir fünf Minuten Zeit, bevor ich reinkomme, ja?«

Sie starrte mich lange wortlos an. Dann hatte es den Anschein, als gäbe sie jeden Widerstand auf. Sie schien förmlich in sich zusammenzusinken. Dieser Zustand war mir vertraut – es war der Moment, in dem das Tier den Kampf aufgab und schon beinahe gezähmt war.

»Okay«, sagte sie schließlich. »Wird wohl kaum schlimmer sein als alles, was ich schon erlebt habe. In fünf Minuten also.«

IN den fünf Minuten machte ich mich über das *Tombet* her, aß es direkt aus der Auflaufform – dass so viele meiner Pläne an einem einzigen Tag verwirklicht wurden, war anstrengend und hatte mich hungrig gemacht. Dann ging ich zum Gästehaus.

Es war still in der *caseta*, aber ich hörte, dass die Dusche lief. Ich zog mich aus, legte mich ins Bett und lauschte mit einem kleinen Lächeln auf den Lippen dem Rauschen des Wassers. Da es mir jetzt zustand, beschloss ich dann, zu ihr in die Dusche zu gehen.

Als ich ins Badezimmer kam, sah ich – eine leere Duschkabine. Auf dem beschlagenen Spiegel stand *Fick dich, Finn.*

Hastig zog ich mich wieder an und rannte nach draußen. Ich hatte das Auto nicht gehört, aber vielleicht war mir irgendwie entgangen, dass sie weggefahren war.

Doch das Auto stand vor dem Haus. Ich lachte fast vor Erleichterung, als ich merkte, dass ich die Schüssel noch in der Tasche hatte. Ich war gar nicht dazu gekommen, sie zu den anderen an den Haken in der Küche zu hängen.

Ich entspannte mich. Roze war also irgendwo im Haus oder auf dem Gelände. Früher oder später musste sie aus ihrem Versteck herauskommen. Aber weil ich ungeduldig war – und endlich zu meinem Recht kommen wollte –, begann ich nach ihr zu suchen.

»Roze? Roze?«, rief ich dabei. »Dir ist doch klar, dass das

sinnlos ist, oder? Es ändert rein gar nichts, wenn du dich vor mir versteckst. Es ist einfach so, dass du mich das ganze nächste Jahr lang mehr brauchst als ich dich.«

Stille.

Dann kam mir ein furchtbarer Gedanke. Ich rannte in den Flur, wo das Gewehr meines Vaters stand, zusammen mit dem Rucksack, mit dem Roze schon hatte fliehen wollen, als die Vogelbeobachter aufgetaucht waren.

Beides war verschwunden.

Deshalb ist mein Plan, mich in den Bergen zu verstecken …

Ich lief wieder nach draußen und blickte zum Berg hoch, der hinter der Finca aufragte, rötlich im Licht der untergehenden Sonne.

Irgendwo dort oben war Roze. Und sie hatte zwanzig Minuten Vorsprung.

DIE Serra de Tramuntana ist ein Gebirgszug mit zig Berggipfeln, der zwar nur neun Kilometer breit ist, sich aber von Andratx an der Westküste bis nach Pollença im Osten erstreckt, über eine Distanz von circa neunzig Kilometern. Der Puig de Galatzó, der Berg, der hinter der Finca Síquia aufragt, ist über tausend Meter hoch, aber die höchste Erhebung des Gebirges befindet sich im Osten der Insel. Früher waren Dörfer wie unseres nur per Boot zugänglich oder aber über die alten Maultierpfade, die sich durch die zerklüfteten Felsen wanden. Manche Wege waren nur schmale Pfade, andere dagegen imposante Konstruktionen aus Steinquadern zwischen Trockenmauern, vor tausend Jahren von den Mauren angelegt. Diese Wege waren gerade breit genug, dass zwei Maultiere aneinander vorbeikamen, und zur leichteren Begehbarkeit für die Tiere alle paar Meter mit Treppenstufen versehen. *Wirklich? Du kennst dich so gut mit Geschichte aus, Finn.*

Die Wege kreuzten sich immer wieder und glichen deshalb fast einem Labyrinth. Man konnte über dieses verzweigte System fast überall hinkommen, verirrte sich aber auch leicht, da es nur wenige Wegweiser gab.

Die Pfade in der Nähe von Cauzacs kannte ich wie meine Westentasche. Aber die Frage war natürlich, wo Roze hinwollte. Mir fiel wieder ein, was sie gesagt hatte, als ich sie auf den Rucksack angesprochen hatte:

Dort kommt man mit keinem Fahrzeug hin, da gibt es nur die alten Maultierpfade, in mehrere Richtungen. Oder ich bleibe da einfach, bis die aufgeben.

Und an meinem ersten Abend auf der Finca hatte Ruensa gesagt: *Die Wege führen bis nach Esporles.*

Esporles. Es wäre sinnvoll, in diese Richtung zu gehen, denn der Weg war einer der breitesten und gut ausgeschildert. Ich könnte einfach dorthin fahren, ihr dann entgegenkommen.

Ich sah vor mir, wie verblüfft sie sein würde, wenn ich anspaziert kam und sagte: *Ah, hallo, Schatz. Wolltest du eine kleine Wanderung machen?*

Kurz entschlossen marschierte ich zum Auto, blieb dann aber stehen. War das zu einfach? Ich kannte Roze inzwischen gut; würde sie sich etwas Raffinierteres überlegt haben?

Wenn sie nun bereits damals mit ihrer Aussage bestimmte Absichten verfolgt hatte, die auf eine Situation wie diese abzielten? Wenn sie schon die ganze Zeit, während ich meinen Vogelleim herstellte, ein Nebelnetz gewoben hatte – Lügenfäden, so fein, dass ich sie nicht erkennen konnte?

Nein, sie würde nicht Esporles ansteuern, sagte ich mir.

Roze würde weiter hinauf in die Berge steigen. Zum Gipfel – dort fühlte sie sich garantiert am sichersten.

Was ein Irrtum war, aber das konnte sie noch nicht wissen.

Ich brach auf und bog unten an der Straße nicht Richtung Dorf ab, sondern fuhr weiter den Berg hinauf. Carrer de Síquia verlief im Zickzack an zwei weiteren Anwesen vorbei und endete dann – allerdings nicht als Sackgasse. Ein Trampelpfad führte in einem Pinienwald zum Coll de Cauzacs, einem gepflasterten Maultierpfad auf einem Joch zwischen dem Puig de Galatzó und dem benachbarten Berg.

Trotz des Allradantriebs tat sich der Wagen schwer in den engen, steilen Kurven. Und nachdem ich das letzte Anwesen hinter

mir gelassen hatte – eine Finca, die mit einem hohen Stachel-
drahtzaun und Wachhunden gesichert war –, kam ich noch langsamer vorwärts. Alle paar Meter setzte der Wagen auf Steinen
auf, und die Schlaglöcher waren so tief, dass ich fürchtete stecken
zu bleiben.

Schließlich ließ ich den Wagen stehen und machte mich zu
Fuß auf den Weg.

Der Wald hier oben wurde nur teilweise bewirtschaftet – ver-
lassene Steinhäuser, die wieder zu dem Berggestein zerfielen, aus
dem sie gebaut worden waren, wiesen auf Orte hin, wo frühere Generationen den ungleichen Kampf mit der Natur aufgegeben hatten. Wenn ich Roze gefunden hatte, beschloss ich, würde ich sie mit
in eine dieser Ruinen nehmen und dort übernachten. Das war einfacher, als sie wieder in die Finca Síquia zu befördern – und außerdem kam die Abgeschiedenheit dem zugute, was ich vorhatte.

Dass Roze bewaffnet war, machte mir wenig Sorgen – die
Schrotflinte taugte zu kaum mehr als dem Erlegen eines Kaninchens. Außerdem konnte Roze nicht riskieren, mich mit einer
Schrotflinte zu töten, die auch noch so leicht zu identifizieren
war. Sollte Roze mir mit dem Ding drohen, würde ich lachen und
es ihr aus der Hand reißen, nahm ich mir vor.

Ich ging schnell, aber den Maultierpfad auf dem Joch erreichte
ich dennoch erst nach einigen Stunden. In der einen Richtung
schlängelte er sich abwärts nach Esporles, in der anderen Richtung zum Puig de Galatzó. Ich ging in diese Richtung weiter.

Nach etwa vierzig Minuten kam ich zu einer Stelle, wo ein
schmaler Pfad nach rechts abzweigte. Daneben hatten Wande-
rer Steine aufgehäuft, um den Weg zum Gipfel zu markieren.
Ich blieb stehen. Nach oben oder nach unten? Wieder versuchte
ich, mich in Roze hineinzuversetzen. Aber die Frage war natürlich auch, auf welchem Weg ich die größte Chance hatte, sie
zu erwischen. Wenn sie den Maultierpfad abwärts genommen

hatte, würde ich sie womöglich erst am nächsten Morgen einholen. Wenn sie dagegen zum Gipfel gegangen war, würde sie in der Falle sitzen, konnte nirgendwohin mehr ausweichen.

Ich ging nach oben. Dieser Weg war viel steiler und mit dem Maultierpfad, der sich um den Berg herumwand, gar nicht zu vergleichen. Ich musste mich zwischen Felsen hindurchzwängen und über schmale Plateaus auf steilen Klippen balancieren; mehrmals wäre ich um ein Haar über lose Steine gestolpert, und Geröll, das sich gelöst hatte, prasselte in die Tiefe.

Dann blieb ich abrupt stehen, denn mir rollte ein kleinerer Stein vor die Füße, der von weiter oben heruntergefallen war. Er musste sich oben am Hang gelöst haben, wo der Pfad sich weiter Richtung Gipfel schlängelte.

Natürlich konnten dort Bergziegen unterwegs sein. Aber die waren zum einen enorm trittsicher, und zum anderen fanden sie so weit oben kaum noch Futter.

Entschlossen ging ich weiter, möglichst geräuschlos. Vor mir kam ein Felsüberhang, dann zwängte ich mich durch eine weitere schmale Spalte und dahinter …

Plötzlich krachte ein Felsbrocken von der Größe eines Fußballs auf den Weg. Als ich nach oben schaute, sah ich Roze' Gesicht – sie kniete neben einem Steinhaufen auf einem Felsvorsprung. Und griff bereits nach dem nächsten großen Stein, den sie dann über den Rand fallen ließ. Ich konnte gerade noch rechtzeitig beiseitespringen und schaute dem Ding hinterher, als es den Abhang hinunterrollte. Es war groß genug, um mir den Schädel zu zertrümmern.

»Wer ist jetzt das Opfer, Finn?«, schrie Roze. »Wer muss gerettet werden? Fick dich ins Knie!«

Der nächste Brocken kam angeflogen. Dann sah ich, wie sie auf allen vieren den Hang hinaufkraxelte, schnell wie ein Affe. Verfluchtes Pilates.

Ich dachte fieberhaft nach. Sie musste sich überlegt haben, dass man eine Schusswunde wohl kaum leugnen konnte, dass aber ein Unfall durch Steinschlag jederzeit möglich war. Den Umschlag bei Tomàs gab es natürlich auch noch, aber wahrscheinlich war ihr sogar dafür irgendeine Lösung eingefallen.

Jetzt blieb ich dicht an der Bergseite, wo ich einigermaßen geschützt war, huschte unter den letzten Felsüberhang und setzte mich dorthin, um abzuwarten. Es war zwar Spätsommer, aber in dieser Höhe würde es bald eiskalt werden, kaum über dem Gefrierpunkt. Dann musste Roze zwangsläufig herunterkommen.

Plötzlich hörte ich ein eigenartiges Geräusch, eine Art Rasseln und Klappern, das sich schnell näherte, und schaute auf.

Mit einem Schrei raste Roze auf einem Mountainbike an mir vorbei den Weg hinunter. Sie musste es irgendwann hier oben zwischen den Felsen versteckt haben.

Einen Moment lang verfluchte ich mich, weil mir diese Möglichkeit nicht eingefallen war. Doch dann rief ich mich zur Vernunft und sagte mir, dass ein Fahrrad ihr hier nicht viel nützen würde. Sie konnte damit vielleicht schneller als ich auf der Finca Síquia sein, aber wozu, wenn sie dort kein Auto hatte? Und auf der Straße würde ich sie problemlos einholen. Dieser Plan war sinnlos …

Doch dann wurde mir klar, dass sie gar nicht vorhatte, zur Finca zurückzukehren. Und sie fuhr auch nicht nach unten – zumindest nicht auf dem Weg, auf dem sie heraufgekommen war.

Sondern umrundete den Berg.

Wenn sie wieder zu den Maultierpfaden kam, konnte sie problemlos an der Südflanke des Bergs zu dem kleinen Dorf Puigpunyent fahren, wo sie das Rad stehen lassen und einen Bus nach Palma nehmen konnte – was sie aber auch mit einer weiteren halbe Stunde Radtour erreichen würde.

Das war ein kluger, sogar genialer Plan, aber mir leuchtete noch immer das Ziel nicht ein …

Die einzige Alternative ist unterzutauchen … Ferid meint, je schneller, desto besser … Das hat er mir schon länger geraten. Aber ich habe es … hinausgeschoben.

Dann wurde mir schlagartig klar, wie ungeheuer klug ihr Plan war. Ich würde Stunden brauchen, um zum Auto zurückzukommen – durch den Einbruch der Dunkelheit womöglich noch länger. Danach eine halbe Stunde Fahrt auf dem holprigen Waldweg. Wenn ich Cauzacs erreicht hatte, würde ich auf den Bergstraßen weitere fünfzig Minuten bis nach Palma brauchen. Bis ich dort ankam, würde Roze längst mit Fähre oder Flugzeug nach Valencia oder Madrid unterwegs sein.

Meine einzige Chance bestand darin, sie aufzuhalten, bevor sie die Maultierpfade erreichte.

Ich wusste, dass es ganz in der Nähe einen Bach gab, der im Frühjahr voller Schmelzwasser, im Sommer aber ausgetrocknet war. Er kreuzte an mehreren Stellen diesen Bergweg. Wenn ich in dem Bachbett bergabwärts lief, gab es noch die kleine – winzige – Chance, Roze aufzuhalten.

Ich raste zu der Rinne, die der Bach hinterlassen hatte, sprang hinein, ohne innezuhalten, und rannte dann den Hang hinunter, wobei ich an dem steilen Abhang schneller und immer schneller wurde. Dabei spürte ich, dass ich jetzt vollkommen entfesselt war. Aber es fühlte sich an wie in den Momenten, als ich den Ring gekauft oder als ich Roze meine Liebe gestanden hatte: alles oder nichts. Mich von der Schwerkraft hangabwärts reißen lassen oder meine heiß geliebte Roze für immer verlieren.

Die Felsbrocken am Boden konnte ich kaum noch erkennen, wäre mehrmals beinahe gestürzt, blieb aber auf den Beinen und lachte triumphal, während ich weiter an Tempo zulegte, mit den Armen ruderte und meine Füße sich wie von selbst bewegten.

Mir war, als könne ich zwei Räder erkennen, eine Gestalt, über den Lenker gebeugt, und ich rannte noch schneller. Stürzte oder flog ich? Sauste oder schlitterte ich? Dann kollidierte meine Fußspitze mit einem Felsbrocken, der Berg stellte sich gegen mich, das verdammte Ungeheuer, und es gab keinen Zweifel mehr – einen kurzen furchterregenden Moment lang *flog* ich tatsächlich, aber noch konnte alles gut gehen alles gut gehen alles gut gehen ... Doch dann prallte ich mit dem Kopf auf einen Stein, und alles explodierte.

55

WIE lange ich bewusstlos war, weiß ich nicht, aber als ich zu mir kam, war es dunkel und eiskalt. Ich bewegte mich vorsichtig, und der stechende, pochende Schmerz in meinem Kopf, kombiniert mit Schwindel und furchtbarer Übelkeit, wies ziemlich sicher auf eine massive Gehirnerschütterung hin.

Behutsam betastete ich meinen Kopf und spürte Blut und eine Fleischwunde, vielleicht auch eine Knochenverletzung.

Von Roze weit und breit keine Spur. Wahrscheinlich hatte sie nicht einmal gemerkt, dass ich versucht hatte, sie über das Bachbett einzuholen.

Indem ich mich auf einen Felsbrocken stützte, gelang es mir, mich aufzurichten. Nicht nur mein Kopf war verletzt, auch einige Rippen, und das linke Bein war kaum belastbar.

Ich habe nicht die geringste Ahnung, wie es mir überhaupt gelang, den Maultierpfad zu erreichen – geschweige denn, den Weg zu meinem Auto zu finden. Es kann nur einer Art tierischem Heimfindeverhalten zu verdanken gewesen sein. Die Kopfschmerzen waren so mörderisch, dass ich jeden Moment fürchtete, mich übergeben zu müssen oder wieder in Ohnmacht zu fallen.

Beim Autofahren hielt ich den Kopf so schräg, dass das Blut an meiner Wange entlangrann, anstatt mir ins Auge zu tropfen. Als ich bei der Finca ankam, sah ich auf der Uhr im Armaturenbrett, dass es nach Mitternacht war. Vor Schmerz keuchend humpelte ich zu dem Schuppen, in dem die Landmaschinen untergebracht waren. Ganz hinten gab es einen kleinen Hügel aus lose aufge-häufter Erde. Ich grub mit beiden Händen darin, bis ich auf Holz stieß. Mein Vater hatte früher hier seinen Brandy aufbewahrt – nicht gerade das genialste Versteck, aber schnell erreichbar. Und das Glück schien mir hold zu sein. Ich war auf eine ganze Kiste Veterano gestoßen, in der nur zwei Flaschen fehlten.

Ich öffnete eine und kippte mir den Inhalt in den Rachen.

56

DANACH wurde ich wohl erneut bewusstlos und kam erst in der Mittagshitze wieder zu mir. Ich lag in der *caseta* auf dem Badezimmerboden und hatte keine Ahnung, wie ich dort hingekommen war. Dunkel erinnerte ich mich daran, dass ich mir eine Kopfverletzung zugezogen hatte – aber war ich danach wirklich im Dunkeln durch den Wald getappt und dann mit dem Auto nach Hause gefahren?

Mühsam rappelte ich mich hoch, wobei mir so schwindlig wurde, dass ich gegen Brechreiz ankämpfen musste. Im Spiegel sah ich eine blutverkrustete Platzwunde seitlich auf meiner Stirn, die bereits blaurot verfärbt und so geschwollen war, dass ich durch mein linkes Auge kaum noch etwas erkennen konnte. Ich schaute auf den Boden. Die Stelle, an der ich gelegen hatte, war nass von Blut.

Der Spiegel – etwas daran löste eine Erinnerung aus. Ich versuchte, sie zu fassen zu bekommen. *Fick dich, Finn.* Wenn ich genau hinschaute, konnte ich die Spuren ihres Fingers noch erkennen, wie Geheimschrift auf Papier. Roze war also weg. Wir hatten uns gestritten, und sie war weggerannt. Oder doch nicht? Hatten wir uns versöhnt, und sie war wieder hier? Plötzlich empfand ich einen Anflug von Hoffnung.

Ich ging zurück ins Schlafzimmer. Am Fenster stand mein Vater vor seiner Staffelei. An dieser Stelle hatte er immer gemalt, weil das Licht dort am besten war. Er trug ein buntes Stirnband, sein afrikanisches Hemd war mit Farbe bekleckst.

»Was hältst du hiervon?«, sagte er. »Ich finde es verdammt gelungen.«

»Was machst du hier?«, fragte ich, aber er reagierte nicht.

Ich trat zur Staffelei und betrachtete das Bild. Es war ein Akt von Roze, die nackt auf dem Bett lag. Mein Vater gab jetzt als verspätete Antwort auf meine Frage eine Art Grunzen von sich. Dann drehte er sich um, schaute zum Bett hinüber und maß mit einem Pinsel Roze' Proportionen. Aber als ich seinem Blick folgte, konnte ich die nackte Roze nicht sehen und war neidisch, weil es ihm offenbar gelang.

»Ich hab den beiden natürlich erzählt, dass du ein perverses Weichei bist«, sagte er im Plauderton. »Wir haben ordentlich gelacht. Kein Wunder, dass sie dir weggelaufen ist.«

»Ich werde deinen Brandy trinken. Die ganzen Vorräte«, erwiderte ich. »Wird dir bestimmt nicht gefallen.«

Er leckte Daumen und Zeigefinger an, drehte damit die Spitze des Pinsels zusammen. »Hast du das nicht mitgekriegt? Ich hab das Trinken aufgegeben. Bin ein neuer Mensch. Und dich haben die beiden schön eingewickelt.«

Das stimmte nicht. Roze liebte mich – oder zumindest beinahe, verdammt. Aber dann fiel mir der Rucksack an der Tür wieder ein, der für einen schnellen Aufbruch gepackt war, und das in den Bergen versteckte Fahrrad. Hatte Roze sich gegen die Menschenhändler gewappnet oder gegen mich? Ich konnte mich nicht erinnern. Und gab es diese Typen überhaupt? Es war so schwierig herauszufinden, was gelogen war und was nicht. War diese ganze Geschichte über Zwangsprostitution vielleicht frei erfunden, um meinem – voraussehbaren – Wunsch nach Sex in der Ehe entgegenzuwirken?

Aufgebracht dachte ich an all die Nächte, in denen ich neben

Roze im Bett gelegen und mich nach ihr verzehrt hatte, erregt durch ihre Nähe. Hatte sie währenddessen geschmunzelt, weil sich der närrische verliebte Idiot neben ihr so leicht an der Nase herumführen ließ, und war dann zufrieden eingeschlafen?

Nein – ihre Gefühle für mich waren echt, befand ich. Das Herumtoben im Pool. Unsere Spiele, als sie Orangen nach mir geworfen hatte. Wie sie sich bei mir unterhakte, wenn wir über die Plantage schlenderten. Das waren aufrichtige Gesten gewesen. Sie liebte mich. Oder mochte mich zumindest. Oder es war irgendein sonderbares Gemisch aus beidem …

»Sie hat einfach ausprobiert, wie sie dich anlocken kann, du Idiot«, sagte mein Vater jetzt. Seine Stimme klang gedämpft, er hatte den Pinsel zwischen die Zähne geklemmt wie einen Piratensäbel, während er mit den Fingern Farbe auf die Leinwand schmierte. »Vulven sind rosa, meine Gedanken blau, und wenn das Bild fertig ist, fick ich die Frau«, trällerte er.

»Hau ab und stirb«, knurrte ich.

Er schnaubte. »Schon erledigt. Und als Nächstes bist du dran. Nicht mit dem Ficken natürlich. Aber mit dem Sterben vielleicht.« Dann rief er zum Bett hinüber: »Fantastische Titten übrigens. Genau so, wie ich sie mag.«

»Und rede nicht so mit ihr!«

Er wirkte erstaunt. »Ach so – das stört sie nicht. Wir haben uns schließlich in einem Bordell kennengelernt – ich war einer ihrer Freier. Wir kamen ins Reden, und als sie erzählt hat, dass ihre Mutter und sie das Land verlassen müssen, hab ich sie bei mir aufgenommen. Dafür sollten sie die Finca auf Vordermann bringen.«

»Nein!«, rief ich aus. »Du lügst. So war das nicht.«

Er lachte. »Schon möglich. Aber woran es keinen Zweifel gibt, ist, dass sie mit dir gespielt hat. Hat dich von Anfang an durchschaut und dich überlistet, blöd, wie du bist. Bei hübschen Mädchen hast du dich immer gaga aufgeführt, Dolphin. Ga-ga-ga-ga.«

Er imitierte mein Kindergestammel. »Mein Motto ist ja: ficken und dann vergessen.«

»Aber ihr wart doch verliebt, du und Ruensa«, widersprach ich verzweifelt. »Ihr wart glücklich zusammen. Du wolltest für die Gäste auf der Finca Malkurse geben …«

»Ach ja?« Er schnaubte. »Da würd ich mir noch lieber den Arm mit einem rostigen Filetiermesser abschneiden.«

Ich kniff fest die Augen zusammen. »Hau ab. So war es nicht.«

»Wie denn sonst, du Spatzenhirn? Wenn du denkst, ich lüge – was war denn dann die Wahrheit?«

Diese Frage konnte ich nicht beantworten.

Er lachte erneut. »Tschilp tschilp tschilp. Denk, Spatzenhirn, denk!«

Aber ich konnte nicht denken. Stattdessen wurde das Dröhnen in meinem Kopf immer lauter, alles drehte sich vor meinen Augen, und ich brach zusammen.

57

ALS ich zu mir kam, lag ich mit dem Gesicht nach unten im Schuppen und umklammerte mit einer Hand eine halb leere Brandyflasche. War dieses Gespräch mit meinem Vater eine Halluzination oder eine Folge des Rauschs gewesen?

Ich rappelte mich mühsam hoch. Eine leere Veterano-Flasche lag auf dem Boden, neben einer Pfütze von Erbrochenem. Bevor mir von dem sauren Alkoholgestank erneut übel wurde, torkelte ich zum Haus hinüber. Als ich um die Ecke kam, sah ich Roze, die am Verandatisch saß, mit ihrem Handy beschäftigt.

Abrupt blieb ich stehen. »Bist du echt?«

Sie schaute auf. »Was soll das heißen? Aber falls du wissen willst, ob ich zurückgekommen bin – ja.« Sie hielt ihr Handy hoch. »Ich hatte das hier vergessen.«

»Gott, ich dachte schon, ich hätte dich verloren. Ich dachte …«

»Ich weiß«, erwiderte sie. »Du siehst übrigens furchtbar aus. Hatte versucht, dich zu wecken, aber da ging gar nichts. Du musstest erst mal deinen Rausch ausschlafen.«

»Danke.« Mein Kopf pochte schrecklich, aber ich zog mir einen Stuhl heraus und setzte mich. »Roze … es tut mir so leid.«

»Ja«, sagte sie nur. »Das ist auch besser so.«

»Alles, was ich gesagt habe … habe ich nicht so gemeint. Und das meiste davon war nicht mal wahr. Ich wollte nur … ich war so verzweifelt …«

Sie sah mich ausdruckslos an. »Du hast mich belogen, Finn. Hast mein Vertrauen erschlichen, während du dir die ganze Zeit nur überlegt hast, wie du mich vergewaltigen könntest.«

»Nein«, widersprach ich matt. »So war es nicht, ehrlich. Nicht zu Anfang … da wollte ich dir einfach nur helfen. Aber dann habe ich mich in dich verliebt, und … das hat mich wohl ein bisschen verrückt gemacht.«

»Liebe!«, sagte sie entrüstet. »Wie soll das Liebe sein, wenn du jemanden so behandeln willst?«

»Ich wollte doch nur, dass du mich auch liebst«, erwiderte ich kleinlaut. »Und als das nicht passierte, wollte ich … na ja, so viel wie möglich eben. So viel ich kriegen konnte. Verzeih mir bitte.«

»Wenn ich wirklich in Erwägung ziehen soll, zurückzukommen«, sagte sie schroff, »muss es neue Absprachen geben. Wir werden nicht mehr im selben Zimmer schlafen. Wir werden zu unterschiedlichen Zeiten draußen arbeiten. Du hast dich vom Pool fernzuhalten. Und am Ende des Jahres verschwindest du von hier.«

»Verschwinden?« Ich starrte sie an. »Aber die Finca gehört mir!«

»Du hast ja anfänglich auch geglaubt, dass *ich* dir gehöre. Außerdem wird deine Schwester uns ohnehin irgendwann hier rausschmeißen. Ich will nur einfach so lange wie möglich hierbleiben, und du bist nicht mehr Teil dieses Plans. Einverstanden?«

Ich zögerte, aber nur eine Sekunde. »Und du schwörst, dass alles wahr ist, was du mir erzählt hast?«

Bildete ich mir das ein, oder kam ihr Nicken etwas verspätet? »Alles. Jedenfalls die wichtigen Sachen. So, wie soll's aussehen, Finn? Willst du das Jahr hier verbringen, zu meinen Bedingungen? Oder soll ich mein Zeug packen und abhauen?«

»Nein«, antwortete ich verzweifelt. »Bleib. Ich will, dass du bleibst. Bitte bleib hier.«

»Gut«, sagte sie. »Ich bin froh, dass wir das geklärt haben. Und jetzt gehe ich schwimmen. Bin verschwitzt.« Sie ging zum Pool und begann sich auszuziehen. »Schau genau hin, Finn«, rief sie. »Weil du nämlich diesen Körper nie wieder berühren wirst. Und übrigens …« Sie hielt inne. »Dein Vater hatte recht. Ich hab wirklich fantastische Titten.«

In Unterwäsche hechtete sie ins Wasser, und ich fragte mich verwirrt, woher sie wusste, was mein Vater über ihre Brüste gesagt hatte. Es sei denn, er hatte es zu ihr gesagt, während er sie malte? Aber das würde bedeuten … nein …

Roze tauchte nicht wieder auf, schwamm offenbar unter Wasser. Doch als zu viel Zeit vergangen war, wurde ich unruhig. Stimmte etwas nicht?

Ich lief zum Pool.

Sie lag auf dem Grund, musste beim Reinspringen mit dem Kopf aufgeprallt sein. Ich sprang ins Wasser, zog ihren leblosen Körper an die Oberfläche.

»Roze? Roze!« Keine Reaktion. Mit einer Hand stützte ich ihren Rücken, damit sie nicht wieder sank, mit der anderen hielt ich ihren Kopf, während ich mit den Füßen Wasser trat. Ich legte meine Lippen fest auf ihren Mund und beatmete sie. Dann zog ich sie an den Rand zur Leiter und begann mit einer Herzdruckmassage. Mir fiel wieder ein, dass man das im Rhythmus von *Staying Alive* machen sollte, dem Song von den Bee Gees. »Eins, zwei, drei, vier, staying alive«, ächzte ich. »Sechs, sieben, acht, neun …«

Roze spuckte Wasser aus und öffnete die Augen. »Mein, Gott, Finn! Du hast mir das Leben gerettet!«

Ich sah sie zärtlich an. »Ja, das habe ich.«

»Dann liebe ich dich«, sagte sie und umschlang mich. Ich lachte, und sie zog mich unter Wasser, wie wir es so oft gemacht hatten …

Ich stand voll bekleidet im Pool, Roze war nirgendwo zu sehen. »Roze?«, rief ich. »Roze? Wo bist du?«

Eine leere Brandyflasche trieb vorbei. Ich starrte darauf. Wie kam die hierher? Dann fiel mir auf, dass Roze' Kleider am Beckenrand verschwunden waren.

»Nein«, sagte ich. »Bitte nicht. Komm zurück, Roze.« Und ich weinte, weil ich wieder in meinen Traum zurückkehren wollte.

58

DENK, Spatzenhirn«, sagte mein Vater ungeduldig. »*Denk.*«
Wir saßen in der Morgensonne auf dem Boden, an die Steinmauer einer Terrasse der Finca gelehnt, und teilten uns eine Flasche Brandy.

»Ich kann nicht denken«, erwiderte ich müde. »Ich will einfach nur schlafen.«

Er grunzte. »Du warst schon immer ein schwächlicher Nichtsnutz. Also, jedenfalls habe ich dir erzählt, was sich ereignet hat.«

»Hast du?«

Mein Vater zog mir die Flasche vom Mund weg. »Ich bin dran. Ja, hab ich doch gesagt – wie ich meiner bezaubernden Frau und ihrer noch bezaubernderen Tochter erklärt habe, dass mein Sohn ein perverser Lüstling ist.«

»Na und? So was hast du doch ständig gesagt.«

»Ach, um Himmels willen.« Er seufzte. »Muss ich noch deutlicher werden? Ich habe ihnen von diesem Mädchen erzählt – Sophia Sowieso. Die du umgebracht hast.«

»Ich habe sie nicht umgebracht«, widersprach ich mechanisch. »Es war ein Unfall. Sie ist an einer Überdosis …«

»Die du ihr verabreicht hattest, damit du dich an ihr vergreifen konntest«, unterbrach er mich. »Die beiden fanden das faszinierend. Ich habe ihnen auch erzählt, wie du immer Tiere gerettet hast. Und wie du heulend weggelaufen bist, wenn ich gemein zu dir war. Und von den Mädchen in der Dorfschule, die du an-gegafft hast ... von dem gerichtlichen Kontaktverbot wusste ich nichts, weil wir beide da nicht mehr in Verbindung waren. Aber über die Jahre habe ich genug von Jess gehört, um zu wissen, dass du dich nicht verändert hattest.«

»Das ist deine Schuld«, sagte ich bitter. »Du hast mich kaputt gemacht.«

»Ach herrje. Hör endlich auf zu jammern, und sei ein Mann. Die beiden kannten jedenfalls alle unsere Schwächen. Auch meine übrigens.«

Ich sah ihn an, als er mir die Flasche zurückgab. »Haben sie dich auch manipuliert?«

Er zuckte mit den Schultern. »Ich denke schon.«

»Wer hat dich umgebracht?«

»Ah«, sagte er. »Wir sind noch nicht an dem Punkt, an dem ich dir das erzählen kann.«

»Aber du weißt es?«

»Ja. Ich weiß es.«

Ich überlegte. »Aber dass du ihnen das alles über mich erzählt hast, bedeutet doch noch lange nicht, dass sie mich überlisten woll-ten. Sie könnten dir auch nicht geglaubt haben. Es gab schließlich keine Beweise, dass ich Sophia umgebracht habe. Keine polizeili-che Ermittlung. Man erklärte es sich als Folge einer Party von dro-gensüchtigen Ausländern, die aus dem Ruder gelaufen war, oder nicht? Der Konvent löste sich auf, die Leute machten sich entwe-der aus dem Staub oder wurden der Insel verwiesen ... Und Jess und ich kehrten nach England zurück.«

»Ja.« Mein Vater schwieg einen Moment. »Danach habe ich dich *wirklich* gehasst.«

»Was meinst du damit?«

»Wenn du nicht von hier hättest verschwinden müssen, hätte deine Mutter mich nicht verlassen.«

Ich sah ihn verblüfft an. »Du hattest Sex mit Sophia und ihrer Mutter, um Himmels willen. Du warst ein rüpelhafter, chaotischer, unerträglicher Trinker.«

Er zuckte mit den Schultern. »Aber ich wollte mich nicht von deiner Mutter scheiden lassen. Sie hat hier alles zusammengehalten. Ich habe sie geliebt.«

»Dafür hast du aber schnell wieder geheiratet!«

»Ich bin nicht gut im Alleinsein.« Er trank einen großen Schluck. »Außerdem glaube ich nicht, dass ich Sandra jemals richtig geliebt habe. Ich fand sie eine Zeit lang spannend, weil ich dachte, mit ihr könnte vielleicht alles anders laufen. War aber nicht so. Blieb alles beim Alten.«

»Und Ruensa? Hast du die auch geheiratet, weil du nicht allein sein wolltest?«

»Nein. Mit Ru war es anders.« Er kippte sich die letzten Tropfen Brandy in den Rachen. »Scheiße, hat mir dieses Zeug gefehlt.«

»Und was war anders?«

»Das musst du selbst rauskriegen.« Er stand auf und feuerte die Flasche in hohem Bogen auf die Terrassen von Miquel.

Ich seufzte. »Wieso? Deshalb wird Roze nicht zurückkommen.«

»Meinst du? Vielleicht hast du mehr Zugriff auf sie, als du glaubst. Ich geh ins Haus.«

»Dann bis nachher.« Ich schloss die Augen. Die Dunkelheit schien zu wabern, die Mauer an meinem Rücken zu schwanken. »Zu viel Brandy«, murmelte ich.

59

DAS musst du selbst rauskriegen, hatte mein Vater gesagt. Doch die Kraft dafür brachte ich nicht auf – jedenfalls lange nicht. Wie lange genau, weiß ich nicht mehr. Irgendwann schaute ich einmal in den Spiegel. Meine Haare waren verklebt, weil noch immer Blut aus der Wunde sickerte, aber sie war etwas abgeschwollen, hatte sich inzwischen gelb und grün verfärbt.

An einige Halluzinationen erinnere ich mich nur verschwommen. Einmal zwang Roze mich dazu, sie auf Knien um Vergebung anzuflehen. Ein anderes Mal kam ich in ein Zimmer, wo Roze gerade meinen Vater befriedigte. Und es gab auch eine Szene, in der Roze und ich leidenschaftlichen Versöhnungssex auf der Veranda hatten ... Diese Fragmente gingen mir nicht mehr aus dem Kopf.

Vielleicht hast du mehr Zugriff auf sie, als du glaubst. Manchmal überlegte ich, was mein Vater damit gemeint haben könnte. Dass es etwas gab, womit ich Roze zurückgewinnen könnte? Aber er war nicht einmal real. Im besseren Fall war er eine Ausgeburt meiner Fantasie; im schlechteren war mein Kopf in einem schlimmeren Zustand, als ich mir eingestehen wollte. Was er redete, konnte ich also wohl kaum ernst nehmen.

Schließlich schleppte ich mich ins Krankenhaus Son Llàtzer in Palma, wo mir ein Arzt mitteilte, ich könne von Glück sagen, dass sich die Wunde nicht entzündet habe. Er säuberte sie, nähte sie mit zwei Stichen und gab mir Antibiotika.

»Sie müssen sich ausruhen«, sagte er. »Eine andere Behandlung für Schädel-Hirn-Trauma gibt es nicht – nur Ruhe. Sie sollten nicht mal Auto fahren. Haben Sie niemanden, der Sie abholen könnte?«

Ich schüttelte den Kopf, bereute das aber sofort. »Nein, niemanden.«

»Dann lassen Sie um Himmels willen alles ruhig angehen.« Er sah mich eindringlich an. »Es wird voraussichtlich einige Monate dauern, bis Sie wieder auf der Höhe sind. Vergessen Sie viel?«

»Manchmal kann ich mich nicht an den PIN-Code für mein Handy erinnern«, gab ich zu.

Er nickte, als hätte er nichts anderes erwartet. »Es wäre sogar denkbar, dass Sie sich später nicht mehr an dieses Gespräch erinnern. Deshalb sollten Sie alles notieren, was ich Ihnen gesagt habe. Und treffen Sie keine wichtigen Entscheidungen, bevor es Ihnen besser geht. Ein Schädel-Hirn-Trauma ist sehr unberechenbar.«

Ich versicherte ihm, dass ich mindestens zwei Monate lang keinerlei wichtige Entscheidungen treffen würde, und ging zum Wagen zurück, froh, dass ich es endlich geschafft hatte, mich behandeln zu lassen.

Das musst du selbst rauskriegen.

Es war früher Abend, und das Krankenhaus befand sich nur etwa zehn Minuten Fahrt vom Zentrum von Palma entfernt. Anstatt zur Finca zurückzukehren, fuhr ich kurz entschlossen in die Gegenrichtung – zum Jachthafen.

60

ICH habe in einem Nachtclub ganz in der Nähe vom Jachthafen ge-arbeitet …

Der Maps-App auf meinem Handy zufolge gab es in Hafen-nähe mindestens sechs Nachtclubs. Natürlich musste nicht in allen zwangsläufig Prostitution stattfinden. Aber da Sexarbeit hierzulande legal war und am häufigsten in Nachtclubs ablief, waren, wie ich wusste, die Grenzen häufig fließend. Im vorderen Teil eines Clubs gab es DJs und billige Drinks, im hinteren Strip-perinnen, und Sex fand dann in Räumen im Obergeschoss oder Apartments in der Nähe statt.

Viele Clubs machten auch gar keinen Hehl daraus – wenn im Namen »Girls«, »Angels« oder »Dollar« vorkam, befand man sich im eher zwielichtigen Sektor der Szene.

Ich beschloss, mit den gehobeneren Clubs anzufangen, nicht zuletzt, weil es noch früh am Abend war und die bereits geöffnet hatten.

Vorher schaute ich die zig Fotos von Roze auf meinem Handy durch, um zu entscheiden, welches Bild ich herumzeigen wollte. Nachdem Ferid uns aufgetragen hatte, uns wie ein frisch verlieb-tes Paar zu benehmen, hatte ich fast täglich ein Selfie von Roze bekommen.

Ich entschied mich für das allererste, das sie mir geschickt hatte, in Unterwäsche.

Musste ich dir einfach schicken x

Ich liebe dich x

Ich liebe dich auch, Dolphin Boy xxx

Tränen stiegen mir in die Augen, als ich das las. Oh Gott – warum nur hatte ich alles zerstört? Wenn ich noch ein bisschen länger Geduld gehabt hätte, wäre das alles vielleicht gar nicht nötig gewesen. Vielleicht wäre sie dann freiwillig zu mir gekommen.

Wir waren so glücklich.

IHR WART NICHT GLÜCKLICH, hörte ich meinen Vater brüllen. WIE SOLL DENN EIN MANN GLÜCKLICH SEIN, DER SICH SO ENTEIERN LÄSST?

Im ersten Club zahlte ich zwanzig Euro Eintritt. Als ich reinging, sah ich drei gelangweilt wirkende Frauen an der Bar sitzen. Ich winkte eine von ihnen zu mir. Sie kam eifrig angelaufen, glaubte wahrscheinlich, einen schnellen Fang gemacht zu haben.

»Kennen Sie die?« Ich zeigte ihr das Foto.

Sie betrachtete es, sagte dann: »Bin mir nicht sicher. Warum? Ist das Ihre Freundin?«

»Diese Person hat vielleicht mal hier gearbeitet. Vor etwa anderthalb Jahren.«

Sie lächelte mich an. »Geben Sie mir einen Drink aus?«

»Nein, aber Sie bekommen zwanzig Euro, wenn Sie mir sagen, ob Sie die Frau schon mal gesehen haben.«

Die Frau nahm das Geld in Empfang und schüttelte dann den Kopf. »Nee, die hab ich noch nie gesehen.«

Im zweiten Club wiederholte ich meine Frage und wedelte gleich mit dem Zwanzig-Euro-Schein. Dort sagte mir eine Frau: »Ich kenne sie nicht, aber Sie könnten Mila fragen. Die arbeitet am längsten hier.«

Mila nahm zwei von den Scheinen entgegen, bevor sie sagte, nein, eine so hübsche Frau hätte sie hier noch nie gesehen.

»Arbeiten Sie unter Zwang hier?«, fragte ich. »Vielleicht wegen Schulden?«

Milas Gesicht wurde ausdruckslos, und sie warf einen Blick auf einen Türsteher, der uns von der Bar aus beobachtete. Er setzte sich prompt in Bewegung.

»Schon gut, ich gehe«, sagte ich hastig.

Im Laufe des Abends klapperte ich auch die anrüchigeren Bars ab, wo die Musik lauter war und nichts mehr kultiviert wirkte. Einige Clubs bestanden aus kaum mehr als einer Bühne und einigen Bänken, auf denen Männer mit gespreizten Beinen saßen, in Erwartung der Stripperinnen.

»Sind Sie von der Polizei?«, fragte eine Frau, als ich ihr das Foto zeigte. Ich war mir nicht sicher, ob ich Angst oder Hoffnung in ihrer Stimme hörte.

Ich schüttelte den Kopf. »Nein, habe ich nie gesehen«, sagte sie dann leise.

Kurz nachdem ich diesen Club verlassen hatte, merkte ich, dass mir zwei stämmige Rausschmeißer folgten. Ich ging einfach weiter – es war zwar nach Mitternacht, was in Spanien aber als früh am Abend galt, und jede Menge Leute waren auf den Straßen unterwegs.

Als die beiden neben mir auftauchten, packte mich einer von ihnen am Arm und riss mich herum, der andere drosch mir die Faust in den Magen. Als ich mich krümmte, verpasste der Erste mir einen wuchtigen Kinnhaken, und ich ging zu Boden, schmeckte Blut. Die beiden zogen ab, das Ganze hatte höchstens fünf Sekunden gedauert.

Ich lag auf dem Rücken, um Atem ringend. Mir war schleierhaft, wie ich wieder hochkommen sollte. Ein Passant näherte sich und beäugte mich.

Dann rief er seinen Freunden zu »Només va gat« – nur betrunken – und schloss sich ihnen wieder an.

Ich rappelte mich auf und wankte weiter. Im nächsten Club betrug der Eintritt dreißig Euro – je später die Nacht, desto höher die Preise. Nachdem meine Augen sich an das rote Licht gewöhnt hatten, sah ich, dass dieser Club größer war als die vorherigen. Sowohl die Stripperinnen sahen jünger und gepflegter aus als in den vorherigen Etablissements als auch die Gäste.

Sie heißen puticlubs *und werden sogar von Jugendlichen aufgesucht …*

Sobald ich mich gesetzt hatte, kamen zwei junge Frauen zu mir. Nachdem ich mich bereit erklärt hatte, Drinks auszugeben, ging eine der beiden zur Bar, und ich zeigte der anderen das Foto.

Sie schüttelte den Kopf. »Tut mir leid, die habe ich noch nie gesehen.«

»Sie kommt aus Albanien«, sagte ich, um ihrem Gedächtnis auf die Sprünge zu helfen.

»Wirklich? Ich auch.« Sie betrachtete das Foto genauer. »Die Frau hier sieht aber nicht albanisch aus.«

»Inwiefern?«

Sie zuckte mit den Schultern. »Ich glaube, wegen der Haare. Fehlt sie Ihnen?« Sie nickte der anderen zu, die gerade mit den Drinks zurückkam. »Wir sind Freundinnen. Hatten Sie schon mal Sex mit zwei Mädchen gleichzeitig? Das ist super. Wir machen Ihnen einen Sonderpreis.«

»Nein, danke«, sagte ich. »Ich suche wirklich nur nach meiner Freundin. Und Sie sind beide sicher, dass Sie sie noch nie gesehen haben?«

»Ganz sicher. Wir können hier nebenan in eine Wohnung gehen.«

»Nein, danke.« Das Ganze widerte mich jetzt an, und ich stand auf. »Hören Sie, wenn Sie Freundinnen sind, teilen Sie sich das hier, ja? Tut mir leid, dass ich Ihnen nicht anders behilflich sein kann.« Ich legte den Rest von meinem Bargeld auf den Tisch. Die beiden nickten zum Dank, und im Nu waren die Scheine verschwunden.

Als ich mich an der Tür noch einmal umdrehte, sah ich, dass sie sich bereits zu einem anderen Mann gesetzt hatten.

61

AM Verandatisch schrieb ich eine Liste von allem, was ich an Roze' Geschichte für wahr hielt. Danach legte ich eine zweite an, mit den mutmaßlichen Lügen.

Als ich fertig war, starrte ich auf die zwei Blätter. Die Buchstaben schienen über das weiße Papier zu krabbeln wie Ameisen. Beide Listen waren identisch. Es gab keinerlei Beweise für die eine oder die andere Version. Alles war nur Vermutung. Vertrauen oder das Gegenteil – Zweifel.

In einer seiner seltenen Anwandlungen von Zuwendung hatte mein Vater mir einmal erklärt, wie man perspektivisch zeichnet – wie man Linien von allen Elementen auf einem Bild zu einem Punkt zieht, dem sogenannten Fluchtpunkt. Das sei eine Art Trick; bevor er bekannt wurde, vermissten Menschen ihn auch nicht in Bildern, sagte mein Vater. Aber wenn man die Perspektive einmal zu sehen gelernt hatte, konnte man das nicht mehr rückgängig machen. Jedes Gemälde, jedes Foto brauchte einen Fluchtpunkt. Und wenn man diese Technik gut beherrschte, konnte man an Wänden und Decken so präzise Bilder malen, dass das Auge getäuscht wurde. Mein Vater zeigte mir sogar eigens einen Giebel über einer Tür in Palma, der aussah, als sei er aus Stein gehauen. Erst wenn man genau hinschaute, konnte man erkennen, dass er aufgemalt war.

Mit Roze war das genauso, wurde mir klar. Aus einem Blickwinkel betrachtet, schien alles an ihrer Geschichte wahr zu sein. Sie war Opfer von Menschenhandel geworden. Ihre Mutter hatte sie gerettet. Durch Zufall hatten die beiden meinen Vater kennengelernt, und allerlei Formen von Liebe waren daraus entstanden: Mein Vater hatte sich in Ruensa verliebt, Ru in die Finca, Roze in die Plantage. Dann erschien ich auf der Bildfläche und versuchte sie zu beschützen – vor Jess' Kaltherzigkeit, Subinspector Pareras unterschwelligem Rassismus, Skorpionen im Schlafzimmer, der Heirat mit einem Fremden.

Aber änderte man den Blickwinkel nur minimal, wurde das Trompe-l'Œil, der Täuschungseffekt, offensichtlich. Die beiden hatten meine Neigung, das Verletzliche zu beschützen und zu retten, erkannt und sie ausgenutzt, genauso, wie sie meinen Vater ausgenutzt hatten. Vielleicht hatten sie minutiös geplant, wie sie mich in die Falle locken konnten; vielleicht waren die Pläne aber auch nach und nach spontan entstanden, den sich schnell verändernden Situationen angepasst. Vielleicht hatten sie ursprünglich nur gehofft, mir ein großzügigeres Angebot entlocken zu können, als ihnen zustand, und dann darauf reagiert, dass ich mich in Roze verliebt hatte.

Nicht zu leugnen war jedoch, dass sie mich verlassen hatte.

Wer ist jetzt das Opfer, Finn? Wer muss gerettet werden? Fick dich!

Und da begann ich zu weinen – weil ich lieber ein getäuschter Idiot mit Roze an meiner Seite sein wollte als ein wissender, einsamer Zyniker.

Die Flasche auf dem Tisch war jetzt leer, und ich holte mir die nächste.

Der Brandy aus der neuen Flasche schmeckte besonders scheußlich, noch unangenehmer als ohnehin schon. Und ich wurde abgelenkt durch die Tatsache, dass es aus der Küche durchdringend nach verbranntem Toast roch.

Ich hatte den Toast wohl vergessen; seit dieser Kopfverletzung vergaß ich alles Mögliche.

Erst als ich in die Küche kam und mich umsah, fiel mir auf, dass ich noch etwas anderes vergessen hatte – es gab in der Finca gar keinen Toaster. Aber der Geruch nach verbranntem Brot war hier noch intensiver.

Ich schmatzte laut. Warum machte ich das? Aber es fühlte sich so gut an, dass ich lauthals lachte. Zum ersten Mal seit Roze' Verschwinden war ich froh, sogar regelrecht glücklich. Ich hatte überlebt! Ich hatte eine Zukunft! Die Finca gehörte mir, die Betrügerinnen waren vertrieben, die Welt lag mir zu Füßen!

Aber die Freude schwand rasch wieder, als mich die Wut packte, weil mir all das um ein Haar entrissen worden wäre. Ich stellte mir vor, wie ich meine Hände um Roze' Hals legte – wie ich sie hochhob und zudrückte und beobachtete, wie sie die Augen verdrehte, bevor ich diese Schlampe dann fallen ließ …

Ich hatte beide Hände gehoben, um die Bewegung zu imitieren, sah jetzt aber, dass meine Finger stattdessen krallenförmig nach oben gerichtet waren, als hielte ich jemandem die Hände zum Fesseln hin. Ich starrte darauf. Warum machten meine Hände nicht, was ich wollte? Und wieso hatte ich plötzlich das Gefühl, das alles schon einmal erlebt zu haben? Genau zu wissen, was als Nächstes passieren würde?

Meine Beine kribbelten, meine Oberschenkel verkrampften sich. Dann traf mich etwas wie ein elektrischer Schlag – wie wenn man sich den Ellbogen stößt, aber hundertfach schlimmer. Ich stürzte zu Boden, prallte auf den Terrakotta-Boden wie ein Fisch aufs Ufer, meine Arme zappelten unkontrollierbar …

Und dann hörte der ganze Spuk abrupt auf, und ich erbrach mich.

62

SIE hatten einen Krampfanfall«, sagte der Arzt. »Das kommt nach schweren Kopfverletzungen häufiger vor.«

»Kann das noch mal passieren?«

»Das ist nicht auszuschließen.« Er sah mich an. »Zum Glück hatten Sie warnende Vorzeichen. Die extremen Stimmungs-schwankungen, die Krämpfe, die Geruchswahrnehmung, sogar das Déjà-vu – das alles nennen wir ›Prodromalsymptome‹. Falls Sie die noch mal erleben, sollten Sie sich so schnell wie möglich an einem ruhigen Ort in die stabile Seitenlage begeben. Und es versteht sich wohl von selbst, dass Sie jetzt nicht Auto fahren dür-fen. Wie sind Sie heute hierhergekommen?«

»Mit dem Bus«, log ich.

»Gut. Ich gebe Ihnen ein Medikament gegen epileptische An-fälle, aber das Wichtigste ist noch immer Ausruhen. Haben Sie Alkohol getrunken?«

Ich zuckte mit den Schultern. »Ein bisschen.«

»Das sollten Sie jetzt komplett unterlassen. Von allen anderen Gründen abgesehen, haben Antiepileptika in Kombination mit Alkohol starke Nebenwirkungen. Sie könnten dann extreme Des-orientiertheit und Verwirrtheit erleben.«

»Verwirrt bin ich ohnehin schon«, sagte ich. »Wegen einer Frau.«

Der Arzt lächelte. »Verwirrung durch Medikamente ist ein

bisschen anders. Eher wie ...«, er hielt inne und benutzte dann ein katalanisches Wort, *»estupefacto.«*

Der Klang des Wortes gefiel mir, auch wenn ich dabei an *stupide* denken musste.

63

IN dieser Nacht kam sie zu mir ins Bett. Ich hatte schon geschla-fen, aber als ich ihre weichen Brüste mit den harten Nippeln an meinem Rücken spürte, drehte ich mich zu ihr um. Wir liebten uns schnell und leidenschaftlich, und danach tappte sie barfuß wieder davon, und ich blieb zufrieden und schläfrig zurück. In diesen Momenten empfand ich keinen Hass, nur Liebe für Roze. Weshalb ich auch am nächsten Morgen lässig zu meinem Vater sagte: »Ich habe beschlossen, ihr zu glauben. Ihre Gefühle für mich sind echt, und sie hat die Wahrheit gesagt.«

Er sah mich über den Rand der Zeitung hinweg an – seit Jahr-zehnten gab es keine Zeitung in der Finca Síquia mehr, aber es war ihm irgendwie gelungen, eine zu beschaffen. »Du bist ein un-verbesserlicher Trottel. Du vergisst die Grundregel bei Zeugen-aussagen – wenn jemand einmal gelogen hat, liegt es nahe, dass die Person es erneut tut. Wenn du erst mal eine Lüge aufgedeckt hast, ist die Sache quasi klar.«

»Schon möglich«, erwiderte ich. »Aber es muss nicht zwangs-läufig so sein.«

»In dieser Hinsicht bist du mir gegenüber im Vorteil«, fuhr er fort, als hätte ich nichts gesagt. »Ich war besessen davon, die Wahrheit über die Vergangenheit der beiden herauszufinden. Du hast schon viel mehr Informationen – du kannst nämlich raus-kriegen, ob sie gelogen haben, was *mich* betrifft.«

»Du warst von etwas besessen?«, sagte ich erstaunt. »Das kann ich mir gar nicht vorstellen.«

Er grunzte, als sei er verärgert darüber, sich diese Blöße gegeben zu haben. »*De tal palo tal astilla.* Wie der Vater, so der Sohn. Meine Dämonen waren anderer Natur. Aber offenbar war ich genauso imstande, mich zum Narren zu machen, wie du.«

»Aber wenn du weißt, was dir zugestoßen ist und ob die beiden gelogen haben – wieso sagst du es mir dann nicht?«

»Ah, das ist nicht so einfach. Du musst es selbst herausfinden.« Er blätterte die Zeitung um und fügte hinzu: »Das ist übrigens schon ein Hinweis.«

»Was?«, fragte ich verwirrt.

»Ach, um Himmels willen. Du suchst nach einem Zeitungsausschnitt.«

»Das sollte ich tun?«

Er nickte. »Dieser Anwalt, Ferid, muss ihn ihr gegeben haben. Ich wüsste nicht, wer das sonst gewesen sein sollte. Reich mir mal den Brandy, ja?«

64

KONNTE eine Halluzination von meinem Vater mir etwas mitteilen, was ich nicht bereits wusste? Das war vermutlich eine interessante philosophische Frage, aber ich war zu erledigt vom Brandy, dem Medikament und den Folgen der Verletzung, um mich damit zu befassen.

Dennoch – *ein Zeitungsausschnitt*? Irgendetwas an dem Wort löste eine Erinnerung aus. Ich ging in den dritten Stock hinauf, wo noch alles im Zustand von vor unserer Hochzeit war – der Flur halb gestrichen, zwei Zimmer ausgeräumt, die anderen unberührt. Unser Agroturismo-Traum, zerstört durch mein idiotisches Benehmen.

Im Atelier meines Vaters ging ich zu der Kommode, in der er seine Papiere aufbewahrt hatte. Und diesmal schaute ich sie gründlich durch.

Es war schon später Mittag, als ich den Zeitungsausschnitt wiederfand. Er war klein und zusammengefaltet, deshalb hatte ich ihn zunächst übersehen. Als ich ihn auffaltete, fiel mir wieder ein, warum ich ihn nicht hatte lesen können – damals hatte ich geglaubt, er sei auf Russisch, in kyrillischer Schrift.

Doch jetzt, als ich die Schrift genauer betrachtete, wurde mir klar, dass es sich nicht um Kyrillisch handelte. Ein Buchstabe, der wie ein umgekipptes M aussah, war ziemlich sicher ein Sigma.

Griechisch also.

Wahrscheinlich dachten sie, keiner versteht sie. Aber ich bin mir sicher, dass sie Griechisch gesprochen haben.

Es war natürlich denkbar, dass es im griechischsprachigen Teil Albaniens auch eine Zeitung auf Griechisch gab. Der Artikel konnte alles Mögliche sein – ein Rezept, ein Sportbericht, eine Wettermeldung.

Aber warum sollte Ferid ihn dann Ruensa oder Roze gegeben haben?

Ich begann eine Recherche im Internet und machte mich daran, mit dem griechischen Alphabet einzelne Wörter zu entziffern.

Nach und nach konnte ich Sätze einigermaßen deuten, verstand aber immer noch nicht, was daran aufschlussreich sein sollte. Doch dann stieß ich auf ein Wort – κόρη –, bei dem es mir wie Schuppen von den Augen fiel.

Tochter.

Und als mir klar wurde, was das alles zu bedeuten hatte, packte mich eine mörderische Wut.

65

ICH denke, dass es Frauen gibt, deren Schönheit quasi separat von ihnen existiert. Ihr Körper wird ihnen von ihren Genen geschenkt, und sie haben ein Leben lang ein Anrecht darauf – eine Art Nießbrauch, *usufructo*. Einige dieser Frauen begreifen, wie privilegiert sie sind, und bemühen sich nach Kräften, ihr Erbe zu hegen und zu pflegen. Andere dagegen benutzen es nur dafür, um andere zu beherrschen, und entwerten damit die Paläste, die ihnen anvertraut wurden. Diese Frauen können oft nicht erkennen, was das Beste für sie ist, und man muss manchmal zu extremen Maßnahmen greifen, um es ihnen beizubringen.

Ich war ziemlich sicher, jetzt die Vorgeschichte dieser beiden Frauen zu kennen – und verstand auch, weshalb mein Vater gesagt hatte, dass ich mehr Zugriff auf Roze hätte, als ich ahnte.

Der Zeitpunkt war gekommen, um sie zurückzuholen – mein Erbe einzufordern. Und diesmal würde das ganz anders ablaufen.

»Ja, ich spreche Griechisch«, antwortete Ferid ruhig. »Meine Familie stammt ursprünglich nicht aus Griechenland, aber ich hatte ja erwähnt, dass ich in Athen aufgewachsen bin.«

»Ihre Eltern waren Migranten?«

Er nickte. »Sie sind nach der Revolution 1980 aus dem Iran geflohen. Mein Vater war der Ansicht, Griechenland sei die Wiege der westlichen Zivilisation, deshalb haben sie sich dort niedergelassen.«

»Und lesen Sie zufällig griechische Zeitungen?«

Ich beobachtete ihn scharf, während er einen imaginären Fussel von seiner Hose zupfte.

»Gelegentlich«, antwortete er schließlich. »Warum fragen Sie das?«

Wortlos zog ich den Zeitungsausschnitt heraus und schob ihn über den Tisch.

»Ah, ja«, sagte er, als er einen Blick darauf warf. »Das war vor einigen Jahren ein aufsehenerregender Fall. Eine griechische Frau, die ihren Ehemann umgebracht hatte. Sie behauptete, es sei Totschlag im Affekt gewesen – womit in der griechischen Justiz das Recht auf Notwehr in Kraft tritt. Dieser Grund wird allerdings häufiger von Männern vorgebracht, die ihre Ehefrau getötet haben, weil sie untreu war oder ihren Mann verlassen wollte. In diesem Fall hat die Frau behauptet, dass sie ihren Mann umgebracht hat, weil er ihr gegenüber gewalttätig war. Man ließ sie auf Kaution frei, unter der Bedingung, dass sie ihren Reisepass abgab. Doch bevor es zum Prozess kam, verschwand sie spurlos, zusammen mit ihrer dreiundzwanzigjährigen Tochter.«

»Wo in Griechenland haben die beiden gelebt?«

»Auf Lesbos.« Ferid betrachtete mich gelassen.

»Wo Sie für die humanitäre Organisation gearbeitet haben. Eine Organisation, der man vorwarf, Migranten aktiv zu unterstützen, anstatt sie nur zu beraten.«

Er nickte. »Ihre nächste Frage wird zweifellos sein, ob ich dieser Frau und ihrer Tochter jemals begegnet bin. Worauf ich Ihnen die gleiche Antwort geben werde wie Ihrem Vater: ›Ich glaube nicht.‹« Ferid klopfte auf den Zeitungsausschnitt. »Ich fürchte allerdings, dass Ihr Vater mir nicht geglaubt hat. Er war ziemlich besessen von der Idee, dass Ruensa diese Griechin sei und dass ich daran beteiligt gewesen sei, sie hierher zu bringen.«

»Und so war es nicht?«

Ferid schüttelte den Kopf, ein kleines Lächeln spielte um seine Mundwinkel. Wollte er damit sagen, dass er nicht daran beteiligt gewesen war? Oder dass er meine Frage nicht beantworten würde, um sich selbst nicht zu belasten?

»Aber es war doch eine Scheinehe, oder nicht?«, drängte ich. »Ein Betrug, um Ruensa unbefristetes Aufenthaltsrecht zu verschaffen, genauso wie bei Roze und mir?«

Er sah mich entschieden an. »Ich habe in beiden Fällen keinen Grund anzunehmen, dass es sich um eine Scheinehe handelte. Im Gegenteil: Es hat mich immer beeindruckt, wie Sie beide Ihre Ehefrauen verehrt haben.«

»Und wo sind Roze und Ruensa jetzt?« Ich wies mit dem Kopf auf den Artikel. »Denn verstehen Sie: Wenn Roze nicht sofort zu mir zurückkommt, werde ich Subinspector Parera mitteilen, wer die beiden in Wirklichkeit sind. Die Polizei wird keine Ressourcen vergeuden, um zwei albanische Migrantinnen zu verfolgen, die sich zu lange im Land aufhalten. Aber wenn es sich um Mordverdächtige aus EU-Ländern handelt, wird das wohl anders aussehen.«

Ich dachte wieder an den Baummarder, den mein Vater verjagt hatte, nachdem ich geglaubt hatte, das Tier gezähmt zu haben. Einige Wochen später sah ich es unter einem Baum an einer abgefallenen Orange knabbern – es war leicht zu erkennen an seinem missgebildeten Bein, das inzwischen extrem dünn geworden war. Baummarder sind Reviertiere. Er hatte wohl in einer Auseinandersetzung mit Konkurrenten den Kürzeren gezogen.

Als ich mich bückte, um ihn vorsichtig zu streicheln, drehte er ruckartig den Kopf und biss mich in den weichen Teil der Hand zwischen Daumen und Zeigefinger.

Worauf ich ins Haus zurückging, das Gewehr meines Vaters holte und mein ehemaliges Haustier erschoss. Sogar meine Geduld ist irgendwann am Ende.

Ferid zog die Augenbrauen hoch. »Roze ist nicht bei Ihnen?«

»Ich denke, das wissen Sie genau.«

»Tut mir leid, das zu hören. Sollte sie sich bei Ihnen melden, sagen Sie mir Bescheid. Ich muss mich in Kürze mit ihr in Verbindung setzen. Natürlich habe ich ihr schon per Textnachricht gratuliert, aber es gibt dennoch einiges, was noch geklärt werden muss.«

Ich sah ihn stirnrunzelnd an. »Gratuliert? Wozu denn?«

Er sah überrascht aus. »Ach so, das wissen Sie gar nicht? Ihre Widerspruchsklage war erfolgreich. Das Urteil ist vor zwei Wochen erfolgt. Das Gericht hat der Argumentation zugestimmt, dass in bestimmten Fällen ein Opfer von Menschenhandel denselben Status haben sollte wie eine politisch verfolgte Person. Nachdem bewiesen werden konnte, dass es sich in diesem Fall so verhält, wurde Roze unbefristetes Aufenthaltsrecht zugesprochen.« Er deutete auf den Zeitungsausschnitt. »Und ich denke, auch Sie werden einsehen, dass ein Gerichtsurteil entscheidender ist als eine wilde Theorie, die lediglich auf einem zwei Jahre alten Zeitungsartikel basiert.«

»Hat irgendjemand beweisen können, dass Roze wirklich zu Sexarbeit gezwungen wurde?«, sagte ich aufgebracht. »Oder war das nur Gerede? Ein Tipp von Ihnen, den sie genutzt hat, als ihr klar wurde, dass das ihre einzige Chance ist?«

Sein Blick war stählern. »Ich ziehe es grundsätzlich vor zu glauben, was meine Mandanten mir erzählen. Andernfalls – denken Sie an Ihren Vater. *Oh, auf dem Weg liegt Wahnsinn,* um einmal Ihren berühmten Shakespeare zu zitieren.«

»Als ich ein Foto von Roze in den Nachtclubs herumgezeigt habe, wurde sie von niemandem erkannt.«

Ferid zuckte mit den Schultern. »Das wundert mich gar nicht. Die Fluktuation in diesen Clubs ist brutal. Kann ich daraus schließen, dass Sie beide sich entzweit haben?«

»Sie hat mich verlassen«, antwortete ich schroff. »Ich vermute, die beiden sind irgendwo abgetaucht …« Ich verstummte, als mir langsam die Konsequenzen dessen bewusst wurden, was ich gerade gehört hatte. »Dann muss Roze jetzt gar nicht mehr verheiratet sein, oder? Sie muss sich nicht mal mehr verstecken. Sondern hat bekommen, was sie wollte.«

Ferid schwieg einen Moment, ließ den Blick auf mir ruhen. Dann seufzte er. »Vielleicht können Sie beide ja trotzdem etwas klären. Ich sage es mal so: Mir wurde nicht mitgeteilt, dass ich Vorbereitungen für einen Scheidungsantrag treffen soll. Und solange da Stille herrscht, gibt es auch Hoffnung, oder?«

Verzweifelt unternahm ich noch einen letzten Vorstoß. »Aber wenn die erwähnten Frauen in diesem Artikel nicht Ruensa und Roze sind – weshalb haben sie ihn dann aufbewahrt?«

Ferid zuckte mit den Schultern. »Soweit ich weiß, hat Ruensa ihn in *Laiko Vima* entdeckt, der albanisch-griechischen Zeitung. Und da ich auf Lesbos gelebt habe und sie von meinem Interesse an den zahlreichen Mängeln der griechischen Justiz wusste, hat sie den Artikel ausgeschnitten, um ihn mir zu zeigen. Aber das geriet irgendwie in Vergessenheit, und dann hat Ihr Vater ihn zufällig gefunden.«

Diese Schilderung wirkte so lückenlos – was sollte ich da noch einwenden? Es gab nichts mehr, merkte ich. Ich klammerte mich an Hirngespinste.

Oder Spinnweben vielleicht. Und je mehr ich zappelte, desto mehr verstrickte ich mich.

Als ich nichts mehr sagte, nickte Ferid. »Wissen Sie … manchmal ist es wirklich am besten, Dinge nicht anzuzweifeln. Es ist schwierig, gleichzeitig glücklich und permanent argwöhnisch zu sein.«

ICH hatte also immer noch keine Antworten, aber auch die Fragen erschienen mir mittlerweile weniger wichtig. Roze war verschwunden, und ich musste hinnehmen, dass es von ihr abhing, ob ich sie jemals wiedersehen würde.

Manchmal streifte ich auf dem Gelände der Finca umher und hoffte darauf, dass mein Gehirn mir Visionen von ihr bescheren würde. Manchmal rief ich auch laut ihren Namen, bekam aber nur ein spöttisches Echo aus den Bergen zurück. Und manchmal sprach ich mit meinem Vater, obwohl ich ihn nur noch einmal sah, nachdem ich die Schublade in seinem Atelier ausgeräumt hatte. Ob ich irgendeine Form von Exorzismus betrieben hatte oder ob einfach nur mein Gehirn sich erholt hatte, konnte ich nicht mit Bestimmtheit sagen.

Dieses letzte Mal ... Etwa eine Woche nach meinem Treffen mit Ferid saß ich am Küchentisch und tippte wie wild auf meinem Laptop. Als ich einmal aufschaute, saß mein Vater mir gegenüber und beobachtete mich.

»Ah, hallo«, sagte ich.

Er gab wieder sein typisches Grunzen von sich. »Hast du inzwischen rausgekriegt, wie ich umgekommen bin?«

»Ich glaube tatsächlich ja.« Ich deutete auf den Laptop. »Und ich habe alles schriftlich festgehalten. Mir ist klar geworden, dass ich die Wahrheit über Roze wahrscheinlich nie erfahren

werde – aber die Wahrheit über *dich* kann ich mir zusammen-
reimen. Weil ich dein Sohn bin und deshalb einiges einschätzen kann. Und von allen möglichen Erklärungen gibt es eine,
die ... sich richtiger anfühlt als alle anderen. Die nicht wirklich
eine Wiedergutmachung ist, aber so etwas wie eine Entschuldigung.«

»Hört sich in meinen Ohren verdächtig nach idiotischem Hip-
pie-Gefasel an.«

»Mag sein. Aber meine Theorie passt auch zu den wenigen
Anhaltspunkten, die ich habe: die Aktskizzen von Roze für ein
Gemälde, das dann nie entstanden ist – ich vermute, das war
das übermalte Bild im Atelier; der Rückfall ins Trinken ...« Ich
holte tief Luft. »Ich glaube, dass du aufrichtig versucht hast, dich
zu bessern. Wie du damals über Sandra gesagt hattest: dass du
anfänglich so begeistert warst, weil du gehofft hattest, mit ihr
würde sich etwas ändern. Aber dann war es nicht so. Alles beim
Alten. Ich denke, dass so etwas Ähnliches mit Ruensa passiert ist.
Du hattest dich wirklich in sie verliebt, doch dann haben Misstrauen und Paranoia die Oberhand gewonnen. Ich bezweifle
übrigens, dass du ihr jemals von dem *usufructo* erzählt hast. Ich
glaube, du hast sie in dem Glauben gelassen, dass sie das Haus
bekommen würde, anstatt ihr zu gestehen, dass alle ihre Investi-
tionen umsonst sein würden. Dann, als ihr geheiratet hattet und
du wieder ins Trinken verfallen bist, hast du dich an Roze ran-
gemacht. Wahrscheinlich hast du dir eingeredet, sie sollte deine
Muse sein oder irgend so was. Oder vielleicht auch einfach nur,
weil du ein eingebildeter alter Dreckskerl warst, der immer alles gemacht hat, worauf er gerade Lust hatte. Du hattest ja immer offene Ehen. Ich vermute sogar, dass diese Textnachricht
gar nicht für Ruensa, sondern für Roze bestimmt war. *Wenn
du nicht wie eine EHEFRAU für mich sein willst ...* Nicht ›meine
Ehefrau‹, sondern ›wie eine Ehefrau‹. Wahrscheinlich hattest

du dir eingebildet, du als Künstlergenie hättest Anrecht auf ein Boheme-Leben mit Polyamorie oder so. Auf jeden Fall konntest du natürlich bei Roze nicht landen und hast deshalb wieder hemmungslos gesoffen. Vielleicht aus Abscheu vor dir selbst – was ich gerne glauben würde –, aber wer weiß. Und dann näherte sich das Ende des Jahres, das Ruensa durchstehen musste, um ihre unbefristete Aufenthaltserlaubnis zu bekommen, und dir wurde klar, dass du bald keinerlei Macht mehr über die beiden Frauen haben würdest. Dir ist bewusst geworden, dass du sie für immer verlieren würdest – dass du dir mit deinem widerwärtigen, unbeherrschten, toxischen Verhalten jede Chance auf Glück vermasselt hattest. Und du hattest das Gefühl, dass du keine anderen Aussichten mehr hattest, als dich langsam zu Tode zu trinken.« Ich blieb einen Moment stumm. »Was ich sogar nachvollziehen kann.«

»Diese ganze rührselige Gefühlsduseligkeit«, höhnte mein Vater. »Jämmerliches Geschwätz.«

»Deshalb hast du beschlossen, den Prozess zu beschleunigen«, fuhr ich fort. »An Mut hat es dir nie gemangelt, das muss ich zugeben. Und vielleicht hast du dir auch gesagt, dass die beiden ohne dich besser dran wären – letztlich wir alle. Das war deine einzige Möglichkeit, dein Bedauern zum Ausdruck zu bringen.

Du wusstest natürlich, wie gefährlich Oleander ist, hattest schließlich über dreißig Jahre hier gelebt. Du hast das Feuer angezündet, Paracetamol mit Brandy gemixt – und den Rest der Geschichte kennen wir. Roze und Ruensa haben dich gefunden, aber einfach nur für sturzbetrunken gehalten. Und als die Polizei dann nach deinem Tod anfing, Fragen zu stellen, beschlossen die beiden, sich über die Zerrüttung der Ehe auszuschweigen, damit sie nicht des Mordes verdächtigt und ausgewiesen wurden.«

»Wenn das stimmt – und ich behaupte nicht, dass es nicht so ist«, sagte mein Vater, »was bedeutet das dann für dich?«

Ich blieb lange stumm, und als ich wieder aufschaute, war er verschwunden. Aber ich sprach die Antwort dennoch aus – in die Leere der Finca Síquia hinein.

»Das versuche ich noch herauszufinden.«

JESS

ICH erfuhr vom Tod meines Bruders durch unseren Anwalt, Tomàs Bellot, der seinerseits von Finns Frau informiert worden war. Sie hatte unter Tränen berichtet, dass sie nach einem langen Aufenthalt auf dem Festland in die Finca Síquia zurückgekehrt und dort Finn neben den Überresten eines Holzfeuers vorgefunden hatte – einem Feuer aus Oleanderzweigen, wie sich dann herausgestellt hatte. In der Nähe hatte eine leere Brandyflasche mit Spuren von pulverisiertem Paracetamol gelegen. Die Parallelen zum Tod unseres Vaters waren offensichtlich, und die Polizei hatte sofort Ermittlungen eingeleitet.

Von der Gerichtsmedizin verlautete, dass der Tod circa eine Woche vor dem Auffinden der Leiche eingetreten war, zu einem Zeitpunkt also, für den Finns Frau und seine Schwiegermutter felsenfeste Alibis hatten: Sie waren in Madrid, um mit der schwerfälligen spanischen Bürokratie die letzten Schritte für Roze' Aufenthaltserlaubnis zu erledigen, und hatten diverse Termine bei der Oficina de Extranjería gehabt, der Ausländerbehörde. Als überdies auf Finns Laptop – von dem er kurz vor seinem Tod das Passwort entfernt hatte, damit jeder Zugang hatte – ein langer aussagekräftiger Text gefunden wurde, kam die Gerichtsmedizin zu dem Schluss, dass Finn sich vermutlich das Leben genommen hatte. Es ist wohl allgemein bekannt, dass sich das Suizidrisiko in den Monaten nach einem schweren Schädel-Hirn-Trauma mehr als verdreifacht; Paranoia, Depression und impulsive Fehlentscheidungen sind weitere Folgen. Die Polizei ermittelte auch erneut im Tod unseres Vaters, schloss den Fall jedoch dann aus Mangel an Beweisen endgültig ab.

Durch die Obduktion und die Ermittlungen verzögerte sich die Bestattung über einen Monat, sodass ich erst Ende Oktober zur Beisetzung meines Bruders nach Mallorca flog. Inzwischen hatte ich auch den Text im Laptop gelesen; die Polizei hatte ihn mir zugeschickt, mit der Bitte um Einschätzung. Die hatte ich übermittelt, was wohl auch maßgeblich zu dem Schluss beigetragen hatte, dass kein Verbrechen vorlag.

Am Tag nach der Bestattung trafen Tomàs und ich uns mit Ruensa und Roze zum Mittagessen in der Finca Síquia. Ich war bei meinem vergeblichen Versuch, Roze vor einer Heirat mit Finn zu warnen – zumindest nicht, bevor sie mehr über ihn wusste –, zuletzt dort gewesen. Damals hatte ich schon einen kurzen Eindruck von den Renovierungen gewonnen, war aber zu abgelenkt gewesen von der Situation, um sie richtig wahrzunehmen. In seinem Text hatte Finn mich zwar als kaltherzig und geldgierig dargestellt, aber die damalige Reise nach Mallorca war keine vorschnelle Entscheidung gewesen; ich hatte mich in einem Konflikt zwischen Loyalität gegenüber meinem Bruder und dem Wissen befunden, dass diese Ehe für beide nur in einer Katastrophe enden konnte. Aber ich war natürlich auch wütend auf Finn gewesen, weil er mich um mein Erbe bringen wollte und mich auf seinem Handy blockiert hatte.

Deshalb kam ich erst bei meinem zweiten Besuch dazu, überhaupt wertzuschätzen, wie wunderschön die beiden Frauen das Anwesen gestaltet hatten. Durch den Stil meines Vaters, Ruensas Gespür und Roze' Fleiß war die Finca extrem attraktiv geworden und damit auch – wie ein unabhängiger Gutachter bereits bestätigt hatte – hervorragend verkäuflich.

Durch das spanische Erbrecht hatte Roze bereits Finns Hälfte des Anwesens geerbt. Das bei Tomàs hinterlegte sogenannte »Testament« hatte sich als eine Reihe wirrer Anschuldigungen entpuppt, denen zufolge Roze vorhatte, meinen Bruder zu ermorden – was die Polizei bereits ausgeschlossen hatte. Angesichts seiner Schilderung, wie sehr die beiden Frauen die Finca liebten, und der Geschäftspläne hatte ich befürchtet, dass die Verhandlungen über den Anteil, den ich für die Renovierungen bezahlen sollte, langwierig und mühsam sein würden. Tomàs hatte mich auch vorgewarnt: »Deren Anwalt ist ebenso versiert wie unberechenbar.« Deshalb war es dann eine erfreuliche Überraschung, dass die beiden zügig und vernünftig verhandelten. Tomàs berichtete mir, dass es zwar kein Kinderspiel gewesen sei, die Frauen aber einen fairen Preis vorgeschlagen hätten und dabei geblieben seien. Als wir uns trafen, fehlten nur noch unser aller Unterschriften. Was wir sicher auch durch unsere Anwälte per Post hätten erledigen können, aber inzwischen hatte ich ein aufrichtiges Interesse daran, mich mit den beiden Frauen zu unterhalten, deren Motive und Verhalten mein Bruder so schwer hatte verstehen können.

Wir saßen an dem gekachelten Tisch auf der Veranda, der in Finns Bericht über seinen Sommer auf der Finca immer wieder vorkam. In der Sonne war es noch warm genug, um draußen zu sitzen, aber vom Puig de Galatzó wehte ein kühler Wind herüber, und das Essen, das Ruensa servierte, war auch bereits herbstlich – Eintopf mit Schweinefleisch, Kürbis-Pisto und eine große *Ensaïmada* zum Nachtisch.

Eine Zeit lang sprachen wir über Finn, dann entstand ein Schweigen, vermutlich weil so vieles über ihn besser unausgesprochen blieb. Vielleicht wollten die beiden Frauen mich als seine Schwester auch nicht in die unangenehme Lage bringen, ihn entweder verurteilen oder in Schutz nehmen zu müssen.

»Ich denke, wir sollten zum offiziellen Teil übergehen«, sagte Tomàs schließlich und brachte einen Umschlag zum Vorschein, den er Roze überreichte. »Das ist für Sie. Und hier sind die Quittungen zum Unterzeichnen für Sie beide. Damit quittieren Sie, dass Sie den vollständigen Betrag wie abgemacht erhalten haben. Ferid hat die Dokumente auch bereits durchgesehen und gebilligt.«

»Natürlich«, sagte Roze. »Haben Sie einen Stift zur Hand?«

Ich sah zu, wie beide unterschrieben. Nachdem Tomàs Datum und Unterschrift geprüft hatte, sagte ich zu den Frauen: »Vielen Dank. Trotz der traurigen Umstände waren die geschäftlichen Prozesse mit euch sehr angenehm.«

»Das empfinden wir genauso.« Roze zögerte kurz. »Und ich möchte dir auch noch dafür danken, dass du damals hergekommen bist, um mich zu warnen. Ich mag nicht dankbar gewirkt haben, war es aber.«

Ich nickte. »Eine Frage hätte ich noch.«

Sie zuckte mit den Schultern. »Ja?«

»Als du Finn hier tot aufgefunden hast – wieso bist du noch mal hergekommen? Das wäre doch gar nicht nötig gewesen – du hattest deine unbefristete Aufenthaltserlaubnis bekommen und hättest deinem Anwalt einfach sagen können, dass du dich scheiden lassen willst. Wolltest du das Finn persönlich mitteilen? Oder wolltest du das Gefühl auskosten, ihm zu sagen, dass er keine Macht mehr über dich hatte?«

Während ich das aussprach, fiel mir auf, dass es noch eine dritte Möglichkeit gab – dass ihr Freund und Vertrauter Ferid Finns Brandy mit Paracetamol versetzt hatte und dass Roze sich hatte überzeugen wollen, ob alles nach Plan gelaufen war. Aber ich sagte mir, dass meine Fantasie mit mir durchging. Und eine solche Spekulation wollte ich bei diesem Anlass ganz sicher nicht zur Sprache bringen.

Roze überlegte einen Moment und antwortete dann: »Nein, beides nicht.«

»Was war dann der Grund?«

Ein längeres Schweigen entstand. »Ich ... mochte ihn«, sagte sie schließlich. »Nicht so wie er mich natürlich, aber doch ziemlich ... Wir hatten auch schöne Zeiten zusammen. Und unser Geschäftsplan ... Das hätte wirklich funktionieren können, wenn er bereit gewesen wäre, sich zu ändern.« Sie zuckte mit den Schultern. »Sich so sehr zu verändern wäre ihm vielleicht nicht gelungen. Aber sein Vater hatte es sogar geschafft – jedenfalls für eine Weile. Und ich glaube, ich wollte Finn auch die Chance geben, sich zu entschuldigen.«

Ich nickte. »Werden Sie auf Mallorca bleiben?«

Roze schüttelte den Kopf. »Wir wollen ein Agroturismo betreiben, aber an einem anderen Ort, wo man günstiger leben kann. In der Sierra Nevada vielleicht.« Sie hielt inne. »Aber wir werden Finn vermissen. Und Ihren Vater auch.«

Über diese Worte habe ich seither oft nachgedacht und mich gefragt, was sie im Zusammenhang mit Finns Aufzeichnungen zu bedeuten haben. Ich hatte der Polizei mitgeteilt, bei seinen Schilderungen handle es sich um paranoiden Unsinn – er selbst hatte sogar zugegeben, dass seine Kopfverletzung seine Erinnerungen und die Deutung beeinträchtigt hatte. Der Text schien nur eines zu beweisen: wie ungesund und toxisch, regelrecht gefährlich sogar, seine Haltung zu Frauen geworden war. Eine unschöne Feststellung für eine Schwester, auch wenn sich das schon seit vielen Jahren abgezeichnet hatte. Und die obsessive Art und Weise, wie er jede Geste und Äußerung von Roze und Ruensa analysiert hatte, grenzte wirklich an Wahnsinn. Aber Roze ... glaubte sie vielleicht, es sei am einfachsten, wenn sie bei der Geschichte blieb, die sie von Anfang an erzählt hatte? Machte sie das aus Taktgefühl der trauernden Schwester gegenüber? Oder war sie vielleicht sogar insgeheim stolz darauf, als Finns Nemesis jene Frauen ge-rächt zu haben, denen er geschadet hatte, nicht zuletzt die arme Sophia? Das weiß ich bis zum heutigen Tag nicht.

Menschen meiner Generation wird oft vorgehalten, dass sie eher über »meine Wahrheit« sprechen als über allgemeine gesell-schaftliche Wahrheiten. Doch in einer Welt, in der es ständig so viele unterschiedliche Darstellungen von Tatsachen gibt, ist es vielleicht wirklich hilfreicher, sich für eine Version zu entschei-den, an die man glauben möchte. Und damit bleibt man wohl auch zurück hinsichtlich der Ereignisse auf der Finca Síquia, jetzt, nachdem das Anwesen verkauft ist und die Darsteller in alle Winde verstreut oder tot sind: unterschiedliche Narrative, die charakterliche Einschätzung der teilnehmenden Figuren und – um Tomàs' Ausdruck zu benutzen – *una zona d'ombres*, einem Schattenbereich. War Roze eine geniale Drahtzieherin oder nur Objekt der verworrenen Fantasien meines Bruders? Darüber will ich, offen gestanden, nicht urteilen. Ich bin einfach nur froh, dass der Gerechtigkeit Genüge getan wurde. Über Details möchte ich nicht spekulieren.

ANMERKUNG DES AUTORS

DIESES Buch hat eine ungewöhnliche Entstehungsgeschichte. Vor fünf Jahren sprach ich mit meiner damaligen Verlegerin in den USA, Kate Miciak, über die thematischen Ähnlichkeiten zwischen meinem Thriller *The Girl Before* und *Rebecca* von Daphne du Maurier – einer Schriftstellerin, die ich seit jeher bewundere. »*Rebecca* ist toll«, sagte Kate damals. »Aber noch besser gefällt mir *Meine Cousine Rachel*. Finde ich moderner.«

Fasziniert von ihrer Äußerung las ich *Meine Cousine Rachel* noch einmal, um zu verstehen, was Kate gemeint hatte. In meiner Jugend, als ich das Buch zum ersten Mal gelesen hatte, war es mir als Schilderung der abgöttischen Liebe eines jungen Mannes zu einer Femme fatale erschienen, doch bei der erneuten Lektüre sah ich es mit ganz anderen Augen. Obwohl klassische Elemente des *Roman noir* benutzt werden, ist das Buch letztlich eine subtile Darstellung dessen, was heutzutage als »toxische Männlichkeit« bezeichnet wird. Besonders bemerkenswert ist, dass du Maurier den Roman aus der Ich-Perspektive der männlichen Hauptfigur erzählt hat, was damals in den Rezensionen gar nicht erwähnt wurde, heute aber mutig, geradezu provokativ erscheint. Und ich begann zu überlegen, wie wohl ein Ur-Ur-Urenkel von *Meine Cousine Rachel* in der Gegenwart sein könnte: eine Geschichte über ein Erbe, ja, aber auch über Unterstellungen, Zweifel, Obsession; ein Katz-und-Maus-Spiel, bei dem niemand weiß, wer die Katze ist; oder ob sie die Maus überhaupt fressen will und es nicht in Wahrheit umgekehrt ist …

Ich begann, mit Ideen zu spielen, und schrieb ein paar Kapitel, aber dann kam der Lockdown, und wie vielen Schriftsteller*innen, die ich kenne, erschien auch mir das Schreiben unmöglich. Ich beschäftigte mich stattdessen mit der Drehbuchfassung von *The Girl Before* – die Dreharbeiten fanden dann während des gelockerten Lockdowns 2021 statt – und schrieb anschließend *Die Fremde in meinem Haus*. Erst danach kehrte ich zu dem ersten Kapitel des Entwurfs zurück, aus dem dann *Die Erbin* wurde.

Du Maurier hat immer behauptet, sie selbst habe sich nie festgelegt, ob Rachel unschuldig oder zwielichtig sei, um diese Unentschiedenheit auch bei der Leserschaft zu erhalten. Das habe ich mit meiner Hauptfigur auch so gehalten, aber während ich so lange mit Roze lebte, entstand bei mir ein eindeutiges Gefühl ihr gegenüber. Das will ich meiner Leserschaft allerdings nicht offenbaren, denn, wie Jess auch meint: Die Einschätzung liegt bei der jeweiligen Person selbst. Und das erscheint mir auch als das modernste Element an *Meine Cousine Rachel*: Der Roman handelt von unterschiedlichen Versionen der Wahrheit, von Vorurteilen und Ungewissheiten und davon, wie wir entscheiden, was und wem wir glauben wollen. Durch Social Media werden wir heutzutage alle zu Meinungsmachern, und häufig werden Tatsachen als Waffen eingesetzt, um Urteile zu verfestigen, die bereits durch Instinkt oder Gruppenzugehörigkeit getroffen wurden. Roze und Rachel sind natürlich ganz unterschiedliche Figuren in unterschiedlichem Setting, aber ich liebe die Ambivalenz in du Mauriers Roman. Und jede Aussage, die Finn über Roze macht, ist letztlich eine Aussage über ihn selbst.

Viele Menschen haben mich während der Entstehung dieses Buches unterstützt. Mein Dank gilt ganz besonders meinem Agenten Caradoc King und meiner Agentin Millie Hoskins für ihre ersten kritischen Äußerungen und ihre Begeisterung über die neue Version; Tina Sederholm, einer wunderbaren ersten Leserin; Stef Bierwerth und Jon Butler von meinem Verlag, die sich bei einem denkwürdigen Lunch so offen gegenüber dieser zunächst sicher merkwürdig erscheinenden Idee gezeigt haben; und noch mal Stef für ihr hervorragendes Lektorat; Mar Janer Campos, die mein Mallorquinisch korrigiert hat (etwaige Fehler sind ganz allein meine Schuld); meiner Frau Sara dafür, dass sie meine Chauffeurin auf der sicher furchterregendsten Küstenstraße Europas war – und noch für so vieles andere.

Lesen Sie auch >>

LESEPROBE

Endlich schließt du sie in deine Arme.
Endlich eine zweite Chance.
Doch du ahnst nicht, wen du in dein Haus lässt ...

JP DELANEY

SPIEGEL
Bestseller

DIE
FREMDE
IN MEINEM HAUS

THRILLER

»Spannend vom Anfang bis zum Ende –
ich konnte die Seiten nicht schnell genug umblättern!«
Claire Douglas

1

GABE

ALLES beginnt mit einer Nachricht in den Social Media.
Was an sich nichts Ungewöhnliches ist, Susie bekommt täglich mindestens zwanzig; wenn ein Gig ansteht oder die Band gerade einen neuen Song veröffentlicht hat, oft auch viel mehr. Sie wartet meist, bis sich einige angesammelt haben, und beantwortet dann alle in einem Aufwasch. *Hi, danke für deine lieben Worte! Schön, dass euch unsere Musik gefällt …*

Aber diese Nachricht muss sich für Susie anfühlen, als reiße jemand die Haut über einer fünfzehn Jahre alten Wunde ab.

Hallo, Susie. Ich heiße Anna Mulcahy, aber mein Geburtsname ist Sky Jukes. Ich bin fünfzehn Jahre alt. Wenn du am 6. März 2007 um etwa fünf Uhr nachmittags in der Klinik St George's ein Mädchen geboren hast, das später adoptiert wurde – könnten wir uns dann mal treffen? Ich glaube, dass du meine leibliche Mutter bist.
Viele Grüße
Anna

Das wäre an sich schon Schock genug. Aber was Susie dann dazu bringt, kreidebleich und tränenüberströmt in mein Studio zu stürzen und mir stumm ihr iPad hinzuhalten, ist der letzte Satz:

PS: Ich bin schrecklich unglücklich.

2

GABE

SUSIE brachte das Kind mit zwanzig zur Welt, als sie gerade ihre ersten Engagements als Backgroundsängerin bekam. Damals kannten wir uns noch nicht. Die Schwangerschaft, Ergebnis einer flüchtigen Beziehung, war nicht geplant. Jobs für Backing Vocals waren mit langen Tourneen verbunden, ein Baby hätte für Susie bedeutet, ihren geliebten Beruf aufgeben zu müssen. Allerdings wusste sie zu diesem Zeitpunkt noch nichts von ihren Myomen. Heute, nach fünf Fehlgeburten und zahllosen weiteren Versuchen, schwanger zu werden, bereut sie ihre Entscheidung von damals.

Die meisten Menschen denken wahrscheinlich, wer ein Kind zur Adoption freigibt, hat sich das gut überlegt und kann mit den Folgen umgehen. Diese Leute machen sich nicht klar, dass man die Entscheidung lange vor der Geburt des Kindes trifft, während man noch versucht, vernünftig zu sein und alles richtig zu machen. Während man sich einredet, einem kinderlosen Paar einen Herzenswunsch zu erfüllen und dem eigenen Kind ein besseres Leben zu ermöglichen. Während anderes wie die Berufslaufbahn – und ja, auch Partys und das wilde Leben in den Zwanzigern – so viel wichtiger erscheint.

Vielen Menschen ist nicht klar, dass sich eine Adoption auch anfühlen kann, als entscheide man sich für den Tod. Und man fühlt sich verantwortlich dafür, weil man ihn selbst gewollt hat –

einen Tod, den man von Jahr zu Jahr mehr bereut, weil man von seinen Fantasien gequält wird. Weil man sich einbildet, das eigene Kind im Supermarkt zu sehen oder beim Einsteigen in einen Bus. Und das kann unter Umständen fast noch qualvoller sein, als wäre das Kind tatsächlich tot.

Ich kenne mich damit aus, weil meine eigene Tochter mit knapp drei Jahren an Leukämie gestorben ist. Das war grauenhaft und unerträglich und bedeutete zugleich das Ende meiner ersten Ehe. Aber es war auch final; daran ließ sich nichts ändern, man konnte nur versuchen, den schmerzhaften Verlust im Laufe der Zeit irgendwie zu bewältigen. Für Susie dagegen war das anstrengendste Gefühl von allen Hoffnung, aber in Kombination mit Verzweiflung. Ständig gingen ihr Fragen durch den Kopf wie: Was macht Sky wohl heute? Hat sie schon das Alphabet erlernt? Kann sie bereits schwimmen? Hat sie ihren ersten Kuss erlebt?

Wenn wir beide gefragt werden, wie wir uns kennengelernt haben, sagen wir oft im Scherz, Susie sei mein Groupie gewesen. Damals war ich ... na ja, nicht gerade in aller Munde, aber meine Band Wandering Hand Trouble (blödsinniger Vorschlag der Plattenfirma, heute würde sich keine Band mehr einen Namen geben, der mit sexueller Belästigung zu tun hat) hatte den Übergang von der Boygroup zur Rockband ziemlich mühelos geschafft. Wir planten, im besten Einvernehmen getrennte Wege zu gehen, um es uns mit unserem verdienten Geld gut gehen zu lassen, solange wir noch einigermaßen jung waren. *Going, Going, Gone* war der Titel unserer Abschiedstour, bei der Susie eine der Backgroundsängerinnen war.

Was wir den Leuten normalerweise nicht erzählen, ist, dass ich Susie eines Tages weinend im Backstage-Bereich vorfand und sie fragte, ob ich ihr helfen könne. Es stellte sich heraus, dass Sky an diesem Tag sechs Jahre alt wurde. Susie offenbarte mir etwas von ihrer Geschichte, ich erzählte von Leah, und wir begannen eine Beziehung. Nicht gerade typischer Rock'n'Roll-Lifestyle.

Aber ein paar Attribute dieser Art gibt es schon in unserem Leben. Wir wohnen in einem wunderschönen Farmhaus am Rande von London, zusammen mit ein paar Pferden und Hühnern und einem Hund namens Sandy, den wir aus dem Tierheim gerettet haben. Innen ist das Haus hell und modern, an den Wänden hängen Werke der jungen britischen Kunstszene. Wir haben sechs Schlafzimmer; als wir uns das Haus zum ersten Mal ansahen, wies der Makler uns darauf hin, wie ideal es für eine große Familie sei, wie viele Kinder hätten wir denn? Bei diesem Thema wissen wir immer beide nicht, wie wir reagieren sollen, und sind deshalb oft schroffer als beabsichtigt. Als ich damals antwortete »keine«, murmelte der Makler hastig, es sei auch bestens für Partys geeignet.

Auf dem Grundstück gibt es eine kleine Scheune, die ich mir zum Studio habe ausbauen lassen; nur für Demo-Tapes allerdings, nicht für die richtigen Aufnahmen. Mittlerweile schreibe ich hauptsächlich Songs für andere. Es kann gut sein, dass ihr von jungen Singer-Songwritern schon Stücke gehört habt, die nicht aus deren Feder, sondern aus meiner stammen.

Dass Susie und ich keine Kinder haben, ist aber wirklich tragisch, vor allem für sie, denn sie sehnt sich danach und wäre garantiert eine wunderbare Mutter. Andererseits haben wir auch noch Zeit, und gegenwärtig hat sie viel Freude daran, endlich mit ihrer eigenen Band Silverlink, die Folkrock spielt, nicht mehr nur in Pubs und kleinen Clubs aufzutreten, sondern als Vorband bei größeren Konzerten. Viel Geld lässt sich damit nicht verdienen – diese Zeiten sind in der Musikbranche ohnehin vorbei –, aber sie liebt dieses Leben. Und mir gefällt es, dass mich bei ihren Auftritten kaum noch jemand erkennt; ich bin einfach nur ihr Partner am Bühnenrand. Für die Band habe ich auch einen Song geschrieben, »Lullaby for Leah«, der bei den Streaming-Portalen ein kleiner Hit wurde. Und mein Herz fließt immer über vor Liebe, wenn ich im Publikum stehe und Susie meine Worte singt und sich in diesem ekstatischen Moment alle Teile meines Lebens zu verbinden scheinen.

Als sie in mein Studio stürzt, ohne vorher durch die Trennscheibe zu schauen, um zu checken, ob ich am Aufnehmen bin, weiß ich sofort, dass etwas Dramatisches passiert sein muss. Mit einer unguten Vorahnung lese ich die Nachricht auf ihrem iPad. Und auch, als ich in Susies Augen eine Mischung aus allerlei Emotionen sehe – Angst, Schock, Sorge, aber auch etwas wie Euphorie, dass dieser Moment tatsächlich gekommen ist –, lässt das vage bedrohliche Gefühl nicht nach. Obwohl wir bislang kinderlos sind, haben wir eine Zufriedenheit erreicht, die ich gern bewahren möchte. Und ich weiß sehr wohl, wie angreifbar sie ist.

3

SUSIE

GABES erste Frage war: »Bist du ganz sicher, dass es wirklich *sie* ist?«

Ich nickte wortlos, meine Kehle war wie zugeschnürt.

»Aber … woher weiß sie das alles? Diese ganzen Details?« Er las die Nachricht noch mal. »Deinen Nachnamen. Den genauen Zeitpunkt ihrer Geburt.«

»Es gibt da dieses … Dokument.« Ich holte tief Luft. »Einen Brief, in den bei der Adoption alles reingeschrieben wird über die Mutter, die Geburt, den Adoptionsvorgang, damit das Kind später über seine Herkunft Bescheid weiß. Diesen Brief bekommen die Kinder, wenn sie alt genug sind, ihn zu verstehen.«

»Aber sie soll doch keinen Kontakt mit dir aufnehmen, oder?«

Ich schüttelte den Kopf. »Die Geburtsurkunde bleibt bis zum achtzehnten Geburtstag versiegelt. Aber ich bin nun mal leicht zu finden, vor allem, falls man ihr gesagt hat, ich sei Sängerin bei einer Band.« Wir sind natürlich auch bei Instagram, Facebook und Twitter, das ist Teil unserer PR-Arbeit.

Gabe runzelte die Stirn. »Dann sollen wir sicher auch nicht darauf reagieren, oder?«

»Also, ich werde das ganz bestimmt nicht ignorieren.« Meine Stimme klang schärfer als beabsichtigt. Aber Gabe, so großherzig er auch ist, erweist sich immer wieder als erstaunlich gesetzestreu, vor allem für einen Rockmusiker. »Und sie scheint ja auch meine Hilfe zu brauchen.«

»Na ja, sie hat dich indirekt um Hilfe gebeten. Was nicht unbedingt das Gleiche sein muss.« Als er meinen Blick bemerkte, fügte er hinzu: »Sie ist in der Pubertät, Susie. Da ist man oft melodramatisch, das war bei mir nicht anders.«

»Aber sie hat mit mir *Kontakt* aufgenommen, Gabe. Wie du selbst sagst: Das soll nicht passieren, es muss also einen massiven Grund geben. Außerdem …« Ich hielt inne, einen Moment lang zu überwältigt, um weiterzusprechen. Dann sagte ich leise: »Ich habe fünfzehn Jahre lang darauf gewartet. Unter keinen Umständen werde ich diese Chance jetzt versäumen.«

Es war eine sonderbare Trauer, denn sie wurde mit den Jahren stärker statt schwächer.

Am Anfang stand die Verzweiflung, dieses scheußlich schmerzhafte Gefühl, dass mir etwas entrissen wurde, das ich geliebt hatte. Dieser Schmerz ließ im Lauf der Zeit nach, wenn er auch nie vollständig verschwand. Eine Therapeutin sagte mir einmal, dass dieses Verlustgefühl nicht weniger wird, dass wir aber unser Leben darum herum gestalten können, so wie ein Baum um einen Nagel in seiner Rinde weiterwächst. Als meine Karriere als Musikerin Fahrt aufnahm – kein großer Glamour und kein Leben als Star, aber doch kontinuierlich und befriedigend –, empfand ich mein Leben als vollständiger. Und, klar, eine Zeitlang war ich wild drauf, arbeitete viel und feierte viel, was aber vielleicht auch Teil meiner Bewältigungsstrategie war.

Dann lernte ich Gabe kennen, und meine biologische Uhr machte sich bemerkbar. Vielleicht war es auch umgekehrt, und ich hatte unbewusst angefangen, nach einem Mann Ausschau zu halten, mit dem ich eine Familie gründen wollte. Einem Mann, der fürsorglicher und verlässlicher war als die klischeehaft zügellosen

Rockmusiker, mit denen ich mich vergnügte, bis ich plötzlich keinen Spaß mehr daran hatte.

Ein Jahr nach unserer Hochzeit beschlossen wir gemeinsam, dass ich die Pille absetzen sollte. Und da ging es mit den Schmerzen los. Bei Myomen ist es offenbar häufiger so, dass die Symptome durch Hormongaben gedämpft werden. Weshalb man sich ausgerechnet dann beim Sex unwohl fühlt, wenn man häufig welchen haben will, um schwanger zu werden.

Als ich mich in Behandlung begab, hatte ich bereits recherchiert und wusste, was mich erwartete. Dennoch wurde das Ganze für mich erst richtig real, als ich es zu hören bekam. Verstärkte Menstruationsbeschwerden. Eingeschränkte Empfängnisfähigkeit. Erhöhte Gefahr von Fehlgeburten. Deshalb entschied ich mich für eine Operation und war selig, als ich drei Monate danach schwanger wurde. Ich kam mir vor, als habe ich dem Schicksal ein Schnippchen geschlagen.

Meine erste Fehlgeburt kam früh – ein jäher Schmerz im unteren Rücken, ich rannte aufs Klo, wo ich einen Fleck in meinem Höschen entdeckte, den ich im ersten verwirrten Moment für meine Regel hielt. Schreckliche Krämpfe, dann ein braunroter Schwall, der an Kaffeesatz erinnerte. Es dauerte ein paar Stunden, aber ich weinte noch Tage später.

Die folgenden Fehlgeburten passierten dann sukzessive zu späteren Zeitpunkten in der Schwangerschaft. Was besonders grausam war, weil ich jedes Mal glaubte, diesmal sei ich über den Berg. Beim zweiten Mal war es in der neunten Woche. Ich rief in der Klinik an, wo man mir sagte, ich solle zu Hause bleiben, es sei denn, die Blutung würde abnorm stark. Die hörten sich an, als hätte ich mir lediglich das Knie aufgeschlagen. Danach brauchte ich Ewigkeiten, bis ich mich wieder auf die Straße wagte. Ich wollte keine Mütter mit Babys sehen. Sogar der kleine Sitz am Einkaufswagen im Supermarkt trieb mir Tränen in die Augen.

Beim dritten Mal sagte man mir beim Ultraschall nach zwölf Wochen: *Es tut uns sehr leid, es gibt keinen Herzschlag mehr.* Gabe unkontrolliert weinen zu sehen, war fast das Schlimmste dabei. Ich bekam Medikamente zum Einleiten, und nach vier Stunden entsetzlicher Krämpfe verlor ich das Baby in unserem Badezimmer. Es hatte die Farbe und Größe einer Pflaume, war aber vollständig ausgebildet.

Danach hörte ich auf, etwaige Geburtstermine im iPad-Kalender zu vermerken; es deprimierte mich zu sehr, sie löschen zu müssen. Noch schlimmer war es, als einer Monate später plötzlich auf meinem Display auftauchte. Als ich nach sechzehn Wochen eine Ausschabung zur Entfernung von Geweberesten hatte, begann ich mich ebenso vor einer Schwangerschaft zu fürchten, wie ich sie herbeisehnte.

An einem besonders trostlosen Muttertag nach meiner dritten Fehlgeburt begann ich wieder an Sky zu denken. Denn bei allen Problemen und Fehlschlägen sagte ich mir, dass ich doch schließlich bereits Mutter sei – mein Kind war irgendwo draußen in der Welt. Meine Tochter. Und all die angestaute Liebe und Hoffnung auf ein weiteres Kind begann, sich auf sie zu konzentrieren, auf das bezaubernde kleine Wesen, das ich kurz im Arm halten durfte, bevor es seinen neuen Eltern übergeben wurde. (In Großbritannien kann man erst nach sechs Wochen offiziell in eine Adoption einwilligen. Manchmal werden Kinder aber für diese Zeitspanne bei einer Pflegeperson untergebracht.) Ich versuchte mir Sky in ihrer Schuluniform vorzustellen. Welche Sportarten machte sie wohl? Hatte sie rotblonde Haare wie ich, und wenn ja, waren sie lang und glatt wie bei mir in meiner Jugend? Würde sie so rebellisch sein wie ich, oder hatte sie das nicht von mir geerbt? War sie musikalisch?

Und manchmal, wenn ich ein Glas Wein zu viel getrunken hatte, begann ich wie besessen das Internet nach ihr zu durchforsten. Es war zu verlockend, beim Schreiben von Posts – *Wow! Unsere neue Single hat schon über fünfhundert Plays!* – eine Suche zu starten.

Anfänglich, wenn ich glaubte, sie gefunden zu haben, erzählte ich noch Gabe davon, und eine Zeitlang freute er sich mit mir. Erst als er dann einmal schweigend das Bild eines jungen Mädchens auf meinem iPad betrachtete, wurde mir klar, dass er das alles für Wunschdenken hielt. Was es natürlich auch war. Und von den ganz schlimmen Erlebnissen, die mir heute noch die Schamröte ins Gesicht treiben, wusste er gar nichts – von meinen betrunkenen Nachrichten auf Instagram oder Snapchat, die mit den Worten begannen: *Hallo, du kennst mich nicht, aber …*

Damit hörte ich auf, nachdem eine Vierzehnjährige meine private Nachricht öffentlich gepostet hatte, mit dem Kommentar: *Wie krass gruselig ist das denn wohl?*

Natürlich suchte ich nach Mädchen, die Sky hießen. Ich kam nicht auf die Idee, dass die neuen Eltern ihr einen anderen Vornamen gegeben hatten. Denn heutzutage gilt es als identitätsstärkend, den Geburtsnamen beizubehalten, das legt man den Adoptiveltern auch nahe. Bei meinen endlosen Recherchen hatte ich zwar gelesen, dass manche Eltern das umgehen, indem sie stattdessen den zweiten Vornamen des Kindes benutzen. Aber letztlich kommt das wohl eher selten vor.

Als ich nun merkte, dass die Eltern wirklich den Namen meiner Tochter geändert hatten, überlegte ich, was für Menschen das wohl waren. Auf jeden Fall offenbar solche, denen Anna besser gefiel als Sky.

Und genau das hatte Gabe nicht erfasst, als ich ihm die Nachricht zeigte. Ich freute mich nicht nur darüber, dass Sky und ich uns endlich gefunden hatten. Sondern ich hatte die Befürchtung, vor fünfzehn Jahren einen schrecklichen Fehler gemacht zu haben. Meine Entscheidung hatte ein riesiges Loch in meinem Leben hinterlassen, weil ich weggegeben hatte, wonach ich mich jetzt sehnte. Aber zumindest hatte ich mir bislang einreden können, dass ich etwas Gutes für meine Tochter getan hatte – dass Sky in einer liebevollen Familie geborgen aufwachsen konnte und geför- dert wurde.

Doch wenn das gar nicht so war? Wenn sie bei Menschen ge- landet war, die sie nicht zu schätzen wussten, sie womöglich nicht liebten? In Adoptionsforen war schließlich von so etwas immer wieder die Rede.

Und deshalb kam für mich nichts anderes infrage, als die Nach- richt zu beantworten. Ich musste herausfinden, ob es meiner Tochter gut ging, auch wenn ich gegen die Regeln verstieß. Sogar wenn – und das machte mir weitaus mehr Angst, als Gesetze nicht einzuhalten – dabei all meine Geheimnisse, die ich bislang in meiner Ehe verborgen halten konnte, zum Vorschein kommen würden.

4

ANNA

SCHEISSE Scheiße Scheiße.

In dem Moment, in dem ich die Nachricht abschicke, merke ich, dass sie total misslungen ist. In dem PS höre ich mich wie die klassische pubertierende Zicke an, wie eine verwöhnte egomanische Heulsuse, die rumjammert, weil sie nicht *Love Island* gucken darf oder so. Ich hätte mich nicht so jämmerlich anhören sollen, sondern mehr darauf vertrauen, dass Susie mich auf jeden Fall treffen will.

Aber vielleicht will sie das ja gar nicht. Vielleicht hat sie in den fünfzehn Jahren nicht ein einziges Mal an mich gedacht. Vielleicht hat sie eine glückliche Familie, ein paar süße Kinder, von denen sie nirgendwo Bilder postet, um die Kids aus der Öffentlichkeit rauszuhalten. Kann sein, dass ich nur eine knappe Abfuhr kriege, so was wie *Danke für deine Nachricht. Ich bin nicht an Kontakt interessiert.*

Jedenfalls bin ich ganz sicher, dass sie es ist. Durch den Lebensbrief war es leicht, sie zu finden. Und als ich Bilder von ihrer Band gesehen habe, gab es keinen Zweifel mehr. *Wow, sie sieht ja aus wie ich.* Und sogar eine viel coolere Version von mir, ehrlich gesagt ... die rotblonden Haare stylish geschnitten mit Pony, strahlend weiße Zähne dicht am Mikro, als sie einen hohen Ton singt, Diamant-Nasenpiercing, das im Scheinwerferlicht glitzert. Auf der sonnenbraunen Schulter ein Schmetterlingstattoo, und ich denke: *Im Ernst jetzt, das ist meine echte Mum?*

Sie ist das absolute Gegenteil von der Frau, die ich jetzt Mum nenne. Susie ist etwa zwanzig Jahre jünger, und vor allem ihr Lächeln macht mich völlig fertig. Auf allen Bildern strahlt sie. Meine Mutter dagegen hat von früh bis spät diesen säuerlichen, missbilligenden Gesichtsausdruck – zumindest mir gegenüber.

Jedenfalls seit ich ihr erzählt habe, was wirklich abgeht mit dem Mann, den ich »Dad« nennen muss.

Susie Jukes. Ich lasse mir den Namen auf der Zunge zergehen. Sie ist verheiratet, hat aber den Namen ihres Mannes nicht angenommen. Der sieht noch cooler aus als sie – Gabriel Thompson, der sich aber »Gabe« nennt. Wenn man ihn googelt, kriegt man seitenweise Titel von Songs, die er geschrieben hat, und Schwärmereien über ihn. Sind zwar etwa zwanzig Jahre alt, aber trotzdem.

Werden die mit mir reden?

Werden sie mir glauben?

Werden sie mich vielleicht sogar lieben?

Erwarte nicht zu viel. Dass du geschrieben hast, ist schon ein Riesenschritt.

Außerdem hat sie zurzeit viel zu tun, morgen treten sie im Roundhouse auf. Als Vorband zwar, aber bei ihrem letzten Gig in Camden waren sie noch in einem kleinen Pub. Ich weiß alles über ihre Musik, ich hab den ganzen Feed gelesen, bis zu den Anfängen von Silverlink vor zwei Jahren.

Ich würde das Konzert ja gern anklicken – *371 Personen sind interessiert* –, aber dann wird das Monster es sehen. Der besteht nämlich darauf, dass Mum und er in den Social Media mit mir befreundet sind. *Zu deiner Sicherheit, Anna. Damit wir sehen können, ob du irgendwie gefährdet bist.*

Aber das ist natürlich nur eine Ausrede. In Wirklichkeit will der verhindern, dass ich irgendwo was über die Familie ausplaudere.

Wie er mit dem Lebensbrief umgegangen ist, war auch typisch. Auf der ersten Seite hatte die Sozialarbeiterin geschrieben: *Wann du ihn dann bekommen wirst, liegt bei deinen Eltern, aber ich vermute, wenn du etwa zwölf bist. Einige Teile könnten belastend für dich sein. Deshalb schlage ich vor, dass du den Brief deinen Eltern zeigst, wenn du ihn gelesen hast, damit ihr gemeinsam darüber sprechen könnt.*

Zwölf? Sie hatte wohl nicht geglaubt, dass der noch drei Jahre länger wartet, dann in mein Zimmer gestapft kommt – er klopft inzwischen zumindest an, wartet aber nicht auf Antwort – und den Brief aufs Bett wirft, wo ich gerade meine Hausaufgaben mache.

Ich schaute auf die Blätter. »Was ist das?«

»Ein Brief. Von der Sozialarbeiterin, die du zum Zeitpunkt der Adoption hattest.«

Es war nur ein Stapel gefalteter Blätter ohne Umschlag. »Du hast ihn gelesen«, sagte ich.

»Ja, ich habe ihn durchgesehen. Um sicherzugehen, dass nichts darin dir schaden könnte.« Sein Blick war kalt. »Aber es stand nichts drin, was ich nicht schon gewusst hätte.«

»Warum hast du ihn mir nicht früher gegeben?«

»Ich fand es bislang nicht angebracht.« Was so viel hieß wie: *Ich wollte die absolute Kontrolle haben.*

»Und?«, fragte er ungeduldig, als ich die Blätter nicht anrührte. »Willst du ihn nicht lesen?«

»Doch, klar.«

Ich wartete darauf, dass er abhaute, er wartete, dass ich den Brief las. Demonstrativ steckte ich meine Kopfhörer in die Ohren und beschäftigte mich wieder mit den Hausaufgaben.

Er zuckte mit den Schultern. »Dann lass dir Zeit.«

Die Bemerkung war völlig überflüssig, aber er musste wie immer das letzte Wort haben. Aus dem Augenwinkel beobachtete ich, wie er rausging, achtete darauf, keinerlei Gefühle zu zeigen, bis er verschwunden war. Aber ich war schon total aufgeregt.

Vielleicht kann ich den Brief benutzen, um sie zu finden. Vielleicht kann sie mir helfen.